文学研究与创作实践

李杰玲◎著

湘潭大学出版社

本书的出版，得到海南师范大学人才引进科研启动经费的资助，特此表示感谢。

谨以此书送给我亲爱的女儿年涵钰和年涵宇，感恩人生中有她们的爱和陪伴。

无论何时，最深的敬意要献给我的父亲李海泉和母亲邵翠霞。感恩他们的支持和引导，让我即使在最辛苦最困难的时候，也有爱和希望在心中，而有力量继续勇敢前行。

高木小儿科

日文研门口 2020 年 12 月 7 日撮影

京都日文研第六共同研究室

日文研中世文学讲座

日文研图书馆

日文研旁边的樱花 2020 年春

樱花中的京都 2020年春

樱花开放中的日文研 2020年春

雪中的日文研 2020年初春

东京学艺大学校门 2015 年秋

日本国立国会图书馆 2015 春

东洋文库

大阪街头一角 2011年夏

雨中登泰山 2011 年

母亲

父亲

在花都时光里写诗 摄于2013年初春

孩子们在京都的童年时光 2019年9月

序：文学的研究与文学的写作

本书是作者多年来在教学和科研一线积累的成果，分为上下编。上编为文学研究，从文学的意象到文学的叙述方法等，用通俗易懂的方式和具体的分析，从不同角度进行论述。下编为平时的文学创作，其中大部分是在东京和京都访学、工作时的创作实践，我曾美其名曰“东瀛文墨”。上下编相结合，希望能够从理论的角度，同时也能够从写作实践的角度对文学进行探索，后记谈的是我在日本访学和工作时对文学的一些感悟。这本书若能给读者带来一点启发，则不胜荣幸。

大家都知道，汉语言文学专业的本科课程里，有“文学理论”和“写作”这两门课程。这两门都是专业必修课，二者虽然是不同的课程，但实际上联系非常密切。文学理论是通过对各种文学作品的细读和研究得出，理论可以指导或曰帮助我们理解文学作品，文学理论同时也可以用来指导和帮助写作。这两门课程笔者都任教过，积累多年在教学一线和科研一线的经验写成这本书。这里，先从写作开始谈吧。

写作可以说是文学活动中最基础也是最重要的一个环节，因为有了写作，才有文学作品，才有文学研究，才有通过研究总结出来的理论。在中国的基础教育里，小学就开始写作文了。由于在语文考试中作文占分比较多，所以师生对写作都比较重视。这一方面是一件好事，另一方面却因为要迎合模式化高分作文，写作思维大受限制。我从2012年开始接手大学一年级到三年级的写作课，深知其中最大的束缚和困难在于：习惯了用模式来“套自己”的学生，在课堂上也希望老师只是抛出一个模式来给他们练习即可。这样的写作课，教师首先要做的是“破”，然后才是“立”。也就是首先要打破学生接受的单一而固化的模式思维，其次才能创立新的方法，进入新的写作领域。

所以，“写作”这门课，不好上。加上国内大学没有形成系统的写作专业的博士学位，所以大学的写作课，通常是由文艺学的博士或者古代文学、现当代文学的博士担任。因此也有很多写作课的任课教师，既不喜欢写作，也没有写作的经验可谈。写作课就难免被上成侃侃而谈的闲聊课，或者照本宣科的僵化课。这是大学写作教学的一大问题——至今，就笔者管见，仍然没有解决。

在写作课中，对现当代自由体新诗的讲授，往往会被忽略。任课教师通常会根据自己的喜好来选择讲哪些文体，如果喜欢小说多一点的，就多讲小说，诗歌仅被点一下名，就算讲过了。

写诗，是回归人的本心、重新反思自我的一个过程，因此，诗歌很重要。我国本身就是一个诗歌大国，自《诗经》到唐诗宋词，即使在明清，也有许多可圈可点之作。而且我国的诗歌历来在东亚文化圈里有着重要的地位，其影响，我们只要稍微翻一下邻国日本浩如烟海的汉诗集，就能略知一二。所以诗歌，在写作课上是不能被忽略的。

然而如果没有写过诗就来教写诗，那也是只能满口空话，多流于形式。

现代诗歌的创作与教学都不容易，因为诗歌是一种既灵活而又要求写作者具有灵性的文体，对语言的体会和把握要有一定的深度。现在很多学生都不喜欢诗歌。有的老教师、老学者为此感到忧虑：现在的大学写作课堂竟然不谈诗歌。须知中国自古是一个诗之大国。

在面对日益被冷落的诗歌时，在大学任教而又热爱诗歌的老师，个中滋味自然很难言语，笔者作为其中的一员，感受尤其之深。虽然笔者现在在高校里主要从事学术理论研究，但是对于诗歌的创作，包括旧体诗、新诗，还有英语和日语的诗歌创作，都有尝试，也在继续探索，并且始终怀着浓浓的兴趣。

诗歌无疑是诸多文体中最为精炼、浓缩度最高的一种，笔者的大学写作教学不会掠夺诗歌应该有的一席之地。即使不是讲诗歌专题创作，比如讲到文学创作中的艺术手法时，笔者也会倾向于以诗歌为例子，原因已如上述，在短短的八十分钟两节课的课堂上，很难举一个上万字的小说或者散文来作为例子进行导读和分析，这时候，诗歌就是很好的例子。诗歌篇幅小，但是短短几行句子中往往就包含多种艺术创作手法，而且这些艺术创作手法不仅仅用于诗歌，还可以广泛地应用到散文、小说的创作中。比如笔者在给大一的中文专业学生讲到艺术创作的多种手法时，就以郑愁予、北岛、顾城、于坚等人的诗歌为例子，除了这些只闻其名、未见其人的诗人的诗歌之外，我还考虑到让学生意识到诗歌的起步创作并不遥远、并不困难，所以，笔者还举了自己的诗歌作品（包括发表的和未发表的），还有学生的一些写的还不错的诗歌为例子，这样，一下子就可以拉近诗歌与学生的距离。笔者还曾经推荐过八名学生的课堂诗歌创作组成一个专版，发表在校内报刊上，这些对于学生来说是一种极大的激励。当然，也适当举了一些散文、小说片段来分析。

笔者的教学实践证明，以诗歌为例子来和学生讲艺术创作手法是可行的，学生容易接受、理解，老师也能够更好地把握课堂的时间。

然而，也有些学生由于不喜欢诗歌，对诗歌始终无法理解和接受。对于他们无法欣赏如此精美的文学作品这件事，作为老师，我一方面感到可惜，另一方面也感到无奈，虽然想尽办法去解释，但诗歌本身是“反对阐释”的（苏珊·桑塔格）。因此，大学的写作教学对老师来说，是一种不可轻视的挑战。

笔者并不愿意写作课堂严肃、沉闷而拘谨，所以尽量让学生在课堂上放松，身心放松，学会自由而勇敢地体味、想象，文学创作本身就应该是自由的、接近内心、富含情感的一种艺术。从中学阶段严酷而格式化的考试训练中，他们已经失去了很多，因此笔者一般都采用鼓励、提醒的方式去灵活教学，比如笔者曾经叫两名美术系的学生（一男一女）到讲台上画人物肖像，女生随意摆出一个姿势，男生就在旁边安静地画，笔者让台下的学生根据这一情景自由想象，写一篇文体不限、字数不限的文章，结果不少学生写出了让我惊叹的文章来。笔者在课堂上极力营造一个轻松愉悦的氛围，这样学生就会慢慢放开，敢于发言，敢于打开心扉，敢于创作。

虽然笔者在课堂的教学中主要还是以名家的作品为例，但其实笔者更愿意用自己的创作体验和学生的原创作品来谈写作。虽然有些不免青涩稚嫩，但不可否认的是，每个阶段的创作均有每个阶段不可替代的味道和闪光点。而且这样做学生会更容易接受。文学作品的创作和教学并没有严格的格式和模板，习惯了“格式化”“公式化”的中学生，加上中学阶段迫于考试的压力，对文学经典作品的阅读量少而面窄，到了大学，会对这些“自由”的文学创作感到手足无措，有的学生甚至要求我在讲文学作品创作时列出一些格式和范文来模仿，这让我感到痛心。他们已经远离了文学创作的本质和真谛，如此，又怎能从本质上提高文学创作能力呢？

笔者反对板着面孔说教，愿意用平和的、亲近的、聊天的方式，去讲述理论，因此本书结合笔者的创作来谈谈理论，旨在深入浅出，以通俗易懂的、娓娓道来的方式，将文学理论与创作说得明白透澈。笔者也希望通过这样的方式，来让读者真切地感受到：文学就是一位朋友，写作的起步，就是拉家常，结合创作体验来理解文学的理论，无疑会更加深刻和具体。生活中处处是理论研究和文学写作的素材，关键是看是否能够发现、抓住和文学性地传达出来。

文学的一大特点是想象和跳跃，而大学生的生活比较单纯，主要的生活场地就是校园，因此有的学生会抱怨说经历太少而没有写作素材。其实，有心人，即使只在三尺陋室，也能写出许多优秀的作品，比如我很喜欢的女诗人艾米丽·迪吉森。生活的丰富程度和深度，很大程度上取决于生活者的洞察体验和心灵的捕捉能力、文字的把握能力。

哪怕是校园内的教学楼、宿舍楼的建筑工地上看到的农民工，都可以引发联想，引发感情，引发文学创作。好的写作者，必须是一个有心人。除了在校园中接触的人之外，还有阅读可以给我们许多灵感。通过阅读，可以熟悉多种多样的写作手法，因此本书文学理论部分的论述，也有涉及古代和国外的文学理论和作品。

另外，文学并不总是赞美或者忧伤，也含着讽刺和批判。总之，文学的内涵是很丰富的，很难三言两语说清楚。

限于篇幅，这里仅以诗歌为例具体谈一谈。现代新诗虽然格式比较自由，没有像古典诗歌那样对韵律等有严格的要求，但是并不能说诗歌没有自己的内在节奏，哪怕是情感的节奏，都要自然、顺畅，符合作者和读者的情感体验。关于诗歌创作的韵律，有必要说一说。

许多人都会忽略这一点：诗歌不仅体现为文字，它们也是有声音的。

我国第一部诗论著作、齐梁时代钟嵘的《诗品》在序中就指出诗歌的声音特征："气之动物，物之感人，故摇荡性情，形诸舞咏。照烛三才，晖丽万有，灵祇待之以致飨，幽微借之以昭告。动天地，感鬼神，莫近于诗。"这说的是诗歌的创作源于节气变化，萌动万物，继而触发诗人的感情，引发诗人手舞足蹈，形诸吟咏，然后成诗歌，诗足以照耀天、地、人，而诗人通过吟咏，感动天地鬼神。钟嵘告诉我们，诗歌的传达，借助于有声的吟咏、诵读。也因为此，诗歌是极为讲究韵律和平仄的。

古代诗人对诗文有吟诵的习惯和传统，《毛诗序》曰："吟咏情性，以讽其上。"我国第一部诗歌总集《诗经》就具有鲜明的吟咏的民歌性质。从周代开始，诗歌吟诵就是当时太学和小学里都开设的一门必修课，《礼记·内则》曰："十有三年，学乐，诵诗，舞勺。"孔子在实际教育中也十分重视诗歌吟诵，所云"诵诗三百"是也。诵诗，是学诗、作诗的必经之途，屈原在《渔父》中自述道："屈原既放，游于江潭，行吟泽畔。"吟诵，能够更好地抒发内心情感，借助诗歌的音律美吐露心声，这样不仅有助于诗人理解诗中的感情、意境，也能促进诗人融入诗歌。

而且古代诗人的吟诵常常伴随着啸。所谓啸，是指撮口吹出声音，有的甚至因吟啸得高而长，被书于册、闻于世。南朝宋刘义庆《世说新语·栖逸》说："阮步兵啸闻数百步。"长啸是魏晋士人间流行的时尚，以示洒脱。古代文人、诗人对声音似乎有一种别样的偏爱。啸的历史也与吟诵同样久远，《诗·召南·江有汜》曰："不我过，其啸也歌。"唐韩愈《送穷文》曰："屏息潜听，如闻音声，若啸若啼，砉欻嚘嘤。"唐王维《竹里馆》："独坐幽篁里，弹琴复长啸。"此处是歌与啸结合，宋苏轼诗曰："何妨吟啸且徐行。"此处则是吟与啸结合。

为了让诗歌吟诵起来合韵流畅，且高低、急缓、顿挫有致，古人作诗作文前，会先吟啸或朗诵以试其音韵、平仄、节奏，然后才动笔。音韵和节奏确定好之后，情感基调也基本上确定，下起笔来就很快可以成章。如《世说新语》文学第四曰："桓玄尝登江陵城南楼云：'我今欲为王孝伯作诔。'因吟啸良久，随而下笔，一坐之间，诔以之成。"所以诗人创作时对用韵和平仄尤为重视，这一点，直到清代的诗论，仍有明显的体现。

清代袁枚有《随园诗话》一书行世。袁枚因受唐代诗论著作《二十四诗品》的影响，也出于对它的热爱，创作了《续诗品》。他在自己的创作和诗论中，一再强调择韵的重要性，《随园诗话》卷六中说："欲作佳诗，先选好韵。凡其音涉哑滞者，晦僻者，便弃舍。"葩"即"花"也，而"葩"字不亮；"芳"即"香"也，而"芳"字不响：以此类推，不一而足。"

同书卷十三又再次强调用韵的重要性，袁枚引唐相陆扆语云："士不饮酒，已成半士。"余谓："诗题洁，用韵响，便是半个诗人。"也就是说，做诗时能做到题目简洁清新，会用韵，就成半个诗人了。

可以说，韵律、平仄和节奏是内在于诗歌之中的一个本质特征，是诗歌本身不可或缺的一部分，而且是很重要的一部分。这也是为何吟诵对于学习古典诗词如此重要，如果不认识、不体验韵律节奏，又如何能够深入理解古典诗词呢？古典诗词是带着声音的，所谓"诗本乐章"，常有"音节清脆，雪竹冰丝”之效果。能否合韵，能否吟诵，既是学诗要学的重要内容，也是判断诗歌好坏的一大标准。袁枚在《随园诗话》卷七中教人学近体诗就学“中晚宋元诸名家”，因为“中晚名家，（音节）便清脆可歌”。

古人提倡“诗言志”，要做到“言志”，必须借助吟诵，而要吟诵，则必须选好韵，处理好平仄。赵翼《瓯北诗话》曰：“心之声为言，言之中理者为文，文之有节者为诗。故三百篇以来……虽小夫室女之讴吟，亦与圣贤歌咏并传，凡以各言志而已。”无论小夫室女，还是贵族圣贤，人人均可平等地以诗歌吟诵来言志抒情。

当然，古典诗词的吟诵由于涉及古代用韵及平仄格律，所以对初学者有些困难，这也许就是为何传统的吟诵方式至今难以推行的原因之一吧。虽然传统的诗词吟诵方式是我国宝贵的文化之一，但由于古代的科技限制，吟诵没有被保存下来，何为标准的、原汁原味的传统吟诵，至今仍不尽相同，加上各地方言用韵和民歌的歌唱方式不同，所以各地的吟诵方式也各有差异。

传统的吟诵与现在流行的朗诵是不同的，二者既有联系，也有区别。相同的地方是二者都是对诗词作品的有声的体会和演绎，都要求字正腔圆，融入诗境、显示个性，并要有抑扬顿挫、轻重徐疾，并要有适当的动作配合，注意眼神和表情。不同的地方，正如长期从事古代文学和吟诵学教学与研究的陈少松教授在其著作《古诗词文吟诵》三版前言中指出的那样，朗诵往往带着话剧表演的意味，所以有人称之为“话剧腔”，传统的“吟”则是拉长了声音像唱歌似地读，若用传统的“诵”读七言律绝，往往每两字一顿，末字单独一顿，讲究平长仄短，节奏感更强，而“话剧腔”朗诵法则是不管平仄，几乎每句都按四三结构处理。二者各有特色，都有其存在的理由和发展的空间。

诗歌创作对声音、内在节奏的把握，在现代新诗中仍然存在。并不仅仅是古典诗歌，现代新诗的朗诵就是用声音来展现诗歌的魅力。如果一首诗没有节奏感，没有轻重缓急之分，是很难引起读者共鸣的，也不适合作者在创作时的情感节奏。现代新诗的节奏至少应该和作者的情感节奏协调，这是最基本的一点。当然，要做到这一点，必须要经过长时间的创作积累。

平时的课堂教学，可以结合诗歌的音乐性来灵活设计教学方法，比如让学生上台按照自己的理解诵读作品，或者分角色诵读诗歌，课堂诗歌诵读小比赛等教学活动。

此外，传统的诗歌课堂多以教师的讲授为主。笔者认为，为了调动学生的积极性和参与性，鼓励他们放开外在框架的束缚，教师应该将更多的时间给学生讨论和创作，在台上朗诵自己的作品，然后一起讨论。所以，讨论法、练习法、情景教学法等在文学创作课堂中应该比别的课程要多一些。总之，以学生为主体，让他们真正成为课堂的主人，并且积极地参与到教师组织的课堂创作活动中，这样，学生才会真正体会到创作的乐趣，发现各自的写作特长，文学课程的教学才会取得让人满意的效果。

目录
CONTENTS

上编　文学研究

下编　创作实践

【文】

附　　录

上编 文学研究

论文学的叙述方式

文学创作灵感源于生活，但文学创作并不是照搬生活，生活恰如一块布，而作者就是要用文学创作这把艺术的剪刀把生活的布料裁剪成一件漂亮的衣服，该舍弃的部分要舍弃，该抓住的细节必须抓住。而且，文学创作由于篇幅小而容量大，所以对语言的锤炼有较高的要求，创作时应该避免平铺直叙，应该避免日常化的语言表达，应该追求“陌生化”，这样可以引起新奇的艺术效果，延长读者的阅读审美体验，从而达到引发读者思考的目的。①

除了人，还有季节、自然景色，包括读书的思考，都可以是诗歌创作的灵感来源。所以，如果还有人抱怨没有什么东西可写，那么他/她应该反思自己，多多阅读和体会他人的作品，尤其是一些著名作家谈写作感想和经验的散文，读来既舒畅，也能给人许多启发，何乐而不为呢？比如康·帕乌斯托夫斯基的《金蔷薇》、泰戈尔的《和父亲一起去旅行》、北岛的《时间的玫瑰》等。

一个写作者的阅读面应该扩展开来，不要局限于某一个国家或者某一个时代，应该古今中外都有所涉猎。比如现代新诗的创作，并不是说叫读者只读现当代的新诗，其实古代诗歌中有很多值得我们学习和借鉴的营养成分，有的甚至还可以直接影响到我们的新诗创作，比如当代诗人张枣的《镜中》一诗：

> 只要想起一生中后悔的事
> 梅花便落了下来

---

① （俄）什克洛夫斯基等：《俄国形式主义文论选》，北京：生活·读书·新知三联书店，1989年，第1—11页。

比如看她游泳到河的另一岸
比如登上一株松木梯子
危险的事固然美丽
不如看她骑马归来
面颊温暖
羞惭。低下头，回答着皇帝
一面镜子永远等候她
让她坐到镜中常坐的地方
望着窗外，只要想起一生中后悔的事
梅花便落满了南山①

张枣（1962—2010），湖南长沙人。著名诗人、学者和诗歌翻译家，曾出版《春秋来信》《张枣的诗》。《镜中》是张枣的代表作。有人撰文指出张枣的这首《镜中》是“从开始时的对镜枯坐追忆，到结束时的倚窗远望遥想，荡漾出的是整首诗的古典境域”的一首新诗。② 受古典诗词影响的新诗作品很多，兹不一一列举。

文学创作常有三种人称叙述方式：第一人称、第二人称和第三人称。不同的人称叙述，会取得不同的阅读体验，也会写出不同的文学作品。为了具体地探讨这个问题，这里也以诗歌作为例子。

南朝梁钟嵘在《诗品》序中所说：“气之动物，物之感人，故摇荡性情，形诸舞咏，照烛三才，晖丽万有，灵祇待之以致飨，幽微借之以昭告，动天地，感鬼神，莫近于诗。”③ 诗歌是诸种文学体裁中最能抒发情怀、感动人心的，而且诗人常常是由物感兴，即由外界之物引发的感触而“摇荡性情”，继而“形诸舞咏”。另外，“任何诗史和歌史，都有其自身植根的土壤，有其独特的历时性和共时性，因而也就具有独特的风貌和发展历史”④，有感而发，形诸意象，情郁于中，发而感人，可以说是诗歌较于其他文体的特性，诗歌创作的这一特性至今仍在。

比如，在诸多外界之物中，鸟，更确切地说，鸟的鸣叫声，在古代诗人

① 余建忠主编：《大学国文精读》，昆明：云南大学出版社，2018 年，第 219 页。
② 刘超：《〈镜中〉所见》，《书屋》2013 年第 10 期。
③ （南朝梁）钟嵘：《诗品》，上海：上海古籍出版社，2020 年，第 1 页。
④ 曹旭：《诗品研究》，上海：上海古籍出版社，1998 年，第 292 页。

的心里，常常能激起千层情感的浪和创作的灵感。

从我国诗歌源头《诗经》的第一篇《关雎》中，我们就能“听”到鸟的叫声：“关关雎鸠，在河之洲。窈窕淑女，君子好逑。”[①] 程俊英、蒋见元在《诗经选译》中指出：“关关，形容水鸟雌雄和鸣的象声词。”[②] 雎鸠是水鸟，宋代朱熹在《诗集传》中也认为雎鸠就是一种水鸟。[③]《关雎》以鸟的鸣叫声作为引发诗人埋藏在心中情思的媒介，不仅如此，鸟鸣还有助于增强诗歌的形象性，使诗歌更具呈现的特质，并引领读者在阅读时通过诗中的鸟鸣声，更主动、更生动地领悟诗人所要传达的情思。而这正是叶维廉在《中国诗学》中指出的中国诗歌的特性在于适可而止，点到即可。[④] 让读者自己不由自主地参与到诗境的重建中，也就是在阅读诗歌的时候，激发读者在意识里主动参与诗歌的创作活动。

这种创作手法，可以说是诗人用鸟鸣来“代言”心中丰富而深厚的情感，通过再现鸟鸣激起诗人心中情思这一情景、过程，引领读者进入作者的内心世界。这种手法在我国诗歌历史上一直延续着。仍以《诗经》为例，《诗经·周南》中的第二首，也就是《关雎》之后的《葛覃》，写女子出嫁后回娘家省亲，诗曰：“葛之覃兮，施于中谷；维叶萋萋。黄鸟于飞，集于灌木，其鸣喈喈……言告师氏，言告言归……归宁父母。”据清人徐鼎《毛诗名物图说》卷一的解释，知“黄鸟”指黄雀。诗里以黄鸟的叫声“其鸣喈喈”来衬托、引发女子归家省亲的急切而欣喜的心情。[⑤] 诸如此类的例子在《诗经》中还能找到许多，比如《燕燕》中的“燕燕于飞，下上其音。之子于归，远送于南”等。

至此，我们看到：在以上所列诗歌中，诗人虽然以鸟鸣起兴，以鸟鸣为触发诗人情思、激发读者参与诗境再造的重要媒介，但诗歌中的鸟鸣还只是模糊而简单的“关关”“喈喈”等象声词，也就是说，这里的鸟，还不会“说话”。

不会“说话”的鸟在《诗经》之后的诗歌中还出现了许多。如《古文

---

① 程俊英、蒋见元：《诗经注析》，北京：中华书局，1991 年。本节引用的《诗经》原文均出自该书，下面不再一一标注。

② 程俊英、蒋见元译注：《诗经选译》，成都：巴蜀书社，1990 年，第 2 页。

③ （宋）朱熹集注：《诗集传》，上海：上海古籍出版社，1980 年，诗卷第一。

④ （美）叶维廉：《中国诗学》，北京：人民文学出版社，2006 年增订版。

⑤ （清）徐鼎纂，王承略点校：《毛诗名物图说》，北京：清华大学出版社，2006 年，第 9 页。

苑》中题作“李陵诗”的：“晨风鸣北林，熠燿东南飞。愿言所相思，日暮不垂帷。明月照高楼，想见余光辉。玄鸟夜过庭，仿佛能复飞。褰裳路踟蹰，彷徨不能归。浮云日千里，安知我心悲。思得琼树枝，以解长渴饥。”① 这首诗以鸟鸣于北林，飞向东南方，勾起诗人的思归之情，情深难抑，以至于夜不成眠。

再如三国时魏国诗人阮籍的《咏怀诗》：“夜中不能寐，起坐弹鸣琴。薄帷鉴明月，清风吹我襟。孤鸿号外野，翔鸟鸣北林。徘徊将何见，忧思独伤心。”② 诗人借助深夜鸟鸣道出了内心的悲伤，诗里的鸟鸣仍只是简单的“号”和“鸣”。

后来，随着诗人个体意识的不断觉醒和诗歌创作艺术手法趋于细致、多样和娴熟，也由于诗人发现了世界上真的有能说人话的鸟，于是在创作中对鸟鸣的描写就更加生动、细腻了，与以前借鸟鸣代言的诗歌最大的不同在于：在诗歌中，鸟真的说话了，鸟鸣不再是原来的模糊的“关关”“喈喈”或者“号外野”“鸣北林”之类的描写。

鸟既然会说话了，诗人的情思就表达得更为自由、直接和丰富了。最典型的例子，莫过于唐诗中出现的秦吉了。

秦吉了又叫鹩哥，与八哥是“同门兄弟”，同属雀形目，而秦吉了更讨人喜欢，因为它是兼学话、鸣叫、技艺三位一体的名贵鸟类。秦吉了体型稍大于八哥，活泼好动，雏鸟较易驯化，驯化后很听话，可以放养，模仿人语方面更胜于八哥，也许这就是为什么唐代诗人如此喜欢把秦吉了写到诗中，用它来代言的原因。

饲养和训练秦吉了，并作为进贡朝廷的礼物，古已有之，《汉书·武帝本纪》有南越献驯象、能言鸟的记载；《旧唐书·音乐志二》曰：“《鸟歌万岁舞》，武太后所造也。武太后时，宫中养鸟能人言，又常称万岁，为乐以象之。……今按岭南有鸟，……笼养久，则能言，无不通，南人谓之吉了。……开元中，广州献之，言音雄重如丈夫，委曲识人情，慧于鹦鹉远矣。”③ 又，《太平广记》卷四六三引《岭表录异》称秦吉了“大约似鹦鹉，嘴脚皆红，两眼后夹脑，有黄肉冠，善效人言，语音雄大，分明于鹦鹉”④。《太平

① 曹旭：《古诗十九首与乐府诗选评》，上海：上海古籍出版社，2019 年增订本，第 207 页。
② 霍松林、霍有明：《中国古典文学名著精品》，长春：时代文艺出版社，2018 年，第 462 页。
③ （后晋）刘昫撰，廉湘民标点：《旧唐书》，长春：吉林人民出版社，第 670 页。
④ （宋）李昉等编：《太平广记》，北京：团结出版社，1994 年，第 2244 页。

广记》卷四六三引《朝野佥载》中的一则故事《刘景阳》，也与秦吉了有关，兹不厌烦琐，录于下：

> 天后时，左卫兵曹刘景阳使岭南，得吉了鸟，雄雌各一只，解人语。至都进之，留其雌者，雄烦怨不食。则天问曰："何乃无聊也？"鸟为言曰："其配为使者所得，今颇思之。"乃呼景阳曰："卿何故藏一鸟不进？"景阳叩头谢罪，乃进之，则天不罪也。[①]

这则故事是说武则天执政时，左兵卫曹刘景阳出使岭南，得到了雌雄两只秦吉了，能通人语。回到京城后，刘景阳把雄秦吉了进献给武则天。但雄秦吉了闷闷不乐，也不吃喝，武则天问它何故，雄秦吉了说自己的伴侣还在刘景阳处，请求武则天把刘景阳藏匿家中的雌秦吉了找到，两只鸟儿终于团聚。这则故事虽然有些夸张，但从中可以看出唐人对能人言的秦吉了是多么喜爱。所以，李白《自代内赠》诗曰："安得秦吉了，为人道寸心。"白居易作《秦吉了》：

> 秦吉了，出南中，彩毛青黑花颈红。耳聪心慧舌端巧，鸟语人言无不通。昨日长爪鸢，今朝大嘴乌。鸢捎乳燕一窠覆，乌琢母鸡双眼枯。鸡号堕地燕惊去，然后拾卵攫其雏。岂无雕与鹗？嗉中肉饱不肯搏。亦有鸾鹤群，闲立高扬如不闻。
>
> 秦吉了，人云尔是能言鸟。岂不见鸡燕之冤苦？吾闻凤凰百鸟主。尔竟不为凤凰之前致一言，安用噪噪闲言语。[②]

这首诗收在白居易的"讽喻诗"中，诗人借秦吉了来抨击朝廷中占着禄位却不敢向皇帝进言、替民申诉的谏官，诗歌批判得直接而爽利。

唐代诗人中以秦吉了代言的还有如张籍《昆仑儿》："言语教解秦吉了，波涛初过郁林洲。"[③] 等等。唐之后，仍不绝以秦吉了代言者，如明朝高启《咏苑中秦吉了》："不独能言异凡鸟，最爱佳名呼吉了。雕笼几度学鸡鸣，惊起烟花六宫晓。驾来别院未知迎，先听遥呼万岁声。愿把春风一杯酒，从今莫听上林莺。"[④] 这首诗写秦吉了乖巧能言，皇帝驾临时，宫女还未出去迎接，

---

① （宋）李昉等编：《太平广记》，北京：团结出版社，1994 年，第 2245 页。

② 傅东华选注：《白居易诗》，武汉：崇文书局，2014 年，第 34—35 页。

③ 孙建军、陈彦田主编，于念等撰稿：《全唐诗选注》，北京：线装书局，2002 年，第 2965 页。

④ 刘锬编著：《咏鸟古诗欣赏》，北京：语文出版社，2002 年，第 97 页。

秦吉了就已经先呼“万岁”了，深得宫廷上下的喜爱。有了秦吉了，就不要再听上林莺了，在对比中，诗人的取舍、褒贬就自然表现了出来。

这种以鸟鸣代言的手法在实际的创作中有更为多样和灵活的运用，我们知道，代言手法有这样一个本质特点：代言，就要求作者隐身，缺席，但不退场，而是在幕后借助另一种身份、从另一个角度发出自己的声音。写作时作者尤其要注意换位思考、换位说话，即所言、所写要与作者所借身份、口吻吻合，切忌穿平民衣装，却说皇帝话，或者用儿童的角色，演绎老人的沧桑戏。这样的借助、换位思维，使诗人触类旁通，不仅学会借助鸟鸣，以鸟的身份说话，更将这种代言手法扩展到更大的范围中。比如上文提过的张籍，除了写过秦吉了，他还写了《节妇吟》：“君知妾有夫，赠妾双明珠。感君缠绵意，系在红罗襦。妾家高楼连苑起，良人执戟明光里。知君用心如日月，事夫誓拟同生死。还君明珠双泪垂，恨不相逢未嫁时。”①

这首诗是张籍为拒绝李师道拉拢而作，诗人巧妙地借助有夫之妇的身份和口吻来代言拒绝之意，表面上看完全是一首写男女情思的爱情诗，实质上却是政治诗。如果直接拒绝，难免得罪对方，以代言方式婉拒，既不伤害双方关系，又能清楚而坚定地表达诗人真实的心意，一举两得。这首诗的代言虽然不是借助鸟鸣，但与秦吉了诗歌的本质是相同的。类似《节妇吟》，借助女子身份、口吻代言心意的，还有朱庆余的《闺意献张水部》，等等。

代言手法不仅大量出现在我国古典诗歌创作，在现当代，包括国外的诗歌创作中也不难找到，比如印度大诗人泰戈尔的散文诗集《新月集》，有以母亲的身份代言、以孩子的身份代言、以花草等代言的，也有综合运用两种身份代言的……比如《金色花》：“假如我变成一朵金色花，只是为了好玩，长在那高高的树枝上，笑哈哈地在风中摇摆，又在新生的树叶上跳舞。妈妈，你会认识我么?”② 这里既是以孩童的天真调皮代言，也以花代言。当然，泰戈尔的作品中也不乏以鸟代言的，比如《飞鸟集》中的：“鸟儿愿为一朵云。云儿愿为一只鸟。”③ 用鸟的角度和身份，表达了人与人之间既遥远，又陌生；既相互羡慕，又相互隔阂的关系和状态。

简简单单的两句诗，却能传达出丰富而深刻的意味，胜过千言万语，也

---

① 尚永亮主编：《唐诗观止》，西安：陕西人民教育出版社，2019 年，第 123 页。

② 周顺宏、周国安：《写作，以经典为师》，长沙：湖南少年儿童出版社，2014 年，第 24 页。

③ （印）泰戈尔著，郑振铎译：《新月集》，成都：四川人民出版社，2018 年，第 89 页。

可避免直接表达的不便和局限，这就是代言手法的魅力。这部分诗歌中的《赏春》和《桃树》等诗，就是借鉴了这种代言手法，作者完全隐身于幕后，而以春天代言，这样，诗歌无疑更具有表现力。

其实，用动物代言的手法并不仅限于诗歌，在古今中外的小说中也经常看到。比如英国作家乔治·奥威尔（George Orwell）的《动物农场》，奥威尔（1903—1950）是英国的小说家、记者和社会评论家。《动物农场》是奥威尔的一部寓言小说，用动物的视角讲述了一个农场革命的故事。全书的情节并不复杂，说的是英国某处一个农场里的动物们因为不堪人类农场主的虐待，奋起造反，但在动物革命成功以后，在新领袖猪的带领下，动物们的生活并没有真正改善，虽然粮食增产，但是每个动物分到的口粮却越来越少，接着又起了内部的矛盾，许多动物因莫须有的罪名惨遭杀害。这个故事以苏联斯大林当政时期的历史作为创作的背景，提醒人们注意革命的异化及其后果。

从中国的文学作品来看，莫言的长篇小说《生死疲劳》写的也是一个以动物视角来讲述的精彩故事。莫言是第一位获得诺贝尔文学奖的中国作家。1955 年莫言出生于山东高密，是中国当代著名的作家。《生死疲劳》写农民与土地革命，主人公是一个在土地革命时期被枪毙的地主，开篇就是他到了地狱阎罗王那里之后，无论受到怎样的酷刑都声称自己是清白无辜的，因此阎罗王让他投胎转世，他一世为驴、一世为马、一世为牛……通过六次轮回的所见所闻所经历的，写出了东北高密农村的几代兴衰，写出了二十世纪中国农村五十年的历史。诺贝尔文学奖授奖词中提到了莫言的魔幻现实主义，《生死疲劳》就是通过不同的动物的视角，借助中国民间流行的佛教轮回思想，生动地写出了魔幻现实主义的精髓。

用动物视角来讲述的故事、写作的诗歌还有很多，在这里不再一一列举，不管作者采用怎样的动物视角来写，我们始终要记住，动物在故事、在诗歌中是作者的“传声筒”，是表达作者内心深处所思所想的。虽然作者在文学作品中“隐身”，或者以“缺席”的状态存在于作品中，但作者的思想情感对作品生成的影响，是不能忽略的。

另外，在对诗歌作品进行赏析和评论时，我们还要注意区别动物代言手法和动物意象的不同。动物意象在诗歌中通常是以静态出现的，是带着符号抽象性的。它虽然包含或曰寄托着作者的情思，但这些动物意象并不站出来直接表达，诗人往往在诗歌中以第三人称的角度来描写这些动物意象，所以诗歌中出现的凤凰、牛、马等动物意象只是诗歌中构成的一部分。代言手法则是指作者直接通过动物在诗歌或者小说中发声，让动物以人的姿态活动、说话、思考、爱或者恨，悲伤或者欢喜，用动物的口吻和视角来讲故事，因此读者要注意区别动物代言手法和动物意象的不同。

论文学与人性

文学是人学，是人的精神产物，文学作品用艺术的方式探索人性、呈现人性。有学者早就指出人性与文学的密切关系。章培恒、骆玉明曾在文学理论研究中发表论文，论述中国文学发展的历史，明确指出："文学的历史与人性的发展相关联。"① "真正有价值的优秀作品，总是和人类本性相关联的；它的以情动人，根本上是基于人类自由本质的人性欲求的共鸣。"② 并且，章培恒和骆玉明进一步提出："以人性的发展为核心来描述文学史，还牵涉到怎样分析艺术形式的变化问题。在这方面固然不宜说得太牵强，但两者之间大致的关系是确实存在而且能够描述的。"③ 章培恒和骆玉明从人性论的角度重新梳理了中国文学史的发展，著成《中国文学史新著》，对中国文学史的发展起到了极大的作用，这部著作还被教育部列为重点推荐大学文科教材。

现在，我们仍然从人性的角度来理解和阐释古今中外的文学作品，人性中的情感、道德和本能欲望，在文学中都能找到痕迹，并能从这些痕迹中反观人性的本质。这里仅以唐代著名诗人李白为例进行探讨。

说起李白，人们首先想到的是"诗仙"的飘逸出尘。这几乎已经成为一种惯性思维，文学史教材上也都是如此强调。但看事物不要偏执其一。看人，尤其如此。因为人本身就是一个矛盾复杂体。我们要知道，大诗仙李白是人，

---

① 章培恒、骆玉明：《关于中国文学史的思考》，伍成编《上海五十年文学批评丛书 理论卷》，上海：华东师范大学出版社，1999 年，第 444 页。

② 章培恒、骆玉明：《关于中国文学史的思考》，伍成编《上海五十年文学批评丛书 理论卷》，上海：华东师范大学出版社，1999 年，第 444 页。

③ 章培恒、骆玉明：《关于中国文学史的思考》，伍成编《上海五十年文学批评丛书 理论卷》，上海：华东师范大学出版社，1999 年，第 447 页。

一个真真实实的人。

说起来，李白的“诗仙”称号由来已久，深入人心。这与李白生活的蜀地深厚的道教传统有关，也与李白的道教信仰有关。首先，李白爱以“仙”自称，如他自封为“酒仙”。其次，李阳冰和贺知章等人对他的进一步仙化，是李白获此仙号的另一个重要原因。李阳冰在《草堂集序》中说：“世称（李白）为太白之精，得之矣。”范传正在《李公新墓碑序》中说道：“秘书监贺知章号公为谪仙人。”对于贺知章称李白为“谪仙”一事，李白自己也颇为得意，多次在诗文中提到，也有意无意地“仙化”自己。详细的情况，周勋初先生在其文集之四和《李白评传》中已作详论，兹不赘述。

但是李白毕竟是人，把他还原为人，才能真正理解他的言行和作品，也有助于我们的文学创作。当代学者林继中教授曾说，研究杜甫时，要把他看作一个真实的人，不要拔高也不要贬低。唯有把他当作一个真实的人来看，才能深入杜甫的诗歌，理解杜甫。对于李白，我想也应该如此。

神仙可以不食人间烟火，但是人总有悲欢离合。婚姻和家庭是人生活中重要的部分，几乎每个创作者都会写到家庭和婚姻，无论诗圣还是诗仙。

李白明确写给其子女的诗歌，屈指可数。有《寄东鲁二稚子》和《送萧三十一之鲁中，兼问稚子伯禽》。另外，在《赠武十七谔》中，他提到了儿子：“爱子隔东鲁，空悲断肠猿。”而他写给妻妾的诗歌，只有几首给宗氏的，宗氏是李白的妻子之一，有《窜夜郎，于乌江留宗十六璟》和《秋浦寄内》等。而既提及妻子，又言及子女的诗歌，李白集中仅见一首，为《题嵩山逸人元丹丘山居》（并序），序曰：“拙妻好乘鸾，娇女爱飞鹤。提携访神仙，从此炼金药。”[①] 他梦想着带上妻女一起修炼成仙。

可见，李白很少提及家人，而且作为一个父亲，他常年与子女分离，极少团聚。在《上安州裴长史书》中，李白作了一个较为详细的自我介绍，但对于自己的婚姻和子女情况，只是一言带过：“许相公家见招，妻以孙女，便憩迹于此。至移三霜焉。”[②] 这期间，李白有了子女，但他在书信中并未提及。据魏颢《李翰林集序》可知：“白始娶于许，生一女，一男曰明月奴。女既嫁而卒，又合于刘，刘诀。次合于鲁一妇人，生子曰颇黎。终娶于宋。”[③] 许氏

① 周振甫主编：《唐诗宋词元曲全集 全唐诗》第 4 册，合肥：黄山书社，1999 年，第 1282 页。

② 任继愈主编，（宋）姚铉编：《中华传世文选 唐文粹》，长春：吉林人民出版社，1998 年，第 908 页。

③ 安旗、薛天纬编：《李白年谱》，济南：齐鲁书社，1982 年，第 120 页。

似是李白的第一个妻子，为他生育一子一女。李白虽有多次婚姻，有多个子女，但他一生多在一人漂泊中度过，寄养子女于他人。

这与我们原来心目中的诗仙形象颇有出入，不过，把李白作为一个普通人来看，就不觉得奇怪了。文献资料的缺乏，给相关研究带来困难。由现存资料来看，李白似有三子一女，儿子伯禽和女儿平阳是李白作品《寄东鲁二稚子》中明确提到的，颇黎在后人资料中出现过，李白并未提到。而李白另一子天然，只出现在李华《故翰林学士李君墓志序》中："（李白）有子曰伯禽、天然，长能持，幼能辨。"周勋初先生在《李白评传》第二章第七节《李白的儿子》中提出疑问，说"不甚可解，似有夺误"①。又怀疑"天然"是颇黎的别名。李白诗中多次提到的只是伯禽，似对此子较为疼爱。

此外，李白还有孙女。范传正在《唐左拾遗翰林学士李公新墓碑》中提到了："访公（指李白）之子孙，……凡三四年，乃获孙女二人，……皆编户民也。"② 两孙女说："父伯禽，以贞元八年不禄而卒。有兄一人，出游一十二年，不知所在。"③ 由此可知，李白之子伯禽后有一子二女，儿子出游不归，下落不明，二女贫苦无依，嫁为民妇。这是李白后代的基本情况。

在《送萧三十一之鲁中，兼问稚子伯禽》中，李白说到了他与家人的分离，表达了对儿子的牵挂："我家寄在沙丘旁，三年不归空断肠。君行既识伯禽子，应驾小车骑白羊。"④ 李白漫游，多年不归，而子女尚幼，作为父亲，想到分别时还很小的儿子伯禽，现在应该会骑着小羊、驾着小车到处游玩了吧，念及此，他十分伤心，却也只能"空断肠"，因为他远游在外。按照人情常理来说，一个父亲在外多年，又如此深切思念儿子，应该尽早回家才是。为什么有家不归？

在《寄东鲁二稚子》中，李白也表达了自己对子女的深深思念和骨肉分离的痛苦。情感真挚，让人动容。一个慈爱的父亲的形象跃然纸上。在《赠武十七谔》中，李白再次流露出他对儿子的思念："爱子隔东鲁，空悲断肠猿。林回弃白璧，千里阻同奔。君为我致之，轻赍涉淮原。精诚合天道，不愧远游魂。"⑤ 这里，李白用了两个值得注意的典故，表达了对儿子的深情。

① 周勋初：《李白评传》，南京：南京大学出版社，2005 年，第 38 页。
② 侯立文：《太白集注》，兰州：敦煌文艺出版社，2018 年，第 5 页。
③ 侯立文：《太白集注》，兰州：敦煌文艺出版社，2018 年，第 5 页。
④ 李白：《李白集》，呼和浩特：远方出版社，2002 年，第 152 页。
⑤ 李白：《李白集》，呼和浩特：远方出版社，2002 年，第 90 页。

典故之一为“断肠猿”，出自《世说新语》：“桓公入蜀，至三峡中，部伍中有得猿子者，其母缘岸哀号，行百余里不去，遂跳上船，至便即绝。破视其腹中，肠皆寸寸断，公闻之怒，命黜其人。”① 这里是说桓温率领大军进入巴蜀，路过三峡的时候，船上军队里有一个人捉到了一只小猴子，猴妈妈一路追随，沿江哀号，一直跟着船走了百多里路，不肯离开。后来猴妈妈跳上船，已经死了，剖开母猴的肚子一看，里面的肠子都一寸寸断裂了。桓温听说这件事后大怒，下令罢免了捉到小猴的那个人的职务。典故之二为“林回弃白璧”事，出于《庄子》：“林回弃千金之璧，负赤子而趋。或曰：‘为其布欤？赤子之布寡矣。为其累欤？赤子之累多矣。弃千金之璧，负赤子而趋，何也？’林回曰：‘彼以利合，此以天属也。’”② 这个故事说的是贤者林回的国家被晋国灭亡了，林回放弃了价值连城的玉璧，而背着一个初生婴儿逃难。有人说林回是为了钱财吗？如果是为了钱财，初生婴儿不如玉璧值钱。带着初生婴儿逃难，路上多累赘，林回为何这样做？林回说，玉璧只是具有金钱的价值，但是那个婴儿和我，却有着天生的血缘关系。李白把这两个典故用在这里，恰当地表达了李白对儿子血浓于水的深情与骨肉分离的痛苦，胜过千言万语。是啊，如此牵挂子女的父亲李白，为什么还不回家与子女团聚？

除了古代交通不便之外，李白在《上安州裴长史书》中说出了自己长期离家远游的部分原因：“以为士生则桑弧蓬矢，射乎四方，故知大丈夫必有四方之志。乃仗剑去国，辞亲远游。”③ 此外，周勋初还指出，李白与相府宗氏结婚，是入赘相府，不便把前妻许氏所生的子女带到相府来生活。他只能把儿女寄养在东鲁。寄人篱下，对孩子的生长和教育都是不利的，为此李白内心非常内疚和悲伤，但又似乎极为无奈。

李白在相府也并没有待多久，不久又离家远游了。李白的一生，看似飘逸洒脱，其实从未忘记建功立业，他在很多诗歌里都谈到了这一点。当然，他热衷于炼丹和升仙，并多次流露隐居的想法，这也是事实。但是，李白渴望在隐居修仙之前，建立一番轰轰烈烈的功绩，这在他的诗作中，从他对鲁仲连的仰慕中，都可以找到证明。可见入世的思想在李白脑海中萦绕不断。所以，李白一次次出游，一次次寻找建功立业的机会，并访求仙道灵丹。对

---

① 刘义庆总主编：《世说新语》，西安：三秦出版社，2018 年，第 163 页。

② 韩忠：《庄子读解》，上海：上海书店，2018 年，第 188 页。

③ 李白、杜甫：《李太白集 杜工部集》，长沙：岳麓书社，1989 年，第 256 页。

于子女，虽有天生的父爱和对子女的愧疚，但已经顾不得那么多了。从现存史料来看，李白对于子女的抚养和教育，是不够负责的。

细究起来，李白的婚姻状况的复杂导致了家庭的复杂。比如与宗氏结婚，入赘相府，他就无法带上前妻的儿女，至于他将儿女寄养在谁家，李白并未说明。魏颢所说的“（李白）合于刘”，“合于鲁一妇人”，“合于”，不是正式的结婚。所以，李白第一个妻子留下来的儿女，就是个问题了。李白没有一个固定的家，虽然都说李白挥金如土，王琦还说李白“轻财重施，不事产业”，估计李白的经济条件是比较宽裕的，至于他的经济来源和他是否每月都给子女抚养费，就不得而知了。而且暂未找到他亲自教育子女和过问子女生活情况的作品。

唐代诗人都是如此吗？我们来看看杜甫的诗歌。杜甫较为重视后代的抚养与教育，在《宗武生日》和《又示宗武》等诗中，杜甫不厌其烦多次追述祖先功德，并告诉儿子：“诗是吾家事。”（《宗武生日》）① 督促儿子读书、写诗，把作诗看作自家优良传统，杜甫的祖父杜审言是初唐著名诗人，今天的文学史将他作为五言诗成熟的代表。在诗赋取士的唐代，杜甫这一家教，寄托了对后代积极入世，在仕途上有所作为的期望。

杜甫在诗里还常常描写外出回家后的情景，表现亲人长期分离后重新团聚的巨大喜悦，如《自京赴奉先县咏怀五百字》。家，在杜甫诗里是一个清晰的温暖归宿，而在李白的诗里，则更像一个模糊的概念。他很少描述他的家庭，然而，李白心里也有很柔软的一部分，当他看到暮云还山，众鸟归飞，他的心里就会流露出深深的思归之情：“孤云还空山，众鸟各已归。彼物皆有托，吾生独无依。”（《春日独酌二首》其一）②

李白有过多次婚姻生活，两次正式婚姻都是入赘女方家，至于与刘、与鲁一妇人的结合，也似是李白去到女方家里。李白基本不把子女带在身边。即使在长安供职翰林时，他也没有把子女接来同住。不像杜甫，一在长安稍稍安顿下来，还没谋到一官半职，就把妻子和孩子接到身边，后来因为经济负担实在太重，加上长安当时连日雨水，没有收成，连吃饭都成问题，杜甫才不得不把妻子孩子送到亲戚家里去暂时寄养。

上文提过，范传正寻访李白的后代，找到了他的两个孙女，即伯禽的孩

① （清）黄生撰，徐定祥点校：《杜诗说》，合肥：黄山书社，1994 年，第 484 页。

② 李白、杜甫：《李太白集 杜工部集》，长沙：岳麓书社，1989 年，第 201 页。

子。这两个孙女说她们还有一个哥哥，就是李白的孙子，“有兄一人，出游一十二年，不知所在”，二女无依无靠，只得嫁为民妇。伯禽之子云游十二年，不知所踪，也没有再回家，音信全无。与李白当年漫游又是多么相似！不知道伯禽是否也曾经如此长期漫游。李白的两个孙女并未提及李白家族里其他人，比如李白的妹妹，也就是她们的姑姑。等等。可见李白家族里的人来往并不密切，李白又称“李十二”，排行十二，兄弟姐妹应该很多，但李白本人也很少提起。这就很奇怪。周勋初先生指出李白受胡文化影响甚深，与当时正统思想儒家思想有不少不一样的观念和行为，比如李白的婚姻。在此，我们也可以说，李白的家庭观念也与当时儒家思想的家庭观念不一致。这样，我们就可以解释李白的家庭里的种种异常现象。而也正是由于长期骨肉分离，使我们心目中飘逸的诗仙，也在诗歌中流露出沉重而悲伤的一面，让我们看到作为一个普通父亲的李白，对儿女的深深牵挂与无限愧疚。李白的形象，于此，才真实生动。

李白始终没有回“家”。他一次次“驱马又前去，扪心空自悲”（《白田马上闻莺》）。却每次都只能空自悲叹、空自思念，然后又要“驱马前去”，离家愈远。哪怕再思念，他也不得不做一个不回家的父亲。

也许李白还有其他不得已的原因，无法担负起教养子女的重任，也无法享受天伦之乐。这样看来，李白又是一个无助的文人，其凄怆无奈，千年后人见犹怜。

今天不也如此？看顾城的童话诗歌，联想他用提笔的手举起斧头砍杀妻子。生活和人从来都不像两条直线那么单纯，人和文也从来不是非对即错的简单对应，所以，面对教科书的说辞，面对眼前的作品，要多思考，多体会，以冷静的心，正确看待一个文人人性的弱点和他作品的善。

另外，要从人性论的角度理解和阐释文学作品，就要读懂文学作品中蕴含的人的情感，读懂了文学作品中的情感，才能明白作者在文学中寄托的思想。

无疑，文学是情感的艺术，当然，不同的文体的情感深浅和强弱程度不同，表达情感的方式也有区别，比如诗歌和散文表达情感比较浓烈、直接、明显，而小说、戏剧、评论对情感的处理就比较冷静、内敛、隐晦。在诸多文体中，诗歌和散文的情感比较浓烈和直接，而且往往是表达诗人内心的真实的情感，古人强调“诗言志”“诗缘情”，正是这个原因。这里且以金圣叹的诗歌为例，简单谈谈文学作品中的情感及其表达方法。

金圣叹现存的诗歌大概有三百八十三首，收录于《沉吟楼诗选》，其中有不少拟女子口吻而作，某些诗歌语词婉转，有一唱三叹之调，读来朗朗上口。如《秋思引》：

秋风萧萧夜渡河，秋河鳞鳞朝微波。
思君知君不思我，亦欲不思如思何？①

金圣叹诗歌中多有如此“思君”之作。“思君”是古典诗歌里传统的题材。金圣叹这些拟女子口吻的“思君”之作，大多是以绝色女子比附有才之士，此类的作品除了上述《秋思引》，还有《杨花曲》三章，等等，诗中的女子思君不遇，空怀美色而岁月蹉跎。金圣叹借此表达自己空怀才学，时光流逝，转眼垂暮而徒然思君之叹。

在此也许会有读者产生疑问，金圣叹向来是“绝意仕进”的，又怎么会有如此强烈的“思君”之意呢？确实，关于金圣叹的“绝意仕进”，不少学者撰文探讨过，如日本学者张小钢就在《清史研究》（2002 年 2 月第一期）上分析了金圣叹对待科举的游戏态度。关于金圣叹对科举的游戏态度，《清代七百名人传》中记载甚详：

人瑞（即金圣叹）为文，怪诞不中程法。补博士弟子员。会岁试，以“如此则动心乎否”命题。其篇末有云，空山穷谷之中，黄金万两，露白葭苍于外，有美一人，试问夫子动心否乎？曰动动动，连书三十九字。学使怪而诘之。人瑞曰：“只注重‘四十不’三字耳。”越岁再试，题为孟子将朝王。人瑞不着一字，第于卷之四隅，书四“吁”字，曰：“七篇中言孟子者，偻指难数，前乎此题者，已有四十孟子，是‘孟子’二字，不必作也。至云‘朝王’，则如见梁惠王、梁襄王、齐宣王，皆朝王耳。是‘朝王’二字，亦不必作也。题五字中，只有‘将’字可作。宗师不见演剧者乎？王将视朝，先有内侍四，左右立而发‘吁’声。此实注重‘将’字之微意也。”以是每被黜。②

这段文字生动地说出了金圣叹的性格特点和他对科举发自内心的轻蔑。

---

① 金圣叹著，艾舒仁编次，冉苒校点：《金圣叹文集》，成都：巴蜀书社，1997 年，第 10 页。

② 金圣叹：《金圣叹选批唐诗六百首》，北京：北京联合出版公司，2018 年，第 384 页。

当金圣叹补博士弟子员之缺，参加会试，考题是一道命题作文“如此则动心乎否”。试题中还说，如果在空荡荡的山谷里，有万两黄金放着，在蒹葭苍苍白露为霜的时节，遇到一位美人亭亭玉立，试题问夫子是否会动心。金圣叹在答卷上连续写了三十九个“动”字。明年再次考试，金圣叹接到的考题还是命题作文“孟子将朝王”，金圣叹在考卷上不写一个字，只在试卷的四个角写了“吁”字。金圣叹自己解释说，《孟子》七篇中已经写了四十个“孟子”了，所以考卷里不必再写，至于“朝王”，孟子见的王很多，如梁惠王、梁襄王、齐宣王，所以“朝王”这两个字也不必在答卷中重复了。题目“孟子将朝王”这五个字中，只有“将”字还可以说一说，难道老师您没看过演戏的吗？王将要上朝的时候，先是有四位内侍在左右两侧高呼“吁”，所以在考卷的四个角写了四个“吁”字，实在是发“将”字之微意也。就因为这样，金圣叹每次考试都落榜。金圣叹对科举的确没有多大的热情，这在古代的读书人中是很少见的。既如此，那岂不是矛盾吗？无意科举入仕却又对“君”朝思暮想，这就很让人迷惑了。

其实答案很简单，那就是，金圣叹所思之“君”并不一定是封建君王。笔者通过阅读研究发现，金圣叹所思之“君”，主要应该是指那些赏识其才华，欣赏其评书的读者诸君，当然，其中并不排斥封建君王。因为封建君王也可以成为金圣叹的读者。比如说，顺治帝就十分欣赏金圣叹的评书，并当众夸奖。金圣叹得知后，感激涕零，甚至顾不上遗民的气节，立即朝北下拜，以谢其知己之情，金圣叹甚至还动了出仕清廷的念头。由此可见他对读者诸君的看重。相关的记载见金圣叹的诗歌《春感八首》的序言：

> 顺治庚子正月邵子兰雪从都门归，口述皇上见某批才子书，谕词臣此是古文高手，莫以时文眼看他，等语。家兄长文具为某道，某感而泪下，因此北向叩首敬赋。①

金圣叹为此事连作了八首诗。在诗中，他毫不保留地表达了为自己批才子书所获得的赞许而自豪的感情，并流露出老而有为的期待。见八章之二：

> 半夜虚传见贾生，同时谁会见长卿。
> 卧龙之合躬耕死，老骥何由仰枥鸣。
> 岁晚鬓毛浑短尽，春朝志气忽峥嵘。

① 金圣叹：《小题才子书》，沈阳：万卷出版公司，2009 年，第 338 页。

何人窗下无佳作，几个曾经御笔评？[①]

“贾生”“长卿”“老骥”等语透露出金圣叹对自己老而有为充满了期待，“春朝志气”一句洋溢着昂扬的斗志，末二句更是表达了他为自己的评书受到皇帝这个非同一般的读者的满口夸赞而得意洋洋。他对自己评书的珍视，对读者诸君给予的评价的看重，亦由此可见一斑。这一点，在他因“哭庙案”涉祸临刑前所作的绝命诗也可以看出来。金圣叹所作《绝命词》共三首，第三首为《临刑又口号遍谢弥天大人谬知我者》：

东西南北海天疏，万里来寻圣叹书。
圣叹只留书种在，累君青眼看何如。[②]

这里的“君”，即是“知我者”的读者诸君，金圣叹的批才子书风靡当时，五湖四海之内竞相传阅。金圣叹是很为此而自豪的。他和儿子雍志趣相投，同样爱书如命。没有什么亲友的金圣叹，临难时尤为担心儿子，于是他提笔写下了这首诗，向天下读者诸君托孤，希望儿子不管去到哪里，都能有个可依靠之所，有可求助之人。一片眷眷深情，至今让人为之动容；而一颗慈父之心，至今仍在字里行间跳动着。像金圣叹这样向天下素不相识的读者托孤的行为，就笔者所见，是绝无仅有的。可知他对读者的注重，是非同寻常的。因此，金圣叹所表露的“思君”之意中的“君”，广义来说是指读者诸君，而非专指封建君王。弄明白了这个问题，我们才不至于陷入困惑。

也正是因为金圣叹对读者诸君的重视，所以他才会在自己的评书中不仅以读者的身份去看、去欣赏、评点古人，与古人对话，而且还将目光向后转，把自己也定位为作者和被鉴赏者、被评点者，而鼓励身后的读者参与到他的鉴赏、评点活动中。如金圣叹在批点杜诗时，对杜诗《戏题王宰画山水图歌》这样评说道：“此是王宰异样心力画出来，是先生异样心力看出来，是圣叹异样心力解出来。王宰昔日滴泪谢先生，先生今日滴泪谢圣叹。后之锦心绣口君子，若读至此篇，拍案叫天，许圣叹为知言，即圣叹后日九泉之下，亦滴泪谢诸君子也。”[③] 可见，他在评点古人书时，并不是单向度向前看，还时时不忘向后看，既与古人交谈，也与后之来者交流。“读者”，在金圣叹心目中，

---

① 金圣叹：《小题才子书》，沈阳：万卷出版公司，2009 年，第 339 页。

② 刘雨珍：《中日文学与文化交流史研究》，南京：江苏人民出版社，2019 年，第 81 页。

③ 杜甫著，金圣叹选批：《金圣叹选批杜诗》，北京：北京联合出版公司，2018 年，第 101 页。

不仅仅是一个概念，而是一个实实在在的存在者，可谈，可笑，可相对垂泪的人。而且，“读者”在金圣叹看来，不是普普通通的，而是让他一直珍重如“君”的人。

通过金圣叹的诗歌的分析，我们可以深刻理解作者和读者的密切联系，作者在写作时往往预设了读者，读者的阅读与参与，是作者创作的动力和内因，也是作品得以最终形成并传承后世的重要条件。金圣叹在他生活的年代没有找到理想的读者，他超越了他的时代，把目光投向了更远的将来，希望能在未来找到理解他的读者，并把他内心深处的想法、情感都寄托在他的文学创作中，唯有这样，金圣叹才能找到临刑前的寄托，才能继续“活着”，继续发出自己的声音。我们的阅读、共鸣和理解，是隔着千百年的时光对金圣叹的回应，是对文学穿越时空的精神力量的致敬。

论文献搜集与文学研究

所谓文献，是指用文字、图片、符号、视频等记录信息的物质载体，我们在这里说的“文献”，主要是指记录文学作品，可用作研究资料的所有物质载体，比如古代的典籍。我的研究中经常用到的是收藏在日本或者国内不同图书馆里的古典文献。文献既然是文学作品的载体和媒介，那么文献的搜集和整理对于文学的研究就是必不可少的。事实上，不仅是古代文学的研究如此，现当代文学的研究也是如此，而且中外的研究都很重视文献的发掘、搜集、整理和详细的研究。新的文献的发现，往往可以极大地推动已有的研究。例如日本广播协会（NHK）在 2022 年 4 月 1 日报道，日本近代文学史馆新发现了诺贝尔文学奖获得者川端康成的代表作《雪国》的手稿本。从内容上看，这是川端康成在写《雪国》时的构思草稿，或者说是笔记。这些创作笔记与现在我们看到的《雪国》的故事情节和结局都有一些不同，这些草稿资料可以展现川端康成的写作过程。《雪国》写的是靠继承父亲财产生活的岛村，在积雪深深的温泉街结识了两个女子：驹子和叶子。最后的结局是，在一场大火中，主人公岛村抬头看着流逝而去的“天之河”。但在川端康成最新发现的创作笔记来看，其结局是叶子为了驹子，疯狂地要把岛村杀掉。

由于这两份新资料的发现，关于川端康成的文学创作，尤其是《雪国》的创作过程、情节和结局等引起了激烈的讨论。日本近代文学史馆的中岛国彦理事长认为，这些创作笔记删去了《雪国》的开头。从这些笔记也可以看出，川端康成一直把《雪国》当做自己的理想，在不断地追求。由于新材料的发现，学术界争论着川端康成的《雪国》是完成的作品还是未完成的。

由此可见，文学研究与文献的发现、搜集和整理有着密切的关系。值得注意的是，大多数的文献本身都是优秀的文学作品，也是文学研究的一个对象。

上海师范大学图书馆东部古籍室藏有清代梁善长的《广东诗粹》十二卷（补编一卷），是清代乾隆十二年（1747）达朝堂刻本，共分四册，十行，一行二十一字，黑口，左右双边，有句读。现归为善本，不轻易展阅，要阅览的话必须经过馆长等人签字同意，且必须在晴朗天气。可见图书馆对该清刻本是如何的珍视，保护工作也做得十分好。一九九七年齐鲁书社出版的《四库全书存目丛书》以上海师大图书馆所藏善本为底本进行影印，对刻本的保护和《广东诗粹》的推广、使用提供了很大的便利，也无疑极大地有利于学术研究。《广东诗粹》也借此机会，传到了东瀛。

梁善长，广东顺德人，字善一，号燮庵。学者，诗人。乾隆四年（1739）进士，官至福建建安府同知，病逝于任上。为官清正，受民称颂，其所辑《广东诗粹》按时代顺序编排，将自唐代张九龄至清代胡方等人的诗作，包括描写广东名胜古迹、反映南粤风情、记述广东行旅的各类诗作，以及广东籍诗人的诗作搜集辑录。

《广东诗粹》虽然并未能在清代就传到日本，但是《广东诗粹》所选的许多清代广东籍诗人的作品，都早已传入日本，为日人所知。单就梁善长来说，他的著作《白水县志四卷 首一卷》，乾隆十九年（1754）序刊本（共十册）虽然晚成于《广东诗粹》，却先于《广东诗粹》传入日本，今藏于日本国会图书馆内。

随着展海令的颁布，中日商业贸易日益繁盛，清代汉籍也通过港口船舶商贸快速传入日本，其速度，远胜于前代。[①] 在大量传入日本的汉籍中，诗歌的数量较多，明清时期诗人的诗作在中国问世不久，就已通过商船传到日本。[②] 尤其是，清代诗歌是江户末期和明治时期日本汉诗人崇尚和学习的对象，首任驻日公使何如璋出使日本，并与明治汉诗人诗文唱和的黄遵宪，对此做了描述，见其《日本杂事诗》之《汉诗盛衰》：“岂独斯文有盛衰，旁行字正力横驰。不知近日鸡林贾，谁费黄金更购诗?”并自注曰：“诗初学唐人，于明学李、王，于宋学苏、陆，后学晚唐，变为四灵，逮乎我朝，王、袁、赵、张（船山）四家最著名，大抵皆随我风气以转移也。白香山、袁随园尤

---

① 可参考拙著《清代广东与日本船舶贸易中的汉籍交流初探》，发表于《广东技术师范学院学报》（社科版）（2014 年），文中对此有较详细的论述。

② 这方面的论述，可以参考张伯伟著《清代诗话东传略论稿》，王勇、大庭修主编《中日文化交流史大系 9 · 典籍卷》，严明著《东亚汉诗研究》等专著中的相关章节。

剧思慕，学之者十八九（唐时有小野篁幕香山，欲游唐。小说家称人见海上楼阁，道以待白香山来，殆即日本也）。《小仓山房随笔》亦言鸡林贾人，争市其稿，盖贩之日本，知不诬耳。”[①] 可见明治时期汉诗诗坛推崇清诗，而其中又较为喜爱袁枚等人所作的绝句。[②] 黄遵宪、何如璋等人的诗作在明治诗人群体中广受欢迎，争相传阅，与明治时期学习清诗的风气有关。在这一风气之下，广东籍诗人的清诗东传，就显得颇有意义。

清水茂教授曾将日本研究清诗的时期分为三个。而《广东诗粹》等清诗选集的传入，无疑会推动日本学术界对清诗的研究。直到现在，研究广东海上贸易及文学的，仍有不少。比如太田达雄就曾指出清代可以说是广东的贸易时代，在此背景下，他对清代广东的十三行和商船贸易进行了详细论述。[③] 比如清水茂教授对屈大均诗词的研究，等等。晚清与民国时期，传入日本的广东诗人作品还有不少，屈大均《广东文选二十一卷》，清刊本，被收藏在公文书馆和内阁文库；余照的《诗韵集成》，咸丰七年（1857），五云楼藏版，藏于九州大学石水文库；比如冼玉清的《广东女子艺文考》，民国三十年（1941），上海商务印书馆排印本，被收藏在了神户市立中央图书馆，等等。下面，本文就《广东诗粹》探索一下其研究价值，并与清代其他广东诗歌选本进行比较。

地方历史、旅游文化研究方面的价值

广东有许多古迹，这些古迹都是由于古代骚人墨客或者名宦士达曾经登临或者题咏，世代相传，遂成为今天有名的旅游景点。广东的古迹不少，《广东通志》专设“古迹”一卷，卷首介绍道：

> 古以迹传乎？抑迹以古传乎？自开辟以来，高山大川、幽岩邃壑岂不称古而非迹也？碛也者，前人所留之轨、所履之辙，而迹遗焉。故曰迹也。顾迹亦何时蔑有名臣巨卿之所登览、骚人词客之所

---

① 黄遵宪著，钟叔河编：《走向世界丛书》之钟叔河注《日本杂事诗广注》，长沙：岳麓书社，1985 年：卷一第 674 页。

② 拙文《广东诗人与清诗东渐——从明治文献出发的考察》，《西华大学学报》（2016 年第 8 期）对此有详细论述，读者可参考。

③ 太田达雄：《关于清代广东“行商”》（上，下），刊载于日本期刊《史学》第十三卷第 2 号和第 4 号，1934 年 8 月和 12 月：第 105—119 页（上）；第 83—110 页（下）。

留题。①

这些由前人留下"痕迹"的古迹今天都成了旅游胜地，吸引着无数游人前往。广东的山水草木激发了古代诗人墨客的灵感，他们为此留下诗篇，这些诗篇不仅使这些原本默默无闻的山水成为古迹，成为后人瞻仰、游览的地方，也重现了当时的美丽。

《广东诗粹》保留的许多诗歌，都是表现或描述广东的山川草木，梁善长也对这些山川或地方作了介绍，在文化旅游蓬勃兴起的二十一世纪，相关部门完全可以从这些年代久远的诗歌创作中找到山水中沉甸甸的文化内涵。如卷一陈应辰的《青紫峰亭》，梁善长这样介绍："青紫峰亭，在东莞石鼓山之南，朝霞则青，夕霞则紫，故名。"而诗歌是这样描述青紫峰亭的美景的："铁壁嶙峋构小亭，萧然云栋接风棂。烟光横抹半峰紫，山色不磨千古青。老去久无金马梦，归迟应愧草堂灵。明经拾芥成何事，得似朝来对翠屏。"如此优美的诗句，展现出动人心魄的自然美景，而这些，都赖《广东诗粹》得以保存。类似的名胜风景还有如广州的西樵岩，卷一如是介绍道："西樵山在广州四百余里，奇秀峭拔，大小七十二峰，……罗浮之佐也，岩二十有一，中多飞泉，而以碧玉洞为最胜。"今天，西樵山被开发成了一个远近闻名的道教文化旅游胜地，2013 年5 月 27 日《南方日报》以专题报道的方式，对西樵山的文化资源和旅游开发作了详细介绍，报道称："历史上西樵山就是佛、儒、道三教融合荟萃之地。在晋代，西樵山曾是著名道教领袖和理论家葛洪修道炼丹的名山之一，当时葛洪来往于粤东罗浮山与西樵山之间，故将罗浮山对称为东樵山……除了丰富的道教文化资源，西樵山还拥有丰富的历史文化资源，以四大书院为代表的理学文化、以南海观音和宝峰寺为代表的宗教文化、以黄飞鸿狮艺武术馆为代表的南狮南拳文化、以石燕岩为代表的采石文化、以桑基鱼塘为代表的农耕文化、以松塘村为代表的岭南古村等，构成了西樵'最岭南'的文化底蕴……据悉，广东中旅集团拟投资 100 亿元建设的全国旅游业'十二五'发展项目、全国首个'国家旅游产业集聚实验区'核心项目——南海西岸旅游产业园，正在有序推进中。"此外，《广东诗粹》还对小金山、书堂石、珠海作了生动描写（见卷三），这些诗歌，今天已经成为广东文化资源之一。

---

① （明）陈大科、戴耀修：《广东通志》卷五十三，中国科学院图书馆选编《稀见中国地方志汇刊》第四十二、四十三册，北京：中国书店，1992 年。

梁善长在编选《广东诗粹》时，对所收录的诗人作者及诗中写到的名胜、地名等都加以简略的介绍、说明，帮助读者知人论世、理解诗意，如今这些都已是珍贵的史料，而且卷中书页上方时有批注，大多是从诗学的角度对某一首诗，或某几个句子进行艺术性的阐发，也有内容上的评论、情感上的肯定，都能给人以启迪。如卷一对《韶山石》《桂源早行》等诗的作者余靖是这样的介绍：

> 余靖：靖字安道，曲江人，天祐初举进士，历官至工部尚书，始与郡开国公前后五管经制，使代，还，卒于淮亭，累赠少师，谥曰襄，有《武溪集》。吴孟举云："武溪诗坚炼有法。"①

而对"韶山石"是这样介绍的："在韶州北四十里，韶之山多奇，而韶之山为最。双阙又韶山之最。"而梁善长对这首诗的评价是"词锋华伟"。②

在清代，《广东诗粹》的文献价值就已经得到肯定，《四库全书总目提要》曰：

> （《广东诗粹》）国朝梁善长编。善长，字崇一，顺德人，乾隆己未进士。此集所选广东诗上迄于唐，下至国朝，凡四百一十三家，一千五百五十余首。各为之评注。先是，黄登有《五朝诗选》，善长以其持择未精，故更加搜访，定为此集云。③

可见，相对于《五朝诗选》来说，《广东诗粹》更为精详，具有更高的可信度，资料也更为全面。乾隆丁卯仲春北平王之正所做之序也指出："广东历朝诗十二卷，名曰'诗粹'，……聘梁君为书院师，谈经暇，出以相订，因得窥岭海之风俗，士夫之性情，志和音雅，何其粹然。……前之选者，岭南文献荒秽不择，近于滥；五朝诗选志在胪列时贤，表章绅绶，沦于陋华。"④虽然所言难免有些偏颇，但由此可见清人对这几本岭南地区的诗歌选集的轻重精粗之别。

然而，值得一提的是，今天我们做学术研究应该将三者结合起来，不应该轻率地否定或遗弃其中任何一个，因为三者（除了《广东诗粹》《岭南五

---

① （清）梁善长编：《广东诗粹》，刻本，梁氏达朝堂，乾隆十二年（1747）卷一。
② （清）梁善长编：《广东诗粹》，刻本，梁氏达朝堂，乾隆十二年（1747）卷一。
③ 《四库全书总目提要》卷一百九十四。
④ （清）梁善长编：《广东诗粹》卷首北平王之正序。

朝诗选》之外，还有《岭南文献》）其实各有所长，三者结合，不仅可以取长补短，也可以去粗取精，并且可以相互印证、相互补充。如在搜集、整理广东地方山水诗歌时，我们就可以三者都参考，此以古代诗人描写广东河源桂山的诗歌搜集、整理为例。桂山，“自增城界帽子峰南走平陵，东望白石中一山，特起即此山也。在城西一十五里，峰峦崎峻，与梧山相望，产桂茶，为县主山。”① 我们翻遍《广东诗粹》，也没有看到一首直接写桂山的诗歌，仅有一首疑似写桂山而无法确定的诗歌，即余靖的《桂源早行》：“闻鸡已行迈，策马更徘徊。月色依山尽，秋声带雨来。自堪悲玉璞，谁复筑金台。薄宦空羁束，西齐长绿苔。”这首诗写的是诗人清晨雨中策马行走山间的所见、所闻和所想，梁善长在《广东诗粹》卷一中注曰：“桂源，山名。”与桂山又有何联系？暂难确定。在《岭南五朝诗选》中，我们发现，黄佐曾经写过《桂山》：

桂山何高高，高可肩岱宗。秀色洒摆粤，玄象开万峰。恍如蹑孤凤，鹙鸟翩然从。又如乘云槎，星潢浩溶溶。风回玉琮琤，日射金玲珑。珠树编岩穴，仙圣雷灵踪。我欲辔羲和，珮结苍青龙。峩冠朝太清，献此青芙蓉。天长彩霞远，岁晚苍烟浓。长笑倚磐石，笙竽满杉松。

黄佐所作的《广东通志七十卷》［明嘉靖四十年（1561）序刊本］收藏于日本的内阁文库，另有《广州人物传二十四卷》收藏在立命馆大学等机构内，等等。黄佐，“字才伯，香山人，登正德庚辰进士，选庶吉士授编选，出为广西提学，佥事弃官，归，养东宫，立召为左司谏，迁侍读，论德国子祭酒，丁母丧，服除，拜少詹事，兼翰林学士，推吏部右侍郎，言者忌之，劾罢。著有《礼乐典》《翰林志》《广东志》《广西志》《南雍志》《革除遗事》《泰泉集》《诗经通解》《春秋传意》《明音类选》，凡二十二种，卒年七十七，赠礼部右侍郎，谥文裕。”② 所以说，研究者不能偏废其中任何一种文献，它们都各自有各自的价值。当然，我们也不能据此否定《广东诗粹》的价值。

可见《广东诗粹》的文献价值除了上述的方面，还有它在广东地方诗人、诗歌作品的整理、编排和保存方面也举足轻重，另外就是这些诗歌所体现的

---

① （清）王驹修，（清）邝奕俊等纂：《河源县志》，清康熙（1662—1722）刻本，卷六“山川”。

② （清）黄登编：《岭南五朝诗选》卷四，清康熙三十九年（1700）自刻本。

文学观点和广东地区诗歌史的发展状况，都是值得挖掘的价值。虽然它只是一部诗歌选集，但由于它的地域性，以及它的时间跨度长，加上梁善长对这些诗歌的作者、诗中写到的地名等的介绍，以及他对诗意的把握和感悟，都可以为后人的学术研究提供许多宝贵的资料，尤其在古代广东地区诗歌创作的研究、整理方面以及古代广东籍作家研究，还有古代岭南之外的人士对广东的形象塑造、感观和文化认识等方面无疑很有参考价值，是一部不可替代的广东古代文学研究的重要古籍。

地方文献整理、文学研究方面的价值

地方诗歌的搜集整理是古籍整理工作中重要的一项，是进行文学研究、民俗研究和历史研究的文献基础。由于各个地域在历史上的发展不同，地方诗歌的搜集整理存在各种各样的问题，由于战乱或者时代久远等多种客观原因，导致很多诗歌散佚。又或者由于作者的声名在当时不大，其所做诗歌传播范围不广，又或者当地的文化氛围在某一时代并不十分浓郁，对文献的重视程度不够，等等原因，都很容易导致古代诗歌文献的失传。那些历经时代、兵火流传至今的诗歌文献尤其重要而珍贵，不仅因为其数量少，更因为即使这些诗歌艺术成就不高，却可以在民俗、文化和历史等方面提供许多信息，这些，都可以说是“活化石”。

那些遗留下来的数量不多的诗歌散见于各种古籍，由于古代的岭南地区远离政治、文化中心，诗文创作的历史相对较短，数量也相应地少很多，且其中不少都已经湮灭，无迹可寻，偶有见于史书或小说中称引，地方志、类书，如《文苑英华》《古今图书集成》等，和古人编著的一些地方诗歌选集，此外就是某些诗人个人的传记或者其著作中偶有断句残篇，往往难得其原貌，故搜集工作尤为繁难，往往无异于大海捞针，耗时耗力颇巨，而所得甚微。梁佩兰为黄登《岭南五朝诗选》所做的序就这样说：“粤有诗始自唐张曲江，然史称周武王十八年，越裳入贡陈诗观乐以归，则粤有诗又当昉自周，乃孔子删诗于十五国之风，独楚无诗，粤为扬州之域，在战国时属楚，楚已无诗，粤安得有诗？论诗以孔子为断，粤之诗在周时者既不传，则诗以曲江为溯源矣。”[①]《广东诗粹》正是以唐代张九龄的诗开卷的。然而，自唐代之后，尤

① （清）黄登编：《岭南五朝诗选》，同里梁佩兰所撰序。

其是明清时期，广东的诗歌创作蓬勃发展，颇为引人瞩目，“明初五先生结社南园，声应四海，逮乎嘉隆，兰汀盛年，名噪七子。……国朝程石膶振响于京华，与新城尧峰迭相唱和，屈梁陈三家崛起为后劲，一时盘敦直趋岭表，呜呼，可谓盛矣。”① 明清时期广东诗歌创作之盛，也可以从《广东诗粹》的卷目数量看出，它的编排本身就足以生动地说明广东文学史中诗歌创作的大体情况：唐诗、五代诗、宋诗和元诗合为一卷，为卷一，共得三十三家、一百零八首；而卷二至卷十二均为明清诗人的诗歌作品，共约三百八十家、一千四百四十二首。从数字的对比就可以看出广东诗歌创作从明朝开始可以划分出两个阶段。这对广东地方文学史（尤其是诗歌史）的编写或者探索无疑具有重要的参考价值。

正是在这种背景之下，经过梁善长仔细、认真辑录和评论并适当加注的《广东诗粹》就显得尤为重要。它所保存的许多诗歌和作者介绍都弥足珍贵。许多学术著作都要引用到它，如《岭南历代诗选》② 和《岭南三大家研究》③ 就征引了《广东诗粹》的不少资料。《广东诗粹》保存了大量的地方文献，其所收录的诗歌，不仅可以反映当地的诗歌创作情况，也可以反映当地的风俗、民情，以及当时诗坛的酬唱活动，梁善长明确指出：“诗中所引典故，大抵皆本经史子集，篇中各为指出，至于吴粤山川、名胜、鸟兽、草木，省志舆图或未详载，（编者）细加笺注以便观览。”④ 此外，梁善长对诗歌的评论、对某些诗人的评价都具有重要的文学史价值，如他对孙西庵、黄泰泉等明代诗人的评价：“明孙西庵、邱琼台、黄泰泉、区海目……诸家所拟乐府俱得古人神理，而按诸音律亦未必尽谐，阅者不必以乐府声调绳之也。”⑤ 这些都有助于了解明代广东诗人，也可以看出清代广东诗坛的诗学观念，其中之一就是不以声律定高下，而重神韵。

其中，最典型的例子莫过于唐代大诗人、古文运动的领袖之一韩愈，由于谏迎佛骨而被贬潮州一事所引发的诗作，韩愈的到来极大地推动了广东地区的文学创作，而且也吸引了许多唐代之后的诗人来到广东，并写下了传颂至今的诗篇，当地人民为了纪念韩愈，以韩愈之姓来给山川命名，这是一种

---

① （清）梁善长编：《广东诗粹》卷首北平王之正序。
② 陈永正编：《岭南历代诗选》，广州：广东人民出版社，1993 年。
③ 王富鹏：《岭南三大家研究》，北京：人民文学出版社，2008 年。
④ （清）梁善长编：《广东诗粹》卷首自序。
⑤ （清）梁善长编：《广东诗粹》卷首自序。

值得研究的文化现象。而这些，在《广东诗粹》中也留下了证明。

据载，唐元和十四年（819），唐宪宗崇佛，派遣使者去凤翔迎佛骨，京城一时掀起信佛大潮，韩愈不顾个人安危，毅然上《论佛骨表》，痛斥佛不可信，要求将佛骨“投诸水火，永绝根本，断天下之疑，绝后代之惑”。唐宪宗看了之后大为震怒，要将韩愈处以极刑。幸亏宰相裴度及朝中其他大臣极力为韩愈说情，韩愈才被免死，改贬潮州刺史[①]。当时，韩愈的心情十分愤懑，他写下了《左迁至蓝关示侄孙湘》：“一封朝奏九重天，夕贬潮州路八千。欲为圣明除弊事，肯将衰朽惜残年。云横秦岭家何在，雪拥蓝关马不前。知汝远来应有意，好收吾骨瘴江边。”

虽然对被贬潮州心里愤激不平，但韩愈在担任潮州刺史的时间内，行清政、除民害；请教师，办乡校；率领百姓，兴修水利，排涝灌溉。在潮州历史上留下了清名。

韩愈在广东潮州的影响，不仅仅是在政治上的，还有文化上的。众所周知，韩愈为唐代“古文运动”领袖之一，而且“韩孟诗派”在唐代也造成了很大影响。总之，他的散文、诗歌在当时文坛上都具有极高的地位，在整个中国古代文学史上，韩愈的分量是不轻的。[②] 韩愈到潮州之后，对岭南地区的文学、文化都有一定的促进作用。除了致力于办乡校之外，他个人的文学创作能力和才华也给岭南带来了积极的影响。史载：

> 潮之有文章之教也，始自昌黎，昌黎之潮，不以诗传，仅传其文……文章之事之难言也，潮人士以文章称者，亦未数数矣。天水公亲受业于昌黎，文不可多得，仅见文录一序耳。宋元之间作者寥寥，至明而科名日盛，篇章亦多。[③]

因为韩愈的关系，广东潮州一带形成了好几个与韩愈有关的名胜古迹，据载：“韩山亦名笔架山，在县东一里，高六十五丈，周围五里，下有韩文公祠，祠左有侍郎亭，亭左有宋陆丞相祠，左峰之麓有宁波亭。”又：“文公祠旁有木，郡人以其花之繁稀卜科第盛衰，因名韩木。韩木在文公祠去祠十数

---

① 《旧唐书》卷一百六十，列传第一百一十，《新唐书》卷一百七十六，列传第一百一。

② 袁行霈主编：《中国文学史》，北京：高等教育出版社，2005 年，第二卷“隋唐文学”。

③ 《潮州府志》，见中国科学院图书馆选编《稀见中国地方志汇刊》第四十四册，北京：中国书店，1992 年 12 月，卷之十一古今文章 · 诗部 · 吴颖序。

步，种之则死（《竹坡诗话》）。山下有韩江。”[①] 科考之前拜韩木、卜科名，仿佛是当时的颇为流行的一种民俗，因为不少文献中都有类似记载。而这些，在《广东诗粹》中都有或多或少的体现，后代的诗人也写了不少关于韩愈及与之相关的名胜古迹的诗歌，如《广东诗粹》卷一所载宋人刘允的诗《韩山》：“惆怅昌黎去不还，小亭牢落古松间。月明夜静神游去，三十二峰江上山。”

而对于韩愈与潮州的这段历史渊源感兴趣的，并不仅仅限于国内的研究者，韩愈去世后四五百年，他的作品就陆陆续续地传入了日本，但日本学界对韩愈生平和作品的欢迎和接受程度始终不高。十七世纪初，德川幕府实行儒佛分离政策后，韩愈的谏迎佛骨这一行为在日本引起了广泛的共鸣，他的诗作和潮州任上的事迹，也一下子成为日本汉学家谈论的对象，其上书《谏迎佛骨表》与被贬潮州，都是汉诗人吟咏的对象，并有《潮州韩木图》和题诗。[②]《广东诗粹》中收录了吟咏韩愈的诗歌，既可以补充这一段史实的研究，也可以从诗歌艺术上进行更多更深入的探讨。

总之，《广东诗粹》不仅可以用于文学研究、广东地区文化旅游研究，也可以用于民俗、历史方面的佐证。国学大师陈寅恪先生就是用以诗证史的方法，得出了许多新颖而深刻的见解，对后辈的学术研究很有启迪意义。陈寅恪先生重视诗歌文献，重视诗歌中包含的各种信息。正是在扎实的文献基础上，学术研究水平才会稳步提高。在这个意义上说，《广东诗粹》无疑值得我们珍视，而由它引发的对日本所藏清诗文献及其研究的思考，也是必要而有价值的。

---

① 清同治重刊本《广东通志》卷一百六・山川略七・潮州府山川。

② 可参考（日）清水茂著，蔡毅译：《清水茂汉学论集》，北京：中华书局，2003 年，第 464—466 页。

论民俗信仰与文学创作

一方面，文学创作容易受到民俗信仰的影响，而民俗风情往往与人性有关，与人内心深处的欲望诉求有关。比如中国人每年春节祭祖拜神，祈求平安吉祥。所拜之神中，南北方都会拜财神，拜财神就是表达人们内心深处希望财源滚滚，生活无忧。从文学的角度来说，文学不仅反映民俗信仰，也反映着人性。

另一方面，从民俗研究的角度来看，文学作品就具有保存史料的价值。比如说二十世纪的乡土文学作家蹇先艾。从相关记载可以知道，蹇先艾（1906—1994）是贵州遵义城人。曾被鲁迅先生称为“乡土文学作家”。历任遵义师范学校校长、贵州大学、贵阳师范学院教授、贵州省文化局局长、贵州省文联主席、贵州省政协副主席等职。① 蹇先艾不仅写传统诗词，同时也写小说，他的小说是对贵州的乡村民俗的生动记录，比如他的《水葬》，② 这篇小说被鲁迅先生选入了《中国新文学大系·小说（二集）》。

《水葬》说的是一位被生活所迫沦为小偷的农民骆毛，在一次偷窃中被抓住，根据村里的风俗，要被全村人押送到河边去“水葬”，就是被投到河里淹死。小说写骆毛刚开始满不在乎，用“二十年以后又是一条好汉”来给自己打气，没有向押解他的村民低头。但一想到家中还有一位年迈眼瞎的老母亲，他的心就又酸又软又痛苦，但是他无法违抗村里的习俗，被村里的男女老少押到河边推到了河里。小说用了很多的篇幅来写去水葬的路上，那些看热闹

① 遵义市诗词楹联学会编：《遵义诗词曲联辞赋选 1978—2018 绝句卷》，北京：团结出版社，2018 年，第 1 页。

② 袁国兴主编：《中国现代文学作品选 上》，广州：广东人民出版社，2010 年，第 98—101 页。

的，嬉笑打骂的，或者冷嘲热讽的村民们——那是一群在鲁迅笔下也出现过的冷漠而没有人性的、思想落后保守的看客。

描写地方民俗风情的著名作品还有很多，比如沈从文的长篇小说《边城》写了湘西凤凰的风土人情。还有鲁迅的乡土小说等。其实，不仅现当代文学作品如此，古代的文学作品也常常体现某地区的民俗风情。

事实上，古代文学与现当代文学是“血脉相连”、相互贯通的。章培恒曾在《中国文学的古今贯通》中提到这一现象：“在中国文学研究中，研究古代文学的人往往不关心现代文学的研究，研究现代文学的人也同样不关心古代文学的研究。结果研究古代文学的有些人不能正确地弄清古代文学发展的趋势，说明古代文学中哪些东西真正有价值，应该弘扬，哪些是已经或将要被历史淘汰的。研究现代文学的有些人则弄不清楚现代文学为什么要这样发展，怎样的发展是正确的方向，怎样的是不正确的方向。”① 因此，文学的研究不问古今，也不问中外，古今中外都是可以贯通联系起来的。

1995 年，在东京出版的《续日本石佛图典》中，记载了在长野县长野市若穗发现的文化十四年（1817）的和合神石刻，并如是介绍道：仙人一样的披散的短发、笑脸、绿衣，很容易让人想到寒山、拾得，或是与他们一模一样的和合神。和合神手持圆盒、如意，或者莲叶，这是和合神的特征。在江户时代的俗文学中，包括浮世绘中，都有很多以和合神为题材的作品，另外还有叫“和合神”的和果子。②

寒山、拾得作为和合神在民间流行，在清朝就已经开始了。而寒山、拾得和合神也在清朝传到了日本，那时正是日本的江户时代，这一信仰传到日本后迅速被接受，在民间流行起来。除了上述的 1817 年的和合神石刻介绍之外，冈村庄造又介绍了千叶县御宿町发现的寒山、拾得双体像，并指出《全国石佛石神大事典》第 192 页曾对此做了如下的介绍：“在中国，有这样的风俗，（寒山、拾得）作为和合神，在婚礼的宴席上被拜祀。”并说，和合神是在元禄年间（1688—1704）作为“万事吉兆图”传到日本，文化年间（1804—1818）在江户作为“夫妇和合、子孙繁荣”的福神而大受欢迎。③ 由

① 梅新林、潘德宝编：《中国文学古今演变研究读本》，上海：上海人民出版社，2016 年，第 9 页。

② 日本石佛协会编：《续日本石佛图典》，东京：国书刊行会，1995 年，第 265 页。

③ 冈村庄造：《和合神的发现》，日本石佛协会编《日本的石佛》，第 109 号，东京：青娥书房，2004 年 3 月 25 日，第 49 页。

此可见寒山、拾得和合神信仰在日本江户的流行。本文就寒山、拾得作为和合神在中日民间民俗中的演变、特征，以及寒山诗集中关于婚姻爱情的作品进行探讨。

清朝的和合神与寒山、拾得

和合神刚开始是指万回哥哥，后来才转变成寒山、拾得。关于和合神，从古到今有多种说法：① 万回哥哥；② 寒山、拾得；③ 台湾民间传说和合二仙为韩湘子与林英所生二子。和合财神：胡朴安《中华全国风俗志》下编“江苏”一则中有记载说泰县有一泰山，山麓有和合财神庙。其说与永尾龙造之说同。此又称和合二郎神，是商贾信奉的财神。① 永尾龙造在研究中国民俗时指出：江苏泰县有一座泰山，山麓处有一座和合财神庙。该地把和合财神当作非常灵验的神来信奉，诚心祈愿。泰县的和合财神庙是到每年正月初四开庙，当地在开庙前一两日就开始打扫，到了那天开始斋戒沐浴，天还没亮就要出去烧香了。去庙里烧香的人，得带回来一两个锡箔纸做的元宝，放在家里的神龛里，每天烧香祈祷，俗称“借财”。借财的人，必须于明年正月初四，要把前年借的钱连同利息都要一并再还到庙里，俗称“还债”。并说，在家里，作为福神与和合之神，和合神信仰非常流行，从中国中部到南部，都常可见到在墙上挂着其神像。关于和合神的来历，永尾龙造认为《集说诠真》《西湖游览志余》《事物原会》等书中的说法都有些模糊，其确切来源难以考究。他认为，“拾得”也许含有拾得财宝的意思，所以寒山、拾得才会成为民间信奉的福神财神。

确切地说，寒山、拾得被奉为和合之神，在清朝雍正十一年（1733）前后，据清代翟灏所撰《通俗编》卷十九“神鬼”中有相关记载，曰：“《游览志余》和合神即万回哥哥。（按）《太平广记》引《谈宾录》及《西京记》，万回姓张，弘农间乡人也。其兄戍役安西，父母遣其问讯，朝赍而备往，夕返其家。弘农抵安西万余里，因号万回。今和合以二神并祀，而万回仅一人，不可以当之矣。国朝雍正十一年封天台寒山大士为和圣，拾得大士为合圣。”② 由此可知和合神在我国民间有一个递变的过程，清代乾隆时期，寒山、拾得

① 栾保群等：《中国神怪大辞典》，北京：人民出版社，2009 年，第 176—177 页。
② （清）瞿颖：《通俗编》，线装，刻本，乾隆十六年（1751）序，八册。

作为和合神的信仰已经流行于民间。

据《汉语大词典》，“封”是指帝王以爵位、土地、名号等赐人。《左传·昭公二十九年》：“实列受氏姓，封为上公。”杜预注曰：“爵上公。”《墨子·鲁问》：“请裂故吴之地方百里以封子。”《旧唐书·后妃传·玄宗杨贵妃》：“有姊三人，皆有才貌，玄宗并封国夫人之号。”可见“封”并不用于老百姓之间互取名号，但仔细考究起来，寒山、拾得作为和合神是否真的始自帝王封号，笔者心存疑问，查《九朝东华录》中的雍正十一年（1733）的谕旨，并未发现有关于御封寒山、拾得为和、合二圣的记录，或许并非出自帝王封号，而是民间传言罢了。但《东华录》的记载有所省略也说不定，故此点存疑。但其中有关于雍正褒奖江浙人民互助互爱、和乐共存的记载，有助于我们理解雍正十一年（1733）出现和、合二圣信仰的社会背景。

《东华录》第二十二册卷十一第十页载：“乙丑谕内阁朕于直省地方偶遇灾祲，即为之寝食不宁，豁租发粟，截漕平粜，多方抚恤，务使贫民无一不得其所，又念各该地方虽或收成歉薄，岂无尽藏丰裕之家，伊等谊笃桑梓，休戚相关，若各人量力乐输，既可以展其睦姻任恤之情，亦可以为恤灾扶困之助，是以曾经降旨通行劝导，然亦听绅衿士庶自为之，不相强也。”

又，同卷第十四页载曰：“丙戌谕内阁，闻上年秋月江南沿海地方海潮泛滥，苏松常州近水，居民偶值水患，其本地绅衿士庶，中有顾觅船只救济者，有捐输银米煮赈者。今年夏闲时疫偶作，绅衿等复捐输方药，资助米粮，似此拯灾扶贫之心，不愧古人任恤之谊，风俗醇厚，甚属可嘉，着该督抚宣旨褒奖，将捐助多者照例具题议叙，少者给予匾额，登记档册，免其差役，并造册报部。”

清刊《事物原会》卷三十三曰·鬼神曰：“子曰鬼神之为德，其盛矣乎。程子曰：鬼神天地之功用，而造化之迹也。张子曰：鬼神者，二气之良能也。朱子曰：以二气言，则鬼皆阴之灵也，神者，阳之灵也。”可见神鬼观念的颤声，其实是古人对宇宙及自身认知的过程、方式，其本质是对人与宇宙的探索和解释。也许正是在雍正年间，自然灾害频发的背景之下，才出现了寒山、拾得和合神的信仰，作为心理上的支撑。这里所说的和合神，主要是从和睦、福气的神来说的。

无论是否源自帝王封号，从《通俗编》的序言，我们可以推测，在十八世纪的清朝民间社会，和合神的信仰就较为普遍，因为该书的编者“往来南北十许年，五方风土靡所不涉，车尘间未尝一日废书”[①]。可见，作者不仅博览群书，而且深入南北民间，该书所编取材于民间者多矣，富于生活气息，可见寒山、拾得作为和合神当时已在民间广泛流传。后来，和合神“从中国渡来”日本，并成为“江户的流行神”。[②] 相关研究还指出当时中日间流传的和合神图像的特点，认为寒山、拾得一人手持荷花，一人手持宝盒，“荷盒”与“和合”汉语读音相同，因此是和合神图像的标志。

但是，和合神流传到江户之后，却从原来的福神，变成了主司男女和合与招财之神，这个特点的转变，或许正如日本学者服部幸雄在研究和合神图像时所指出的那样：“最让人追求的，莫过于财、色。于是出现了可以帮助人们满足财欲与色欲的神灵，于是江户人很欢迎“和合神”（又称“吉兆神”）的到来，并很快就接受了。文化十年（1813）前后，在江户的町村中，和合神信仰非常流行。”[③] 服部幸雄还引征相关文献指出和合神是通过江户时代长崎贸易从中国传来的神。但他认为，和合神为同性二神并立，也许是同性恋的神。

笔者认为这一说法值得商榷，要知道古代的神鬼的性别本身就很模糊，另外，在民间流行的神灵，同性二神并立的，比如门神等，并不少见。

关于神的性别问题，并非本文所要讨论的，寒山、拾得作为和合神流行于江户的具体情况，下文会进行详细的论述。

流行于江户的寒山、拾得和合神

据《角川大字源》，“和合”有如下几个意思：① 友好；和洽。② 调和。③ 混合、掺和。④ 男女成婚。⑤ 婚礼时祭拜的神的名字，笑着的寒山、拾得。⑥ 和合僧的略称，所谓和合僧，指三五人为一团体进行修行，又称和合众。[④] 江户时代流行的和合神，是主司男女和合之神，和合神信仰的流行，可以从葛饰北斋和式亭三马的作品中看出来。

---

① （清）翟颖：《通俗编》，线装，刻本，乾隆十六年（1751）序，第八册，序言。

② （日）服部幸雄：《图像的创成——贫乏神与和合神》，日本女子大学文化学会编《文化学研究》第 10 号，2001 年 7 月 5 日，第 10—11 页。

③ （日）服部幸雄：《图像的生成——贫乏神与和合神》，《文化学研究》第 10 号，日本女子大学文化学会，2001 年 7 月 5 日，第 5—19 页。

④ 《角川大字源》，东京：角川书店，1992 年，第 313 页。

江户时代后期著名的浮世绘画师葛饰北斋（1760—1849）画过以寒山、拾得的形象为基础的和合神图像。同样是活跃于江户时代的浮世绘画师、剧作家、落语家式亭三马（1776—1822），不仅画了和合神的画像，还对和合神来源于寒山、拾得的过程作了说明。事实上，对于日本的和合神来源于中国的寒山、拾得这一点，一直以来都有学者作出肯定的论述，且举两例，其一为出版于2009年，对葛饰北斋所画的万福和合神画像作解说的书中，有这样的介绍："（和合神）是模仿唐代流传的僧人寒山、拾得的形象（而成）。"①另，同是对葛饰北斋的和合神作解说的，出版于2014年的书中，说得更清楚详细："和合神原本是中国的神，传到日本后作为夫妇和合之神而被人们所熟悉。据说是唐代高僧寒山、拾得为基础而形成的。画中常常画他们作为男女神的仙人姿态，手持莲枝等物。"②

除了画作之外，还有许多绘本都出现了和合神的形象，典型的例子是江户时代绘本《夫妇和合神》，金平本戏作者式亭三马（1776—1822）所作，浮世绘画师歌川美丸画，江户：森屋治兵卫发兑。长22CM，宽15.3CM，四眼，线装，题签长15.6CM，宽3.3CM，淡青色封面，明治三十二年（1899）3月30日购求，有"三马"椭圆形墨印一枚，其中有和合二神图像。所谓"金平本"，指金平净琉璃的正本，也指元禄年间在江户出版的读本净琉璃。式亭三马是江户时代金平本的作者，创作数量多，在坊间比较有名，是江户时代不可忽视的俗文学作者。其所作和合神绘本，有两幅图比较生动地说明了当时的和合神信仰，其一为"夫妇和合神，一名吉兆神"，图中二神一人持荷（谐音"和"）、一人持盒（谐音"合"），衣宽体胖，笑容满面。另外一幅图为夫妇拜祀和合神之图，传说江户时代，人们将和合神的图像挂在房内，时时烧香祭拜。

在这些图像中的和合神都是笑容满面、袒露前胸和肚子的寒山、拾得和合神像，图像中，一人手持荷花、一人手持圆盒，所穿衣服似为黑色的袍子，图像上方有一块大大的钱币"太平通宝"，暗示着和合神与财神的特点。右边的图像画的是两对夫妇，中间是手持莲花、圆盒的，笑容满面，穿着华丽的花袍子的寒山、拾得和合神像，突出的是其主司男女和合的特点。这两幅出

---

① （日）内藤正人编著：《葛饰北斋 万福和合神》，东京：大日本印刷株式会社，2009年，第51页。

② （日）石上阿希解说，赤木美智翻刻：《葛饰北斋万福和合神》，东京：木乐舍，2014年，第11页。

自《夫妇和合神》的插图，都生动地体现了江户时代和合神信仰的流行，及其特点。

江户时代，“和合”二字似乎尤为流行，浮世绘画师也画了不少以“和合”为题的画作，比如十返舍一九（1765—1831）所作、歌川国安（1794—1832）所画的《亲族和合往来》，江户：山口屋读兵卫，文政七年（1824），绘本，就是典型的例子，此处的“和合”，取和睦融洽之意，可见江户时代所用的“和合”之语，非仅指男女成婚之意。

此外，在其他的江户时代文献中，我们也可以找到关于和合神的记录。如《绳端》，御屋敷坪数闻书并草，日本语，写本，出版者、出版年均不明，应为江户时代写本，共十册，其中第三册有关于和合神信仰流行的介绍，所记大意如下：和合神为司夫妇和合之神，并可招福纳吉，可保万事吉兆，近世人人家家崇信，“予家子多年藏此，曰天官赐福之全图。”下记“旭亭主人[①]识”。

又，该书记有文化十四年（1817）之事，并有“元和元年”落款，“文化第三丙寅菊月上旬吉祥日书之”等语，据此可知该书所记均为江户时代之事。

江户时代关于和合神的传说，也有其他不同说法，估计是民间流传过程中造成了毫无根据的说法，如屋代弘贤编写的《弘贤随笔》，江户时代写本，内务省旧藏，共六十册，其中第五十六册中有关于和合神的介绍，大意如下：和合神，一号万事吉兆，《西湖游览志》曰：宋时，杭城以腊日祀万回哥哥，其像蓬头笑面，身穿绿衣，左手擎鼓，右手棒执，云是和合之神，祀之可使人在万里外亦能回家，故曰“万回”。今其祀绝矣，独有所谓草野三郎、宋九六相公、张六五相公，不知何人，杭人无不祀之，惑亦甚矣。该条落款记为“宽永十三年”。

和合神在江户流行，这一点，从上述诸多文献的引证中，相信大家都无疑问，但是，关于寒山、拾得何以被奉为和合神，其所穿绿衣（这是和合神图像的象征性特点，许多人都理解为粗糙的、褴褛的衣服，或者绿色的下级官吏所穿的袍子），手持的莲花（也是和合神象征性的特点），又有什么特别的意味吗？这与和合神信仰的形成又有什么关联吗？这是下文试图要探讨的问题。

---

① 此旭亭主人，疑为山旭亭主人，江户时代后期戏作者。

寒山诗集中的爱情婚姻诗、绿袍与莲花

也许民间的民俗本身就含有许多非理性的因素，所以，要是追问起来，寒山、拾得，唐朝落魄清贫的僧人，如何被民间尊奉为福神和司男女和合之神呢？二者的差别实在太大，用理性思维很难联系到一起，因此本节将以材料为主，用文献来试图解释这一民俗现象。此外，作为和合神的象征性特点：手持的莲花和身穿的绿衣，也是本节要讨论的问题。

首先我们看到《寒山诗》中有几首描写爱情幸福、夫妻和睦的诗歌①：

父母续经多，田园不羡他。
妇摇机轧轧，儿弄口哒哒。
拍手催花舞，搘颐听鸟歌。
谁当来叹赏，樵客屡经过。

以下这首则似是写情人或青楼之语：

妾家邯郸住，歌声亦抑扬。
赖我安居处，此曲旧来长。
既醉莫言归，留连日未央。
儿家寝宿处，绣被满银床。

洛阳多女儿，春日逞华丽。
共折路边花，各持插高髻。
髻高花匼匝，人见皆睥睨。
别求醇醇怜，将归见夫婿。

止宿鸳鸯鸟，一雄兼一雌。
衔花相共食，刷羽每相随。
戏入烟霄里，宿归沙岸湄。
自怜生处乐，不夺凤凰池。

柳郎八十二，蓝嫂一十八。

① （日）入谷仙介、松村昂编著：《寒山诗》（禅的语录13），东京：筑摩书房，1965年，第40、48、95、153、162页。

夫妻共百年，相怜情狡猾。
弄璋字马龁，掷瓦名媎妠。
屡见枯杨荑，常遭青女杀。

另外还有一首，是劝告夫妇和睦的：

老翁娶少妇，发白妇不耐。
老婆嫁少夫，面黄夫不爱。
老翁娶老婆，一一无弃背。
少妇嫁少夫，两两相怜态。

由上述几首诗可见，首先，寒山被奉为和合神之一，也许与他诗歌所提倡的夫妇和睦恩爱有一定关系。其次，其手持莲花，莲，不仅是“荷”（和）的谐音，其实在古代文学作品中，和合神手中所执之莲，早在我国古典文学中，就是“怜”“恋”的谐音，含有爱恋、爱慕之意，这一点在六朝的子夜歌中能找到不少例子，略举一二如下[①]：

遣信欢不来，自往复不出。金铜作芙蓉，莲子何能结？

原注曰：“莲子”隐含“怜子”之意。

朝登凉台上，夕宿兰池里。乘月采芙蓉，夜夜得莲子。

至于和合神身穿绿衣这个特点，其实在我国古典文学中也能找到其与男女恋情相关的作品，如《剪灯新话》中的“绿衣人”故事：

天水赵源，早丧父母，未有妻室。延佑间，游学至于钱塘，侨居西湖葛岭之上……源独居无聊，尝日晚徒倚门外，见一女子，从东来，绿衣双鬟，年可十五六……源试挑之，女欣然而应，因遂留宿，甚相亲昵。明旦，辞去，夜则复来。……源曰：“汝之精气，能久存于世耶？”女曰：“数至则散矣。”源曰：“然则何时？”女曰：“三年耳。”源固未之信。及期，卧病不起。……源感其情，不复再娶，投灵隐寺出家为僧，终其身云。[②]

---

① 余冠英选注：《汉魏六朝诗选》，香港：三联书店，1993 年，第 242、243 页。

② （明）瞿佑等著，周楞伽校注：《剪灯新话》（外二种），上海：上海古籍出版社，1981 年，第 104—107 页。

钟情专一的女主人公绿衣女子、最终出家为僧的男主人公，与和合神的故事有以下几点共通的地方：一、绿衣；二、寺庙、僧人；三、夫妇和合、钟爱一生。

说到绿袍，也与女性衣着、男女之情有关联，据《大汉和字典》：绿袍也为贵人所穿。并引《后汉书·舆服志》曰：公主、贵人、妃以上嫁娶，得服锦绮罗縠缯采十二色，重绿袍。另外，还有“绿帽子”，是骂人的话，指某人妻子与他人通奸，其夫即被骂为“戴绿帽子”。同“绿头巾”。绿头巾，指绿色的头巾，原是罪人或妓女所用，至明代，妓女皆入乐籍，此后乐人也用绿头巾。又因为妓女及其周边的人用绿头巾，所以意义转移，指其妻与他人通奸者，带着轻蔑侮辱之意。① 关于“绿衣”，还有一种说法，《诗·邶风·绿衣》：“绿兮衣兮，绿衣黄裳。”相传此系卫庄姜伤己之诗。古人以黄为正色，绿为间色，间色为衣，黄色为里，比喻尊卑倒置，贵贱失所。后因以“绿衣”为正室失位的典故。但是，《周礼·天官·内司服》也有记载曰：“内司服，掌王后之六服，袆衣、揄狄、阙狄、鞠衣、袒衣、绿衣。”疏曰：“此绿衣者，实作褖衣也。褖衣，御于王之服，亦以燕居。男子之褖衣黑，则是亦黑也。”此褖衣，即王后燕居或进御时所穿之服。所以，作为和合神的特征之一，寒山、拾得所穿的衣服，在众多画像中也有身穿黑衣的。因此也有可能和合神身着的绿衣，实为“褖衣”，为黑色燕居之服，并非真为绿色的衣服，或质地粗糙的衣服。

可见，寒山、拾得作为和合神，与寒山的婚姻爱情诗所描述的夫妇和睦恩爱的景象应不无关系，一旦这一信仰形成，其所穿衣服、手中所持物品等细节均在为其神格服务，都在暗示其主司男女和合的神格特点。和合神得以流行中日，体现了人类本性中对财欲和色欲的追求，也体现了人类对内心深处本能欲望的倾诉和认知。

---

① （日）诸桥辙次：《大汉和辞典》，东京：大修馆书店，1967 年，第 1090、1092 页。

论文体之间的相互渗透

常见的文学体裁有诗歌、散文、小说、戏剧，实际上，各种文学体裁之间可以相互渗透，比如散文化的小说，故事性很强的散文，又比如书信体的小说等，不仅是文学文体之间的相互渗透，文学文体和应用文文体之间也会互相渗透。比如，用诗歌的方式写读后感或者评论，并不是现在的发明，而是古已有之。

唐代著名诗人杜甫（712—770），也写了论诗的诗《戏为六绝句》，作于唐代宗宝应元年（762），在文学史上被评为开以诗论诗文学批评的先河之作，对后世的以诗论诗影响颇大。我们来看看《戏为六绝句》其一：

庾信文章老更成，凌云健笔意纵横。
今人嗤点流传赋，不觉前贤畏后生。①

这首诗是杜甫读了南北朝宫体诗代表诗人庾信（513—581）的作品后作的评论。唐初的诗人对庾信的诗总体持否定的态度，而杜甫的这首诗则发出了不一样的声音，其大意是说庾信的文章在他老了之后更加成熟稳健，认真读过庾信的作品，能感受到他的作品意境宏阔，笔力矫健，今天（指杜甫当时）的人写诗未得其精髓，反而讥笑庾信，最后一句话正话反说，批评当时人对庾信的态度。

以诗论诗，最脍炙人口的，莫过于金代著名诗人元好问（1190—1257）的《论诗绝句》。《论诗绝句》有三十首，写在元好问二十八岁的时候，纵论古今诗人和流派，作出许多引人共鸣，并让人印象深刻的评论。并且，由于

---

① 莫砺锋、童强撰：《杜甫诗选》，北京：商务印书馆，2018 年，第203 页。

诗歌独特的艺术特点，这些用诗歌写成的评论不仅朗朗上口，没有直接说理的枯燥和平板，而且语言生动，形象感很强。比如其中论陶渊明及其作品的一首诗：

一语天然万古新，豪华落尽见真淳。
南窗白日羲皇上，未害渊明是晋人。①

这首诗前两句赞扬陶渊明诗歌的淳朴天然，后两句说陶渊明虽然是隐士，但他并非完全不关心社会和政治，他是因为不满刘裕篡夺晋朝政权而隐退的。

清代诗人赵翼（1727—1814）也有一首《论诗》，坊间流传颇广，诗曰：

李杜诗篇万口传，至今已觉不新鲜。
江山代有才人出，各领风骚数百年。②

这首诗评论的是唐代著名诗人李白和杜甫，二者又被称为唐诗高峰期的双子星座，他们的作品在中国文学史上至今灼灼有光。赵翼在诗中评论说李白和杜甫的诗篇流传很广，口口相承，代代相传，他们的诗，读到清代的时候已经不觉得新奇了。每一个朝代都有自己的诗人诞生，他们各自领军当时的诗坛，我们也应该重视每一个朝代的独特的风格，和这些朝代的诗人诗作。

所以，诗歌不仅可以用来抒发感情，表达自己的褒贬，也可以做出评论。以诗写评，更能捕捉读书后产生的直观感受，并且在这种感受之后，用简明扼要而形象生动的语言表达出理性的思考。

古代文学的这种创作实例给我们很大的启发，其实各种文体虽然有自己的较为固定的特点，比如说诗歌多抒情，小说叙事重情节等，但不同文体，包括应用文和文学文体之间都可以互相贯通、互相渗透。比如用书信来写一篇小说，比如用日记来写小说，比如以诗歌入小说、入散文等，形式多样，丰富多彩。

这里仅以小说创作为例来谈谈文体之间的相互渗透和贯通。除了鲁迅的《狂人日记》是典型的日记体小说——即用日记这一文体来写成的小说——之外，我们可以看看中国和外国的其他例子，我们会发现，文体之间的相互贯通和渗透在文学创作的历史上并不少见。

---

① 李寅生：《传统文化经典读本 古诗》，成都：四川辞书出版社，2018 年，第 222 页。
② 李寅生：《传统文化经典读本 古诗》，成都：四川辞书出版社，2018 年，第 435 页。

首先，我们来看看中国现代文学史上的重要文学流派之一——文学研究会的作家冰心的《冬儿姑娘》。文学研究会是五四新文化运动初期成立的文学团体，成立于 1921 年 1 月。由茅盾、叶圣陶、周作人等人发起，后来，冰心、朱自清、庐隐也都加入了文学研究会。说起冰心，大家都很熟悉她的儿童文学作品，比如《小桔灯》《寄小读者》，还有她的诗集《繁星》《春水》等。冰心在文学创作和教育上都有很大的贡献。关于她的简介，我们且引用中国现代教育名人资料中的相关记载吧。“冰心，原名谢婉莹。福建长乐人。1912 年就读于福州女子师范学校预科。1914 年入北京贝满女子中学。1918 年入协和女子大学理预科。1919 年首次用‘冰心’笔名发表文学作品。1923 年毕业于燕京大学中文系，同年留学美国威尔斯利女子学院。1926 年毕业，以论文《论李清照的词》获文学硕士学位。同年回国，任燕京大学国文系助教、讲师，讲授国文、习作、欧洲戏剧史等课程。1929 年兼北平女子文理学院国文系讲师。1933 年兼台湾清华大学国文系讲师。1936 年游学欧美。1938 年赴云南昆明，为呈贡简易师范学校义务授课。1940 年当选国民参政会参政员。1946 年随吴文藻去日本讲学。1949 年任东京大学首位外籍女教授，讲授中国新文学课 141 中国近现代高等教育人物辞典程。1951 年回国，任中国作协理事会理事及书记处书记、中国文学艺术界联合会全国委员会副主席、全国少年儿童福利基金会副会长、中国妇女联合会常委等。曾当选全国人大代表、全国政协常委。”①

在冰心众多的文学作品中，有一篇相比于《小桔灯》《寄小读者》《繁星》和《春水》等作品来说，知名度可能稍微低一些的小说《冬儿姑娘》，这篇小说是冰心一系列描写女性的文章中的一篇。冰心曾以散文、小说等方式从不同角度写了不少女性形象，歌颂女性的心灵美和外表美。《冬儿姑娘》虽然说是小说，但是带着明显的散文特点，从语言表达到情感抒发等，都是散文化的。在冰心研究者的眼里，冰心的作品的文体界定，是一个始终存在分歧的问题。他们认为“冰心从来都不会在写作时考虑到文体，她的最高原则是，心情、灵感与表达的自由”。② 也许正因为冰心对于心情、灵感表达的自由度的追求，所以她这篇小说不仅是散文化的小说，同时也是一篇用书信体来写的小说。请看小说中的部分原文，从这些原文表述和文体结构，我们

---

① 周川编撰：《中国近现代高等教育人物辞典》，福州：福建教育出版社，2018 年，第 141 页。

② 王炳根：《爱是一切：并心转》，北京：作家出版社，2016 年，第 59 页。

可以明显感觉到《冬儿姑娘》的书信形式。开头就是私人文书——书信的拉家常的开头："是呵，谢谢您，我喜，您也喜，大家同喜！太太，您比在北海养病，我陪着您的时候，气色好多了，脸上也显得丰满！"① 接下来的内容，就是从一位母亲的角度刻画一个叫"冬儿"的自幼失去父亲的姑娘在艰难的条件下如何成长，如何保护母亲和自己，最后找到了人生的另一半的故事。小说的最后，也是一个书信的结尾方式，同样是拉家常的口吻，向给了冬儿结婚红包的"太太"道谢："谢谢您，您有给这许多钱，我先替冬儿谢谢您了！等办过了事，我再带她们来磕头。"最后是："我走了，您，再见。"落款处是一个时间。

这篇《冬儿姑娘》以写信的口吻和形式来写，让我们在冰心亲切随和的口语化表达中看到了冬儿姑娘迎面走来，带着倔强，也带着调皮。

文体之间的相互渗透和贯通，可以让作品吸收两种文体的长处，又可以避免特定文体的局限。文体的渗透和贯通，也出现在外国文学作品的创作中，比如日本的推理小说家江户川乱步和东野圭吾也曾用书信的方式写小说。这里来谈谈江户川乱步的《人椅》。

江户川乱步（1894—1965），本名平井太郎，毕业于早稻田大学，先后做过公司职员、旧书商人、新闻记者等职业，积累了丰富的社会经验，对人性有较深的洞察。虽然生活并不富裕，但是江户川乱步一直坚持读书和写作，在一次投稿中，得到了《新青年》的主编森下雨森的赏识，1923 年开始，江户川乱步开始陆续发表侦探小说，他的小说也得到了越来越高的评价。《人椅》是江户川乱步众多的侦探推理小说中的一篇。小说的开头部分介绍了年轻的家庭主妇佳子的基本情况，也向读者介绍了佳子的自由作家和编辑的身份，同时也说了佳子是一位非常貌美的女作家，为后文的发展做好了铺垫："每天早上十点多钟，佳子照例要目送丈夫上班。闲下来之后，便把自己关在书房里。她和丈夫合用一间书房，眼下，她正为 K 杂志今夏的增刊号创作一部长篇小说。她是一位非常漂亮的女作家，近来声名远播，她的身为外务省书记官的丈夫，远没她那么风光。每天，她都要收到大量的不知名的崇拜者的来信。"② 在小说开头，作者不动声色地抛出了上述铺垫之后，很自然地让几封匿名来信送到佳子的书桌前。

① 冰心：《冬儿姑娘》，合肥：安徽少年儿童出版社，2019 年，第 10 页。
② 杨永胜编译：《世界经典悬疑小说》，南昌：百花洲文艺出版社，2018 年，第 251 页。

第一封信，写信人很礼貌，也很客气，但同时，也抛下了一个让佳子和读者都放不下的悬念："夫人：从我这样一个夫人毫不知晓的男人这里突然冒昧地给您写信，恳请您原谅我的罪过，我这样说，夫人您或许会感到吃惊吧。我现在要向你告白我所犯的不可思议的罪恶，在数月里，我完全彻底地从人间消失，过着确如恶魔般的生活。"① 在第一封信里，写信人也描写了自己的外貌，让佳子和读者同时从心底深处倒吸一口冷气："我是一个天生相貌极其丑陋的人。关于这一点，务必请您牢记。否则的话，万一您答应我的冒昧请求，允许我见您的时候，光是我这张形容丑陋的脸会吓您一跳。加之长时间的不健康的生活，使我成为现在不愿被他人看第二眼的一幅可怕的样子。如果在您没有丝毫思想准备的情况下让您见到，我会于心不忍的。"②

接下来的情节推移和故事的发展、结局，都是用信的方式来写。看到最后，我们才知道，写信人是一位原来专门做皮椅的普通人，生活困苦，痴迷于自己做的椅子。后来，他把自己塞到椅子里，这把椅子被卖到酒店，在酒店大厅里，写信人晚上偷偷跑出去偷东西，白天则在椅子里偷窥女性。后来，这把椅子被佳子的丈夫买来，放到了佳子的办公室，佳子坐在椅子上，却浑然不觉椅子里有一个陌生的男子每天在偷看自己。因为仰慕佳子的美貌，写信人决定出来和佳子见面，坦诚自己内心对佳子的爱和思念。佳子看到这里之后，马上惊跳起来，芳颜失色。就在这时候，邮差送来了这个神秘人的最后一封信，这封信非常简短，只有几句话："非常冒昧地给您去信，望请多海涵。我平时非常喜欢读您的作品。另函所寄，是我很像样的作品，若承蒙一读并赐教，将不胜荣幸之至。由于某种原因，原稿先于本函寄出，想必您已经读完。不知如何？若拙作能给您些许的感动，将是我莫大的快乐。原稿题目我故意省略掉，我想题目就叫作'人椅'吧。万分抱歉。谨此。"③

这封简短的信就是这篇小说《人椅》的结尾。这封信让佳子和读者都松了一口气，同时又无比地佩服江户川乱步构思的精妙。原来之前佳子和读者读到的几封让人毛骨悚然的信都是一篇小说中的一部分，这几封信构成了一篇令人拍案叫绝的悬疑推理小说，藏在椅子里的丑陋的男子偷窥佳子是虚构的故事，但却由于小说以信件的方式来表达，加上心中有大量的细腻生动的

① 杨永胜编译：《世界经典悬疑小说》，南昌：百花洲文艺出版社，2018 年，第 252 页。
② 杨永胜编译：《世界经典悬疑小说》，南昌：百花洲文艺出版社，2018 年，第 252 页。
③ 杨永胜编译：《世界经典悬疑小说》，南昌：百花洲文艺出版社，2018 年，第 265 页。

心理描写，让人觉得可信而又真实，这也是为何文体与文体的融合贯通在古今中外的文学创作中时常可以看到，这种文体间的融合贯通可以取一种文体之长，补另一种文体之短，让文学创作更加生动有趣，更引人深思。

以上列举的都是短篇的作品，其实长篇的小说创作也时不时有文体间的融合贯通，比如日本当代著名的推理小说家东野圭吾，他写了一部小说，就叫《信》。[①] 这是东野圭吾第四次入围直木奖的作品，小说写一对自幼失去父母，相依为命的兄弟的故事。受伤失业的哥哥为了筹备弟弟的学费，铤而走险偷窃，不小心杀了人。作为杀人犯的弟弟，虽然学业优异，但却为此背负了沉重的精神债务，几度搬迁也无法摆脱舆论的阴影。这部长篇小说主要由一封封寄自高墙之内的信构成，这些信件既表达了哥哥对弟弟无尽的思念和关爱，也给弟弟造成了极大的伤害。这部小说以关注罪犯家属生存问题的现实意义，得到媒体和大众的关注和肯定。另外，这部小说的写作方法也得到了大家的赞许，一封封信，一个个故事，一次次思念，一次次逃避而又无法割断的亲情纽带，让小说跳出了常规的叙述方式和故事构建的方式，让人难以忘记。

此外，还有一些学术研究著作也采用了灵活的文体融合的方式去写，比如上海师范大学的博士生导师曹旭教授就一再提倡学术论文可以不必总是板起脸孔来说话，可以试着把学术论文写得生动有趣一些，融合文学创作的特色。[②] 又比如，英国埃拉·伯绍德（Ella Berthoud）和苏珊·埃尔德金（Susan Elderkin）撰写的《小说药丸》，[③] 这部世界文学评论集以处方的方式，对人面临的各种困扰和心理问题提出适合阅读的某部世界名著。通过处方笺的方式来评论这些世界上的经典小说的精神作用和文学价值。文体之间的融合贯通这类例子还有很多，我们没有必要一一分析就可以得到这样的结论：每一种文体虽然有其独特的形式和特点，但是文学创作可以同时融合不同文体，也就是说，同一篇作品可以采用两种或者两种以上的文体同时去写作，这样的作品更加灵活、丰富，在表达和构思上都可以取得较好的效果。

---

① （日）东野圭吾著，赵江译：《信》，南京：译林出版社，2009 年。

② 此为笔者在课堂实录中摘录的曹旭老师的原话，通观曹旭教授的著作，可以发现曹老师一直在追求像文学作品一样美丽动人的学术研究和论文写作。

③ （英）埃拉·伯绍德（Ella Berthoud）、苏珊·埃尔德金（Susan Elderkin）：《小说药丸》，上海：上海人民出版社，2016 年。

文学意象论之一

《诗经》写嫁娶的诗歌（不包括恋爱诗）不多，严格说来，只有《关雎》《葛覃》《鹊巢》《桃夭》《燕燕》《匏有苦叶》和《新台》，此外，《著》《伐柯》《绸缪》《女曰鸡鸣》，也可划分入内。婚嫁诗大都集中在“二南”和“邶风”，这些婚嫁诗中出现了不少的鸟意象。

首先注意到婚嫁诗中鸟意象的，是陈植锷，他在《诗歌意象论》中提到了《诗经》中写婚嫁，多以鸟意象起兴或比喻。[①] 但对此有不同看法的学者也有，如殷光熹在他的《诗经中的女子思乡归宁诗》中认为：“以树木起兴的诗，往往与思乡之情有关；以鸟类起兴的诗，往往与怀念家族先辈有关（参考赵沛霖《兴的源起》一书）。《葛覃》首章就是以葛和黄鸟起兴，……以葛藤之类起兴的，往往与婚恋题材有关，如《周南·樛木》……”[②] 我们应该肯定，鸟意象在诗中的运用丰富多彩而非仅仅用于婚嫁，殷光熹所说以鸟起兴的诗歌往往与怀念家族先辈有关是有道理的，如《商颂·玄鸟》：“天命玄鸟，降而生商。”但这并不是鸟意象的主要特点，鸟意象最主要的特色还是表现于婚嫁诗。

现据上述婚嫁诗中鸟的类型、象征意味以及诗中对鸟的描写统计列出如表1所示：

---

① 陈植锷：《诗歌意象论 微观诗史初探》，北京：中国社会科学出版社，1990年，第52页。

② 殷光熹：《诗经论丛》，北京：线装书局，2008年，第114页。

表1 《诗经》婚恋诗中的鸟意象

留鸟类①	候鸟类
雎鸠：即鱼鹰，为留鸟，非候鸟。“关关雎鸠，在河之洲。”	雎鸠：东方大苇莺。候鸟，五月间从南方飞到北方，歌声婉转动听。② “关关雎鸠，在河之洲。”
鹊：古人认为鹊能报喜、主富贵。除荒漠外，遍布各地，为留鸟，非候鸟。“维鹊有巢，维鸠居之。”	黄鸟：候鸟。“黄鸟于飞，集于灌木。”
	鸠：候鸟。“维鹊有巢，维鸠居之。”
	燕/玄鸟：古人认为燕可降子多福。候鸟。“燕燕于飞，差池其羽。”
	雁/鸿：不失信、胎产。候鸟。“雍雍鸣雁，旭日始旦。士如归妻，迨冰未泮。” “鱼网之设，鸿则离之。”

从上表可以看出，单从数量上看，婚嫁诗中的鸟意象不算多，但若与婚嫁诗的数量比较来看，婚嫁诗中的鸟意象，尤其是候鸟意象可以说是相当多的。为什么会如此集中地在婚嫁诗中出现候鸟意象呢？

虽然说意象是文学创作中的产物，而文学又是高于生活的精神产物，但是，文学毕竟源于生活，尤其是在朴素而原始的《诗经》时代，《诗经》中的许多物事、人事都是直接取材于生活，艺术加工的成分较少，保留了大部分的生活原貌。所以，意象的产生与生活、环境必定有密切关系。

通过仔细的考察和研究，我们可以发现，《诗经》婚嫁诗中之所以如此集中地出现这么多候鸟意象，是与当时人们的地理、气候和婚礼举行时节有关的。

---

① 所谓“留鸟”是相对于“候鸟”而言的，相对于候鸟，自然界还有很多鸟类是一年四季都在同一个地方生活的，这类鸟就被称为“留鸟”（resident）。

② 关于《关雎》中的“雎鸠”到底为哪种鸟类，现在仍存争议。大多数学者认为是指“鱼鹰”或“鸬鹚”。但有学者指出：鸬鹚或者鱼鹰不在“周南”地区繁殖，后人对它也没有好感，如杜甫诗中就称它为“乌鬼”；也有人说雎鸠是斑鸠，但斑鸠不在河洲生活，而且只会发出“咕咕”的单调叫声，所以“雎鸠”其实是东方大苇莺，它们不仅歌声动听，而且在河洲生活，每年五六月从南方飞到北方度夏。见胡淼著《诗经的科学解读》前言。笔者曾见过鸬鹚（鱼鹰），它们体格笨重，不善飞，虽在河洲生活，但不活跃，叫声也确实不好听，沉闷单调，笔者认为东方大苇莺的说法比较可取。但鉴于持“鱼鹰”一说者较多，故本文二者都列举出来，以资读者参考。

鸟意象产生的地理、气候的关系

前面说过，《诗经》中的婚嫁诗都集中在“二南”和“邶风”，“二南”是指哪里呢？宋代王应麟在《诗地理考》中旁征博引，较为全面地说过这个问题：

> 《郑氏谱》曰：“周召者，《禹贡》雍州岐山之阳地名，今属右扶风美阳县，地形险阻而原田肥美。”①
>
> 朱氏曰：“周，国名。南，南方诸侯之国也。”文王“使周公为政于国中，而召公宣布于诸侯，于是德化大成于内，而南方诸侯之国江、沱、汝、汉之间莫不从化。”“成王立，周公相之，制礼作乐，乃采文王之世风化所及民俗之诗。”“其得之国中者，杂以南国之诗，而谓之《周南》，言自天子之国而被于诸侯，不但国中而已也。其得之南国者，则直谓之《召南》，言自方伯之国被于南方而不敢系于天子也。岐周，在今凤翔府岐山县。”②

除了对“二南”的地理位置的论述之外，还有一种意见认为“南”是指乐器。对“二南”中的“南”指乐器这一说认同者有不少，如《梦溪笔谈》。今天仍有学者坚持，如陆侃如、冯元君的《中国诗史》。③ 相关的论证不在本文范围内，故从略。笔者认为，即使“南”指乐器，也有其产生的地域性，所以并不影响本文的观点和论述。关于“二南”实际所指及其所在的地理区域，说法颇多，各说迭出，自古就有许多争议，对宋代王应麟的《诗地理考》颇为不满的清人阎若璩，也无法确定“南”到底是地名还是乐器名，作为地名，又到底指哪里。阎氏指出王应麟的地理考“叙而不断，甚至两说并存……联缀成篇，案而不断，故得失往往并存”④。所以他力图“矫之，作四书地理考得若干条”⑤，成《四书释地》（及续补）一书，但阎氏在书中也只

---

① （宋）王应麟撰，张宝见校注：《诗地理考校注》，成都：四川大学出版社，2009 年，第 1 页。

② （宋）王应麟撰，张宝见校注：《诗地理考校注》，成都：四川大学出版社，2009 年，第 3 页。

③ 陆侃如、冯元君：《中国诗史》，天津：百花文艺出版社，2008 年。

④ （清）阎若璩：《四书释地》，广州：广东学海堂，清光绪十七年（1891），四库全书·经部，作者自序。

⑤ （清）阎若璩：《四书释地》，广州：广东学海堂，清光绪十七年（1891），四库全书·经部，作者自序。

是征引前代各家意见，并未作出判断，可见其问题之难：

> 南，乐名。诗所谓“以雅以南”。是非南国诸侯之谓。此论发自程大昌。……《梦溪笔谈》周南召南乐名也……南之为国见于《逸周书》，云南，国名。南氏有二臣，势均力敌，分为二南之国……及韩婴序诗云其地在南郡南阳之间。①

阎氏虽然指出王氏《诗地理考》“案而不断”的问题，但他在“二南”的问题上也无法解决“二南”的释义问题，“二南”问题之复杂，使他不得不感叹“要当俟百世后之圣耳”②。关于“二南”的两种解释，都各有道理。所以在今天的学术界，对于“南”的两种解释都还存在。

笔者的观点是，“南”可以作为一种乐器，作为乐器也有其产生的地域，所以“南”也指某个特定地理区域也是正确的。那么，“二南”到底在哪里呢？今天的学者总结前人的研究和论述，得出了一些较为合理的解释，我们且举程俊英、蒋见元的说法为例：

> 关于二南的产生地，《韩诗序》（郦道元《水经注引》）说：“南，国名也。其地在南郡、南阳之间。”按南阳即今河南省西南部，湖北省北部；南郡即今湖北省江陵县一带。司马迁《史记自序》：“太史公留滞周南。”亦指的东周之地，南郡、南阳之间。方玉润《诗经原始》说：“窃谓南者，周以南之地也。大略所采诗皆周南诗多，故名之曰‘周南’。何以知其然也？周之西为犬戎、北为豳、东则列国，惟南最广，而及乎江、汉之间。”③

对于“二南”所在地说得更具体的，是金开诚。他指出：“（十五国风产生的地域）大致不出于现在的陕西、山西、河南、河北、山东和湖北的北部地区。”④“二南中包括长江、汉水、汝水流域的作品。”并认为其“采风范围到达河南的临汝、南阳；湖北的襄南、宜昌、江陵等地区。在十五国风中地域是最南的。”⑤ 而“邶”大约相当于今天“河北的磁县、东明、濮阳；河南

① （清）阎若璩：《四书释地》（续补三），广州：广东学海堂，清光绪十七年（1891），序。

② （清）阎若璩：《四书释地》，广州：广东学海堂，清光绪十七年（1891），四库全书·经部，作者自序。

③ 程俊英、蒋见元：《诗经注析》，北京：中华书局，2018 年，上册第 1、2 页。

④ 金开诚：《诗经》，北京：中华书局，1980 年，第 12 页。

⑤ 金开诚：《诗经》，北京：中华书局，1980 年，第 13 页。

的安阳、淇县、滑县、汲县、开封、中牟等地”[1]。这些地区的北方气候特点鲜明，候鸟秋去春来。从前面的表格我们可以看出，“二南”和“邶风”中的婚嫁诗出现的候鸟意象是留鸟意象的两倍多，且写候鸟的诗有一半写其飞翔之状。鉴于留鸟一年四季都能看到，没有区别时间的意义，所以我们只能以候鸟来看看古人结婚的时节。从候鸟来看，古人婚嫁仪式多在春暖时节举行。

关于古人婚礼举行的季节，不断有学者进行论述，吴晓峰在其论著中较为全面地介绍了古代和现代一些主要学者的观点。[2] 她指出，自战国荀子就已经对古人婚嫁时节作过考辨，荀子认为先秦嫁娶之期在秋、冬季节，并引《荀子·大略篇》曰：“霜降而妇功成，嫁娶而行焉。”郑玄则提出古人多在仲春举行婚礼，班固也同意这一观点，如《白虎通·嫁娶》作过论述。而晋束皙、唐杜佑认为古人结婚四时都有，并不限于某个季节。当代学者李炳海在其《部族文化与先秦文学》中则提出在先秦时代嫁娶时节由于地理的不同，可以分为两个系统，综合来说，多在春、秋和冬季。吴晓峰经过详细论证，认为李炳海的观点虽然很有创意，也颇具启发性，但是并不准确，她列举了许多例子，得出结论：“周人嫁娶四季皆宜。束皙与杜佑的观点是正确的。”[3]

讨论这个问题的时候，我们必须注意古人的历法与今人不同，我们在判断《诗经》时代的农事、礼俗时也应该注意到这一点。由于历法的不同，古人的节日、典礼就不能完全用今天的历法来衡量。那么，《诗经》时代，也就是西周的时候，古人到底用的是什么历法呢？

相传周代有一种历法叫“周历”，我国古代历法源远流长，传说在三皇五帝的时候就有了历法，春秋战国时期尚存古六历，但由于年代久远、文献缺乏，学界至今没有完全弄清古六历的原貌。[4] 周历就是古六历之一。研究发现“殷商、西周以前的远古时期历法属于观象授时阶段……西周以后进入推步制历时期。”[5] 对阴阳合历正式采用之前的古代历法，已有不少学者致力于探索，如庞朴对“火历”的发掘就很有价值，他认为古人以大火昏见于东方地平线

---

① 金开诚：《诗经》，北京：中华书局，1980 年，第 13 页。

② 吴晓峰：《〈诗经〉“二南”礼俗研究》，武汉：武汉出版社，2006 年，第二章。

③ 吴晓峰：《〈诗经〉“二南”礼俗研究》，武汉：武汉出版社，2006 年，第 76 页。

④ 田合禄、田峰：《中国古代历法解谜：周易真源》，太原：山西科学技术出版社，1999 年，序。笔者按，对于中国古代的历法，很多学者进行研究，如张培瑜等著的《中国古代历法》曾尝试还原古代历法原貌，他们的努力对我们了解古人的生产、生活，以及与之密切相关的古代诗歌都有很大帮助。

⑤ 张培瑜、陈美东、薄树人等：《中国古代历法》，北京：中国科学技术出版社，2008 年，前言。

为一年农事之始，即正月，火历一年有三百六十天，共有春夏秋冬四季，每个季节有两个月，每个月有四十五天，也就是说，一年共有八个月，所以火历又被称为“八月历”。火历将一年分为上、下半年，每半年过一次新年，春分岁首过大年，年节为三天；秋分岁丰过小年，年节为两天。但到了殷代的时候，八月火历就已经演变成十二月火历，但四季的划分不变。① 此外还有人提出：远古历法中还有十月太阳历。刘尧汉等人研究发现，彝族采用十月太阳历，十月太阳历同火历一样，将一年分为上、下半年，也是每隔半年过一次新年，不同的是一年分为十个月，一个月有三十六天，其余六到五天为过年节。另外，十月太阳历把一年分为土、铜、水、木、火五个季节，每个季节两个月，以土季为一年之首。②

以上介绍的远古历法虽然不完全相同，但有一点是相同的，那就是：古人都知道并自觉地将一年划分为几个季节，用于安排生产和生活。其中以春/土季为首，开始人们的农业生产和各种生活仪式。

我们知道，中国以农业立国，农业是本，古代民间划分季节主要以农业生产为根据，什么时候适应播种、撒谷、耕地，什么时候就是一年的开始。古人对季节的划分反映了他们对生产和生活的安排秩序，我们可以此观照古代的诗歌创作。孙作云也是从古代农事出发，认为古人的一切礼俗活动都是以农忙和农闲来确定时节的：“农夫们的生活，大致可分为两大季节；从旧历二月起，他们到野外耕地，一直到九月把禾稼收割完了以后，才结束他们的野外生活。从十月起，到来年一月底止，主要地在家中生活。……这就是广大农夫生活的主要节奏。许多活动、许多风俗习惯，以至于凝固为一种典礼、一种节日，皆由此而起。”③ 孙作云还指出：“有许多风俗习惯，也可以说是典礼仪式，多在旧历二月或三月初举行。其中之一，便是有关男女恋爱的许多活动。”④ 考虑到古历与今历不同，我们不能保证孙先生所说的具体月份是准确的，但他所说的季节却是合理的。

---

① 庞朴：《火历初探》，《社会科学战线》1978 年第 4 期。庞朴：《火历三探》，《文史哲》1984 年第 1 期。另，田合禄、田峰《中国古代历法解谜：周易真源》第 14、15 页对火历也做了较为通俗易懂的阐释，可以参考。

② 田合禄、田峰：《中国古代历法解谜：周易真源》，太原：山西科学技术出版社，1999 年，上编第 4、5 页。另可参考刘尧汉、卢央：《文明中国的彝族十月历》，昆明：云南人民出版社，1986 年。

③ 孙作云：《诗经恋歌发微》，《〈诗经〉研究》，开封：河南大学出版社，2003 年，第 286—307 页。

④ 孙作云：《诗经恋歌发微》，《〈诗经〉研究》，开封：河南大学出版社，2003 年，第 288 页。

我们从《诗经》婚嫁诗中出现的候鸟意象来看，西周时期的婚嫁活动多在春暖时节举行。这里需要说明的是，《桃夭》《著》《伐柯》《绸缪》中没有鸟意象，而且在这几首诗中真正是写嫁娶之事的，只有《桃夭》。《桃夭》以桃花盛开比拟新娘及其出嫁之热闹场景，“桃之夭夭，烁烁其华。”桃花盛开说明春天到来，气候真正转暖了。气象学家们曾以桃花开花日期来考察气候之寒暑变化，竺可桢在研究古代气候变迁时介绍说：“我国历史上虽无温度之记载，但降霜飞雪之迟早，草木开花之时期，在在皆足以见气候之温寒。昔刘继庄尝就南北诸方，以桃李开花之先后，考其气候。”① 桃花开、气候暖，候鸟北回，在这个时节举行婚礼，当然能看到鲜花和候鸟。可证《诗经》中的婚礼确在春天举行。

《伐柯》说的是请媒、求婚，《著》一说是情人等待约会，一说是婚礼中新郎在等候新娘出门，或者顶多是婚礼中的一个场景特写，严格来说不是本文所要讨论的嫁娶诗，而《女曰鸡鸣》写的已经是婚礼之后的夫妻生活了。所以这里我们主要以“二南”和“邶风”婚嫁诗中的候鸟意象为判断季节的依据。另外，《葛覃》写归宁，《六家诗名物疏》卷一引《春秋左传》曰：“杞伯姬来归宁也。释例云归宁者，女子既嫁，有时而归，问父母之宁否。”归宁一般在婚礼后不久，所以诗中出现的“黄鸟”也可用作古人婚嫁时节的判断依据。

鸟类和气候、季节的关系是十分密切的，竺可桢指出：“动物因为能移动，所以比较植物有选择气候的能力……候鸟如燕子、黄莺、布谷，来去季候的迟早完全要看天气的寒暖。”② 所以，候鸟飞回北方说明北方气候确实转暖了，而南方开始变热。竺可桢根据古代资料研究提出：我国近五千年的气候可分为四个时期，第一个时期是考古期，第二是物候期。由于古人没有观测仪，所以判定一年的寒暑变化主要根据开花结果、候鸟往来等物候现象，如山东省近海地区的郯国人每年以家燕的到来为春分时节。③《诗经》的时代便属于物候观测阶段。所以我们可以用诗中的物候描写反观当时的季节、气候和礼俗。

---

① 竺可桢：《中国历史上气候之变迁》，《竺可桢全集》第一卷，上海：上海科学教育出版社，第62页。

② 竺可桢：《气候与人生及其他生物之关系》，《竺可桢全集》第二卷，上海：上海科学教育出版社，2004年，第220页。

③ 竺可桢：《中国近五千年气候变迁的初步研究》，《考古学报》1972年第1期。

“大苇莺”“黄鸟”“鸠”“燕/玄鸟”和“雁/鸿”都是候鸟，而“二南”和“邶”都具有北方气候的特点，冬天降雪，这些地区的候鸟应该是暮秋南飞、春暖北回，所以在“二南”和“邶”地可以看到这些候鸟的季节主要是春、夏和初秋，夏季炎热，秋天又忙于收割，所以古人的过年节或婚礼等喜庆活动多在春暖时节举行。这里所说的春暖时节，不一定是初春、仲春或者暮春，而是必须依据当时具体的气候条件决定，因为每年的气温变化都有不同，比如去年桃花开在三月，而今年有可能四月才开花。只要气候真正转暖，冰雪融化，人们才开始进行一年的生产和生活。《桃夭》以“烁烁其华”来写婚礼，也可以印证这一点。可见《诗经》婚嫁诗之所以如此集中地出现了候鸟意象，是与古人的季节划分、地理及气候密切关联的。

为了更加有力地证明这一点，我们可以对其中的“鸿雁”和“燕/玄鸟”进行深入细致的解读。古人认为燕子可以赐子，现在仍有许多人家（当然多在乡村）有饲养家燕的习俗，如《诗经动物释诂》说：“燕与玄鸟异名同物，……燕科小型夏候鸟，……遍布全国各地。……（燕）喜欢栖息于人居环境，筑巢于檐下或庭廊，与人相处安然。……我国自古就有保护家燕的习惯和传统，为其提供筑巢的条件等。”[①] 与古老的燕子信仰有关。除了燕子之外，雁/鸿也是古人婚嫁中不可或缺的，古人对燕和雁的信仰形成了婚礼中一些独特而不可省略的礼仪。那么，古人为什么专取这两种候鸟来祝福、象征婚姻呢？

燕子、鸿雁与婚姻

要追溯古人对燕子的信仰，可谓历史悠久，从商朝开始，燕子就已经具有很高的地位，商族以燕子为图腾。商族认为燕子是降生其始祖的功臣，《商颂·玄鸟》：“天命玄鸟，降而生商。”说的就是简狄沐浴时吞燕卵而生契的传说，简狄和燕被奉为商族始祖，关于简狄吞燕卵的各种传说，孙作云已作全面介绍，[②] 兹不复述，其中虽有细节不同，而其主要情节不变，即简狄吞燕卵而生下商族的第一位男性始祖。燕子与婚育的紧密联系就是从这里开始的。

---

① 高明乾、佟玉华、刘坤：《诗经动物释诂 图文本》，北京：中华书局，2005 年，第 60 页。

② 孙作云：《诗经恋歌发微》，《〈诗经〉研究》，开封：河南大学出版社，2003 年，第 286—307 页。

《礼记·月令》说："仲春之月……是月也，玄鸟至，至之日以大牢祠于高禖。天子亲往，后妃帅九嫔御（从行）；乃礼天子所御（言持别礼敬有身孕的妃嫔）……"[①] 高禖就是古代掌管婚育的女神，为什么古人以燕子到来之日祠高禖呢？古人的看法是"燕以施生时巢人堂宇而生乳，故以其至为祠禖祈嗣之候。"[②] 由于燕子生育巢于屋内，又在万物复苏的春天，所以古人便将燕子视作高禖的化身，认为燕子一来，人们就可以向高禖祈求后嗣，就会得到应验。明人吴雨指出："今荆楚之俗燕始来，以入室者，以双著掷之，令人有子，皆燕为生子之验。"[③] 可见古人的燕子信仰保存良久，我们至今仍然可以从许多远古传说片段中看出这种牢固的信仰。如《古今图书集成》引《括地图》曰："孟舒国人首鸟身，其先世为虞氏，驯百兽，夏后之末世，民始食卵，孟舒去之，凤凰随焉。"[④] 后来，这种传说不断经过加工、改造，具体故事内容有很大不同，但其中女性、燕子、婚育、人类繁衍这些基本元素不变，《古今图书集成》引《搜神记》曰：

> 豫章新喻县男子见田中有六七女，皆衣毛衣，不知是鸟，匍匐往，得其一女所解毛衣，取藏之，即往就诸鸟，各飞去，一鸟独不得去，男子取以为妇，生三女，其母后使女问父，知衣在积稻下，得之，衣而飞去，后复以迎三女，女亦得飞去。[⑤]

另外，古人还注意到燕子的另一个特点，即，除了春来之外，燕子还会秋去。《礼记》曰："中秋之月元鸟归。"古人是这样看待这一现象的："归谓去，蛰也。凡鸟随阴阳来，不以中国为居。物之蛰近在本处，今元鸟之蛰虽不远，在四裔，必于幽僻之处，非中国之所常见。故云不以中国为居。仲春言玄鸟至，此言归，明春来而秋去也。"[⑥] 所以，古人往往选择燕子到来之时，即高禖降临人间之际举行婚礼，希望子孙满堂。由于燕子和高禖的联系，古

---

① 孙作云：《诗经恋歌发微》，《〈诗经〉研究》，开封：河南大学出版社，2003 年，第 286—307 页。并见（清）陈梦雷编：《古今图书集成·禽虫典》第二十四卷燕部，扬州：广陵书社，2011 年。

② （清）陈梦雷编：《古今图书集成·禽虫典》第二十四卷燕部，扬州：广陵书社，2011 年。

③ （明）吴雨：《毛诗鸟兽草木考二十卷》，济南：齐鲁书社，1997 年，卷一。

④ （清）陈梦雷编：《古今图书集成·禽虫典》第五十二册，扬州：广陵书社，2011 年，卷四"羽禽总部"。

⑤ （清）陈梦雷编：《古今图书集成·禽虫典》第五十二册，扬州：广陵书社，2011 年，卷四"羽禽总部"。

⑥ （清）陈梦雷编：《古今图书集成·禽虫典》第五十二册，扬州：广陵书社，2011 年，卷四"羽禽总部"。

人甚至将燕子称为女神，《酉阳杂俎》说：“燕，一名神女。”此外，古人还发现了燕子的另一个“优秀品质”，《禽经》曰：“元鸟，燕也，朝奇而暮偶，爱其类也。”人们对燕子的喜爱从他们对燕子的认识中可以看出来，燕子所具有的生物特性，如哺育后代时巢人堂宇、春来秋去、朝奇暮偶、爱其类等，经过古人浪漫而丰富的想象，与人类自身的婚育发生了类比性联系，古人希望他们的婚姻可以得到燕子的见证和赐福，并希望夫妻双方能像燕子一样互爱。从此，燕子便与古人的婚育难分难解。所以《诗经·燕燕》才会以燕子的飞翔和声音来比兴出嫁。

总之，燕子与婚嫁的关系不仅仅是一种文学意义上的象征或者比喻，更多的是古人对燕子的信仰，是一种久远的民族文化，这种文化根植于民族的长河中，以各种各样的形式表现出来，李湘在其著作中介绍说：“据我国仰韶文化遗址出土的众多彩陶鸟纹图饰之研究及有关古籍记载，像鹳、鸟、鹗、玄鸟等等，大都为初民生殖崇拜观念中的男性象征物。”① 无论男性生殖崇拜还是母性始祖崇拜，燕子与婚育的联系表现的，始终是一种深厚的民俗文化。

关于鸿雁，它和燕子一样，在古人的婚礼仪式中起着重要而不可替代的作用，古代婚姻史学家李衡眉研究指出，我国古代婚姻六礼中除纳征外，其余五礼都要用到鸿雁。并说执雁的习俗不仅行于婚礼，同时也行于大夫见君或大夫与众臣相见的礼节中。② 可见雁在古人心目中具有非同一般的象征意义。李湘在其著作中指出：“雁在古民俗观念中，……以言国事，可用贺社稷之福；以言婚姻，则纳采、请期必备。”③

《诗经·匏有苦叶》曰：“雍雍鸣雁，旭日始旦。士如归妻，迨冰未泮；招招舟子，人涉卬否。不涉卬否，卬须我友。”普遍认为《匏有苦叶》是一首女子在岸边等待未婚夫时唱的歌，吴雨说：“‘邶风’曰‘雍雍鸣雁’。传：‘雍雍’雁声和也，纳采用雁笺，雁者，随阳而处，似妇人从夫，故婚礼用雁。”又说：

> 雁，阳鸟也，一名朱鸟，似鹅，畏寒。秋南，冬，北自河北渡江南，瘦瘠，能高飞，不畏缯缴，江南沃饶，每至，春还河北，体肥不能高飞，恐为虞人所获，常衔芦数寸以防缯缴，夜栖川泽，千

① 李湘：《诗经名物意象探析》，台北：万卷楼图书有限公司，1998 年，第 290 页。
② 李衡眉：《古代婚礼执雁新解》，《先秦史论集》，济南：齐鲁书社，1999 年，第 208 页。
③ 李湘：《诗经名物意象探析》，台北：万卷楼图书有限公司，1998 年，第 309 页。

百为群，有一不眠以警众也，飞有行列，前呼后应……今北方有白雁，似鸿而小，色白，秋深乃来，来则霜降，河北谓之霜信。月令云八月鸿雁来，九月鸿雁来宾。周书云：白露之日鸿雁来，寒露之日又来，既是一种，何得前后不齐，如此似不应耳。许叔重注二雁则以为仲秋时候之雁从北漠中来，过周雒（不休息也——笔者注）南，去至彭蠡。季秋时候之雁亦从北漠中来，南之彭蠡，以为八月来者其父母也，是月来者盖其子也，羽翼稚弱，故在后耳。《礼记》曰："中秋来者为主，季秋来者为宾也。"①

以上不仅是古人对鸿雁的认识，也表现了古人取雁执礼的原因。古人以自然界动植物的生息习惯等自然属性来比拟人类生活中的各个方面。如这里的鸟被古人取以比拟、祝福婚礼，是基于古人对鸟可降子多福的信仰以及鸟的其他特性，如此处所谓雁随阳而处、飞行有列、不失期（如《管子》说："鸿雁春北秋南，不失其信。"）等特性。可见：人类对自己的认识，是始于对外在自然界的观察，人们通过自然界各种事物各种现象来反观自身、达到认识自己的目的。这里，我们可以发现，《诗经》婚嫁诗中用于祝福、致礼的鸟大多具有美好品质，或具有与人类相关的一些特性，如鸿雁"不失其信"和"胎产"（如《博物志》云："鸿鹄至千岁皆胎产。"）。二者相似，所以古人将他们联系起来，用以类比。而类比又将二者的联系加固。和燕子一样，鸿雁与婚礼也是两个解不开的具有象征意味的环，环环相扣，扣住的是人们对婚姻的美好祝愿。有学者这样说："雁，作为两性之间稳定婚姻关系吉祥如意的象征。"② 这句话的背后是有深厚文化背景的。

那么，雁在婚礼中象征什么呢？关于这一点，可谓见仁见智，学者们有好几种说法，但都各有道理，如李湘认为："在婚礼中用雁，以象征爱情忠贞、家室幸福，大致不错。同样，作为一种观念，反映在诗歌创作中，咏言爱情、婚姻，也是自然之事。"③ 而李衡眉则认为："婚礼中'执雁'习俗取义于鸿雁的飞行'渐进有序'这一自然属性。"④ 他认为古人将婚礼及其六道程序看得非常重要，必须严格按照程序来办，不可急就，那么雁的循序渐进

---

① （明）吴雨：《毛诗鸟兽草木考二十卷》，济南：齐鲁书社，1997 年，卷一。
② 王立：《雁鹅通用与古代雁意象话语》，《文化学刊》2010 年第 6 期。
③ 李湘：《诗经名物意象探析》，台北：万卷楼图书有限公司，1998 年，第 309 页。
④ 李衡眉：《古代婚礼执雁新解》，《先秦史论集》，济南：齐鲁书社，1999 年，第 214 页。

就是一个很好的榜样。

无论是燕、雁还是莺，《诗经》婚嫁诗中的候鸟意象都是诗人根据这些意象的动物原型的生物特性（或曰自然属性）来与人类生活进行类比联想，并经过艺术加工而成的。婚嫁诗中产生了这么多候鸟意象并非偶然，而是由于《诗经》“二南”和“邶风”产生的地理，及其地所具有的北方气候和古人婚嫁多在春暖时节。“二南”地区和“邶”地的人们举行婚礼时总能看到许多鸟儿由南飞回北方，“叽叽喳喳”很是热闹，这些鸟仿佛是来贺喜的，于是他们便对这些鸟儿的到来产生浪漫联想，经过类比，产生了信仰，他们认为这些鸟要么是高禖的使者，要么预示着他们未来的婚姻幸福。我们可以设想，如果换一个地域、一种气候或者换一个季节，如：在炎热的西南地区，春天这些鸟就会飞回北方，或者婚礼在夏季或秋季举行，其时看不到候鸟，那么，诗歌中还会出现它们响亮的叫声或生机勃勃的身影吗？我想是不会的。所以说，婚嫁诗中引人瞩目的候鸟意象的产生，是源于地理、气候和民俗三者的结合，少了其中任何一项要素，我们今天也许都不能在《诗经》婚嫁诗中看到如此多彩的候鸟了。

另外，除了动物意象之外，还有植物意象值得我们注意。中国的诗歌有一个很大的特点，就是意象丰富，《诗经》就出现了大量的花草意象，如桃花、莲花等，是经常看得到的意象。艾略特说过，诗歌中要善于为情感找到“客观对应物”，[①] 意象就可以说是情感的对应物，或者，更准确些说，是创作主体的情感与创作客体的融合为一。诗作中的花草，就是这样的意象。

汉语诗歌富有意象的特点，这与汉语的呈现性特点有很大关系，具体的论述，读者可以参考叶维廉的《中国诗学》。在此不再赘述。

其实，我国诗歌有着丰富的自然意象的特点，可以在古典诗歌中追溯根源。举个例子来说，草在自然界中几乎是最微小的植物，它没有树的高度，没有花的多彩，没有露珠的晶莹……食草动物要吃它，人类行走时要踩它，它是附在土地皮肤上一层薄薄的绒毛，秋冬到了，它就会“脱落”。所以，草经常被人们忽略。《初学记》中没有“草”，《艺文类聚》《太平御览》也都没有给它一块小小的空地。

但在《古诗十九首》中，“草”却生长得很“茂盛”。

《文选》卷二十九录“古诗一十九首”，这“一十九首”作者不明的古诗

① 西渡：《名家读外国诗》，成都：四川人民出版社，2018 年，第 116 页。

虽然数量不多，却对后世的诗歌创作造成了极为深远的影响。影响是多方面的，意象是其中一方面；而草意象，又是其中之一。

十九首古诗中，共有六首出现了草意象，比月亮意象要多上两倍，见表2所示：

表2　古诗十九首中的草意象

出现草意象的诗歌	含有草意象的诗句
《青青河畔草》	“青青河畔草，郁郁园中柳”
《涉江采芙蓉》	“涉江采芙蓉，兰泽多芳草”
《明月皎夜光》	“白露沾野草，时节忽复易”
《冉冉孤生竹》	“过时而不采，将随秋草萎”
《回车驾言迈》	“四顾何茫茫，东风摇百草”
《东城高且长》	“回风动地起，秋草萋已绿”

十九首中出现“月亮”的有三首，分别为《明月皎夜光》《孟冬寒气至》和《明月何皎皎》。

常人忽略了的草，被诗人拾了起来，把它放在文字里，并嵌在生命中。

所谓“意象”，是指在作者情感和思想的大染缸里浸泡过的物，是“处于抒情主体的观照中，亦即在诗意的观照中呈现”的物象。①

意象承载着诗人的情感和思想，意象带着诗人的身影，毋庸置疑。《古诗十九首》中的“草”，就是这样的。如“青青河畔草”，一望无尽的绿，蔓延着勃勃生机，和诗中那个“娥娥红粉妆”的青春女子，还有那个一直“隐身”的、欣赏着青草和美人的诗人，整幅画面都在春天的律动中，诗句温暖动人。青草和诗人的心境吻合，轻快而有活力。

必须提出的是，草和人在诗歌中的关系，并不是单向的寄托，我们常说，在创作中，诗人将自己的情感寄托到物体之上，从而使物体带上了人的色彩。这固然不错，但仅仅是其中一个方面，还有一个方面，就是草，即物体，对诗人情感的调动，物体对人不仅能造成心理影响，也能造成一定的生理反应。

从读者的角度来说，读者的美感体验本身就伴随着生理反应和生理运动。诗学是人学，既是人学，人与人，不论中外古今，总有些相通相同之处，而

① 蒋寅：《语象·物象·意象·意境》，《文学评论》2002年第3期。

审美体验就是其中相通之一。因此，我国美学家朱光潜先生在《文艺心理学》中介绍了谷鲁斯审美体验“内模仿”说，即看到一个物体的时候，我们会不由自主地发生微妙的生理、心理反应。朱光潜先生在书中举的例子就是看石柱，他指出，我们在看到高耸的石柱时，会不知不觉地“模仿石柱的腾起，我们并不必伸腰耸肩作上腾的姿势，只要肌肉略一蠕动，甚至只起一些运动的冲动，就可以引起上腾的情感了。”①

这一点，还有科学佐证。实验证明，不同物体、不同形状、不同色彩，甚至不同背景，对观看者的生理、心理产生的作用都是不同的。比如，曲线和直线相比，具有迂回、活泼、自由的特点，因此，曲线常给人的心理以间接、含蓄、优雅、丰满、变化多样等感觉，而直线则没有。又如，不平衡的物体动感强，而平衡的物体静感强。再如，不同色彩的明度、纯度不同，给人的感觉就不同，对人的情绪影响也不同（见郭茂来《视觉艺术概论》）。绿色能让人感到平和、青春、健康…… 能让人肌肉放松，而灰色则不能。

这就说明：在艺术创作中，人和物是双向的、互动的。人既可以将心中情感寄托到物之中，而物也可以调动人的情感和心理活动，使人产生创作的欲望和冲动。这种双向的互动几乎同时进行，作品就是在这种互动中完成的。

人心对外界的事物是敏感的、“自觉”的。所谓“自觉”，就是人的内心深处把各种感官沟通起来的一种心理活动，梁漱溟在《人心与人生》中举了一个例子，说人在听到某种声音时，不仅是耳朵接收到了信息，同时还会马上反应出这种声音的来源和这种声音所代表的含义。② 事实上，不仅听觉如此，视觉也是如此。

诗人看到草，草的渺小让他们联想到人类自身，人虽比草高大，但比人强大者，在自然界中比比皆是，高山、大海、雷鸣、闪电、洪水、虎、豹……相形之下，人和草有着同样的渺小。草的夏荣冬枯又让人联想到生命的变化和短暂，而草的绿色又让人觉得青春、强盛、活泼，使人觉得草的生命力顽强，如人类一样，虽代有泯灭，却始终生生不息。这诸多的相似之处激发了诗人丰富的心灵活动，也调动了他的情感世界。

在这样长久的对视、互动中，诗人把草当成了自己的同类，联想产生类比，类比就能析出同质的部分，同质相对，就能触动诗人内心的情感世界。

---

① 朱光潜：《朱光潜美学文集》第 1 卷，上海：上海文艺出版社，1982 年，第 60 页。

② 梁漱溟：《人心与人生》，上海：上海人民出版社，2011 年，65—69 页。

所以，草作为意象，既是物，也可以说是人，诗歌中的“草”，是人和草同质的部分。人与物在此已经彼此不分了。因此，诗人看到枯萎的草，会感伤、哀叹，因为他看到的不是“草”，而是人类自身。

《古诗十九首》的草意象，都是一个个鲜活的人。前两首诗中的“草”，是春天的草（见表2所示），青春的草。看，“青青”的河畔草，兰泽里生长的一大片“芳草”，它们茂盛、浓郁，是年轻、快乐、强壮的人。有快乐，必有忧伤；有年轻，就会有苍老，人总是这样的，所以草，也是这样。表格中后面四首诗里的“草”，是“野草”“秋草”，东风激烈摇荡着的“百草”，东风虽是春天的风，但虽春犹冬，被摇荡的草是那样的萧瑟无力。这些“草”，都是忧郁、苍老的人——他们不一定是生理上的老人，但在写“四顾何茫茫，东风摇百草”“回风动地起，秋草萋已绿”的时候，他们的心，一定老过。

古人没有钟表，草就是他们的“时钟”，敲响他们的青春，也敲响了他们的暮年。草，这个绿色的时钟，在后世的诗歌创作中，始终余音袅袅。

文学意象论之二

大量用五言诗体抒发胸中块垒者，创自阮籍。虽然钟嵘《诗品》评其诗“颇多感慨之词，厥旨渊放，归趣难求”①。但阮籍直接以“咏怀”为题，点明了作诗之意，可见他的咏怀组诗虽然遥寄深远，其初衷却并不在于晦涩掩饰，而在于向外界宣泄胸怀。故虽“颜延注解，怯言其志”②，但读者仍可从诗中发现“青藤”，顺此可“摸”到一个立体的诗人形象。

顾名思义，咏怀者，咏己之怀，其组诗无一不是对诗人胸怀的寄托和抒发，所以这一系列咏怀组诗中的意象自然有诗人的影子。虽然这些诗并非作于一时一地，但它们均出自一人之手，所以共同之处就是诗中两组惯用的意象：“飞鸟”和“青山”。

阮诗大量而集中地出现了鸟和山的意象，见表3所示之例：

表3　阮籍诗中的鸟和山意象③

诗题	鸟意象	诗题	山意象
咏怀其一	孤鸿；翔鸟	咏怀其三	西山
其八	寒鸟；燕雀；黄鹄	其十三	青山阿
其十二	双飞鸟	其十五	山冈
其十三	飞鸟	其十七	登高
其十六	飞鸟	其十九	登高

① （南朝梁）钟嵘著，杨焄校注：《诗品》，上海：上海古籍出版社，2020年，第53页。

② 杨明译，陆机、钟嵘撰：《中国古代名著全本译注丛书 文赋 诗品译注》，上海：上海古籍出版社，2019年，第54页。

③ 笔者按，此表为不完全统计，仅举其典型例子，作为佐证。

续表

诗题	鸟意象	诗题	山意象
其十七	孤鸟	其三十二	太华山
其二十	玄鹤	其四十三	丹山
其二十四	云间鸟	其四十四	高山
其四十一	六翮（以翅代鸟）	其五十四	不周（山）等
其四十三	鸿鹄	其五十五	山岩
其四十八	孤翔鸟等	其三十八	泰山
其五十五	黄鹄	其八十二	西山等

阮籍诗中的鸟，多与其自身处境相似，甚至相同，请看表中“鸟”的修饰词：孤、翔、寒、双飞等。鸟的孤独就是诗人的孤独；鸟的凄寒就是诗人的凄寒；鸟的飞翔就是诗人内心渴望的飞翔；鸟的双飞就是诗人期盼的与知心朋友的双飞。陶诗中也有许多鸟意象，鸟在他们诗中都是自身的缩影，陶诗中的“鸟”是“归鸟”，而阮诗中的鸟则大多是飞鸟。飞翔，是阮籍非常渴望的：“愿为双飞鸟，比翼共翱翔。”① 而山，也代表了诗人对自由和平静的渴望：西山，即首阳山，是先圣栖居的地方，而太华是神仙自由翱翔的圣地……但阮籍既不能像鸟一样飞，也不能完全离弃世事，隐栖山中。

阮籍的一生充满矛盾和挣扎，“飞鸟”和“青山”是他在矛盾痛苦中迸发出来的美好幻影。矛盾是他忧郁痛苦的根源。“飞鸟”和“青山”代表他对自由的理想，但是他知道：他不能“起飞”的现实已经像山一样扎下了根，而且他的忧郁焦虑，已经凝固成山，固执地植在了他的体内。

首先在政治上，阮籍就经历着欲飞而不能的痛苦。

晋书本传称其“本有济世志，属魏晋之际，天下多故，名士少有全者，籍由是不与世事，遂酣饮为常”。他的咏怀诗也印证了他本有的“济世志”，咏怀其十五曰：“昔年十四五，志尚好书诗。被褐怀珠玉，颜闵相与期。”儒家对仕途的热情、对家国的抱负，也激荡过他那颗曾经年轻的心。但身处乱世，使他对仕途心灰意冷，正如《竹林七贤》所说的那样，在当时曹氏家族和司马氏家族激烈的政治斗争之中，阮籍等人无法做到洒脱，也无法真的弃社会而去。为求全身，阮籍只能放浪形骸，以至于喜怒不形于色，嘴里也从

① 祁欣译注：《魏晋南北朝 阮籍诗文选译》，成都：巴蜀书社，1990 年，第 20 页。

来不轻易谈论人物是非，不断地控制自己，将曾经的抱负和热情寄托在酒杯中，渴求远离纷纭的乱世，阮籍在诗歌中一再表明了归隐的意愿和决心。但是，对政治又如何能够说忘就忘了，说离就离了呢？尤其对于一个内心本就充满烈火的诗人？

晋书本传说他一再“辞辟”：

籍尝随叔父至东郡，兖州刺史王昶请与相见，终日不开一言，自以不能测。太尉蒋济闻其有隽才而辟之，籍诣都亭奏记曰……初，济恐籍不至，得记欣然。遣卒迎之，而籍已去，济大怒。于是乡亲共喻之，乃就吏。后谢病归。复为尚书郎，少时，又以病免。及曹爽辅政，召为参军。籍因以疾辞，屏于乡里。岁余而爽诛，时人服其远识。①

虽然如此，但阮籍并不是空有政治抱负而没有实际才干的文人，本传又称：

及文帝辅政，籍尝从容言于帝曰：“籍平生曾游东平，乐其风土。”帝大悦，即拜东平相。籍乘驴到郡，坏府舍屏鄣，使内外相望，法令清简，旬日而还。帝引为大将军从事中郎。②

可见阮籍是有实际政治才能的，而他心中的政治热情，也并未完全冰冻。但是，阮籍对时势有着清醒深刻的认识，正当他有了政绩，又为“帝”赏识的时候，本可举翅青云的他，忽然就主动退到了政治的幕后：

籍闻步兵厨营人善酿，有储酒三百斛，乃求为步兵校尉。遗落世事，虽去佐职，恒游府内，朝宴必与焉。③

从这则资料看，阮籍虽然退居政治幕后，却又未完全退出政治舞台，“朝

① 高晨阳著，南京大学中国思想家研究中心编：《阮籍评传》附录《晋书阮籍传》，南京：南京大学出版社，1994 年，第 341 页。

② 高晨阳著，南京大学中国思想家研究中心编：《阮籍评传》附录《晋书阮籍传》，南京：南京大学出版社，1994 年，第 342 页。

③ 高晨阳著，南京大学中国思想家研究中心编：《阮籍评传》附录《晋书阮籍传》，南京：南京大学出版社，1994 年，第 342 页。

宴必与”，且为帝属辞，“辞甚清壮，为时所重。”① 正因这种对政治不即不离的态度，该即时即，该离时离，进退得当，才使“帝每保护之”，以保全家人，保全自己。

阮籍不甘寂寂，在政治上稍显身手，“旬日”便成“法令清简”之局面，可见他领导管理的从政能力，不会亚于别的政客。但阮籍是一个清醒而且很能控制自己的人，他对时势仍然感到不安和怀疑，咏怀其二曰：“膏沐为谁施，其雨怨朝阳。如何金石交，一旦更离伤?”② 时局的动荡，人与人关系的复杂，身边朋友的被杀，等等，都使他越来越深刻地感到人生无常。他的咏怀诗也一次次表明了这种看法，如其咏怀十五曰：“丘墓蔽山岗，万代同一时。千秋万岁后，荣名安所之?”③ 他还在《大人先生传》中表明他对时人的看法：“独不见群虫之处裈中，逃乎深缝，匿乎坏絮，自以为吉宅也。”④ 他对别人均怡然安居的“吉宅”抱着危机意识。因此，他越发强烈地渴望隐退，远离险恶的政治漩涡。咏怀其三曰：“驱马舍之去，去上西山趾。一身不自保，何况恋妻子!”⑤ 阮籍内心深深的危机意识使他的精神处于高度紧张，时刻保持着警惕。

这样的状态之下，阮籍又怎会不忧郁、痛苦和焦虑呢? 阮籍的咏怀组诗里，几乎每一首都充满了苦闷和孤独。阮籍的孤独不是无人可说，而是不敢说，“祸从口中出”，尤其在人人自危的乱世，阮籍又怎能随意诉苦? 在生活中，他把自己“说”的权利都“剥夺”了。阮籍内心其实丰富细腻，触景便能生情，夜色、月光、清风……甚至远古神话中的江汉二妃，都能触动他的心思，这样的一个人，会于得意之时，忽忘形骸。如此丰富的心灵活动，必定有许多感慨要倾诉。他内心的情怀，可以从一则事例中看出：

> （阮籍）母终，正与人围棋，对者求止，籍留与决赌。既而饮酒二斗，举声一号，吐血数升。及将葬，食一蒸肫，饮二斗酒，然后

① 高晨阳著，南京大学中国思想家研究中心编：《阮籍评传》附录《晋书阮籍传》，南京：南京大学出版社，1994 年，第 342 页。

② （魏）阮籍著，李志钧等校点：《阮籍集》，上海：上海古籍出版社，1978 年，第 85 页。

③ 刘文忠、刘元煌选注：《汉魏六朝诗选》，西安：太白文艺出版社，2004 年，第 124 页。

④ 先秦两汉六朝文学组编：《中国文学参考作品 魏晋南北朝部分》，长春：东北师范大学函授教育处出版，1958 年，第 22 页。

⑤ 王运熙、邬国平注译：《古诗一百首》，上海：上海古籍出版社，1997 年，第 116 页。

临诀，直言穷矣，举声一号，因又吐血数升。毁瘠骨立，殆至灭性。①

爱得如此强烈，悲痛才会这样沉重。但在现实生活中，阮籍却是“喜怒不形于色”，“口不臧否人物”，这需要极大的忍耐力才能控制住汹涌的情感。然而这种克制又使他多么痛苦。咏怀其三十三说：“胸中怀汤火，变化故相招。万事无穷极，知谋苦不饶。但恐须臾间，魂飞随风飘。终身履薄冰，谁知我心焦！”② 从现代医学上来说，心有话而不能言者，久之必得抑郁症。所以，一个人必须要找到一个宣泄的出口，这样，他才不至于被忧郁、压力和焦虑压垮。在这个意义上说，诗歌就是阮籍真正的“嘴巴”，是阮籍的出口，它“说”出了许多不能说而又实在无法忍耐的话，疏导了诗人积压在心的喜怒哀乐。

另外，晋书本传说阮籍“不拘礼教”，书中列举了一些无关紧要的“不拘礼教”的事例，如与嫂子道别，醉卧酒垆，但这些都止于生活层面，一旦关涉到政治，阮籍比谁都“遵礼服教”，在上述例子中，阮籍推辞太尉蒋济的征用时，写了一封十分得体而又恭敬的信，辞句委婉得让太尉误认为阮籍要接受他的征召，原信录于下：

籍死罪死罪。伏惟明公以含一之德，据上台之位，英豪翘首，俊贤抗足。开府之日，人人自以为掾属；辟书始下，而下走为首。昔子夏在于西河之上，而文侯拥彗；邹子处于黍谷之阴，而昭王陪乘。夫布衣韦带之士孤居特立，王公大人所以礼下之者，为道存也。今籍无邹卜之道，而有其陋，猥见采择，无以称当。方将耕于东皋之阳，输黍稷之余税。负薪疲病，足力不强，补吏之召，非所克堪。乞回谬恩，以光清举。③

信中措辞严谨，态度谦顺，对太尉的夸赞之词，很难让人相信这是出自“志气宏放，傲然独得，任性不羁”“不拘礼教”的阮籍之手。

上述种种矛盾的方面，是阮籍在扭曲的社会中扭曲的表现。他是不得不

① 高晨阳著，南京大学中国思想家研究中心编：《阮籍评传》附录《晋书阮籍传》，南京：南京大学出版社，1994 年，第 342 页。

② 郭预衡注释：《汉魏南北朝诗选注》，上海：东方出版中心，2020 年，第 189 页。

③ 《全上古三代秦汉三国六朝文》第三册，三国，石家庄：河北教育出版社，1997 年，第 453 页。

带着重重面具，不能真实地生活的人。阮籍是矛盾的、挣扎的，探歧路，途穷而哭，那穷途一哭，才是他矛盾夹缝中真实的时刻。

由此再次印证，文学研究也就是人的研究，知人论世，才能把文学作品研读出其真正的内涵，也才能把作者寄托在作品里的情怀和艺术特点写出来。出于种种原因，作者对于自己内心的情思和想法往往隐蔽地、委婉地传达出来，通过自然界常见的物象，如鸟、山、花、叶等，形象地体现作者的情思和真正的想法。当然，就像阮籍的咏怀诗一样，作者在创作时，也会直接地抒发内心郁结已久的情思和感想。因此我们可以说文学创作是心灵的艺术，唯有读者用心去读，去体会，去琢磨，才能引发内心的共鸣。这样，作者和读者就可以通过文学作品这一纽带联系起来，而文学的生命，就在作者和无数读者形成的无数纽带中延续下去，千百年的传承之后，经过时间的洗礼，这些文学作品才成为经典。

论文学中的文化

1996年，庐山被收入《世界文化遗产名录》，成为我国第一个世界文化景观遗产。庐山优雅的自然风光历来受人称颂，有“匡庐天下秀”之美誉，然而庐山并非以其美丽的自然风光夺得“世遗”桂冠，而是以其独特而悠久的历史文化内涵。笔者从庐山旅游管理局遗产办了解到，庐山在申报世遗的时候，在所递送的申报材料中，文化占着极大的比重，在申请加入《世界文化遗产名录》的理由中，我们可以看出文化所起的重要作用，如表4所示：

表4　庐山申请世界文化遗产时的文化资源分析①

分类	庐山有着丰富的文化遗产	庐山有着丰富的自然遗产
申请加入世遗目录的具体理由	一、独特的“庐山文化”：中国山水诗的策源地之一；繁荣的宗教文化；教育和理学的圣地；杰出的科技文化；历代帝王的文化建树；一千六百年的中外文化交流史 二、庐山的美学价值：庐山风光体现了中国古典美学的最高境界；庐山有着中国山水诗美学发展的清晰足迹；庐山是以艺术美深化自然美的典型；庐山有着中外美学思想的和谐融汇 三、书目资料：（1）专著书目；（2）诗文、游记书目；（3）绘画、摄影书目；（4）电影、电视片目录；（5）与庐山有关的历代名著	一、具有突出价值的地质、地貌 二、独特的第四世纪冰川遗迹 三、丰富的动、植物资源 四、绝妙的山水景观 五、久负盛名的瀑布、温泉、云雾

① 制成此表的资料来自庐山风景名胜旅游管理局遗产办，在此致谢。说明：表格只选取大纲项目列出，具体细节不列。

庐山既作为世界文化景观遗产而位列“世遗名录”中，那么文化是它重要的形象塑造因素之一。据庐山旅游管理局工作人员介绍，文化一直是对外宣传庐山形象的重点部分。联合国教科文组织对庐山的评价指出：“江西庐山是中华文明的发祥地之一。这里的佛教和道教庙观，以及儒学的里程碑建筑（最杰出的大师曾在此授课），完全融汇在美不胜收的自然景观之中，赋予无数艺术家以灵感，而这些艺术家开创了中国文化中对于自然的审美方式。”① 既然如此，那么在旅游客体的角度来看，庐山到底给予了旅游客体一个什么样的旅游文化形象呢？在这个形象中，文化又呈现出什么样的特点？庐山的旅游文化形象宣传是否成功？对庐山的文化，旅游主体又了解了多少？为了解决这些问题，笔者特地作了一个题为《山水有清音 文化传古今——庐山当代旅游文化形象问卷调查》的抽样调查，问卷发出 100 份，有效回收 100 份。结果显示，对庐山文化了解较深的只占 20% 左右，一般了解的占 80% 左右，而对庐山印象最深的是庐山的瀑布、别墅和温泉，还有庐山恋电影。而对曾在庐山游历的古代僧人知道的很少，只占 15% 左右，对于庐山诗词的了解程度也不高，只有 30%，且一般只知道李白、苏轼等名人的一两首写庐山的诗词。

由这次调查笔者发现，庐山的文化形象宣传虽然相关部门用力甚多，但收效相对不高。中国自古以来就有文人雅士漫游行吟、登高而赋的传统，因此留下了大量诗文，是中华民族宝贵的文化遗产和不可或缺的精神财富。而庐山是历代僧人、诗人等游览的圣地，他们的足迹通过诗词流传了下来，据将于 2010 年下半年在上海古籍出版社出版的《历代庐山诗词全集》编委的统计，保存至今的古代庐山诗词已有一万六千多首，② 是国内名山中诗词留存最多的。

文化始终是庐山的“灵魂”，是庐山旅游形象的“脸”，相关部门也想将庐山的文化推广出去。而诗词自古就是庐山文化宣传的重要途径之一，诗词是民族文化的重要载体，尤其在中国这个传统的诗之国度，所以，通过诗词，我们不仅可以看出一个民族、一个地域的文化内涵、特点，也可以通过诗词看到古今文化的变迁。

---

① 资料源于庐山风景名胜旅游管理局内部申报世界遗产时的材料集，由管理局遗产办黄韬先生和文化处文博科李科长提供，在此致谢。

② 由于行文时《历代庐山诗词全集》还未正式出版，所以相关数据来源于上海古籍出版社编委黄亚卓老师，在此致谢。

庐山具有悠久而繁荣的宗教文化，晋代名僧慧远就在庐山东林寺中居住、讲经，并成立“白莲社”，吸引了后代大量僧人名士登临，他们游览庐山、欣赏庐山、歌咏庐山，留下了许多作品，为庐山文化的积淀和形成做出了很大贡献。这些僧人不仅在宗教方面为庐山的文化增添光彩，也在文学艺术上为庐山文化添了厚重的一笔。笔者据民国吴宗慈编辑的《庐山志》中的《庐山历代诗广存》和《历代诗存补遗》等材料，将晋代到清朝游历并吟咏过庐山的僧人人数及诗作数量不完全统计列表如下，见表5所示：

表5　从晋代到清朝游历并吟咏过庐山的僧人人数及诗作数量不完全统计表①

朝代	僧人数量	僧人诗歌作品数量
晋	19人	2首
南朝	18人	无
隋	8人	无
唐	19人	25首
五代	19人	63首
宋	78人	23首
元	1人	3首
明	39人	169首
清	19人	14首

古代僧人诗歌中的庐山形象

庐山的美，不仅在于它得天独厚的自然环境，诗人丰富而跳跃的想象和诗歌的语言、思想为庐山平添了许多美丽，实景和虚境相通相生，自然景观与文化氛围相互辉映，使人领略到别样的美。在僧人写庐山的诗歌中，也有

① 说明：此统计数字以吴宗慈《庐山志》及《庐山志副刊》为材料基础，以有目可寻者为统计对象，民国和近代的庐山诗，不在此统计范围内。由于资料有限，遗漏在所难免。旨在以部分数据说明古代游历庐山的僧人和写庐山的诗歌数量之大。由此可见，古代游历庐山并留下了诗作的僧人数量是可观的，他们是庐山文化中重要的一部分，值得研究。因此，笔者以古代僧人写庐山诗为角度，来研究庐山旅游文化形象策划CI。

丰富的想象、跳动的意境。如晋朝高僧慧远[①]在《庐山诸道人游石门诗》中说：

超兴非有本，理感兴自生。
忽闻石门游，奇唱发幽情。
褰裳思云驾，望崖想曾城。
驰步乘长岩，不觉质自轻。
矫首登灵阙，眇若凌太清。
端坐运虚轮，转彼玄中经。
神仙同物化，未若两俱冥。[②]

诗僧由登览庐山而浮思联翩，从而“发幽情”“思云驾”“想曾城”，甚至“凌太清”，最后“神仙同物化，未若两俱冥”。可谓感悟理趣，心与神游。“云驾”“太清”“神仙”……这些本不是庐山本身实有的景物，而是通过诗僧的想象而产生的，虽然是想象中的景物，但它通过诗歌流传了下来，在后人的脑子里留下印象，并激发人的联想，所以，它可以说是庐山的景观之一——虚境。诸如此类的“虚境”很多，由于诗僧具有诗人和僧人这样的双重身份特点，我们在他们的诗歌中可以看到这样一个鲜明的特点：他们不仅像其他诗人一样吟咏庐山的自然美景，而且会有意识地将庐山塑造成一个超脱人间的仙境。他们笔下的庐山，是一个超凡脱俗、清幽宁静、适宜修身养性的地方。庐山，在他们眼中，不同于熙熙攘攘的红尘俗世，它和人间是有距离的，而正是这个距离，使僧人，以及历代游览庐山的人产生了审美向往和旅游期待。如释憨山德清[③]在《题香炉峰紫云庵》中这样说：

---

① 慧远：（梁）释慧皎所撰的《高僧传》卷六有详细传记。吴宗慈《庐山志·庐山古今游记丛钞》附录中记载：“释慧远，晋高僧，楼烦贾氏子，幼好学，博综六经，尤善庄老，受业于道安，太元中，立精舍于庐山，与慧永、宗炳等结白莲社，念佛，有十八贤之目，而慧远为之冠。卜居三十余年，足不出山，送客以虎溪为界。义熙中卒，年八十三，有《匡山集》。”慧远的《匡山集》今已失传。

② （晋）慧远大师著，弘化社编，沙健庵编辑，项智源增补：《净宗初祖庐山慧远大师文钞》，北京：宗教文化出版社，2016年，第37页。

③ 憨山德清禅师：生活于明代，具体生卒年不详，号憨山族蔡氏全椒人，七岁叔父死，尸于床，问母从何处去，即抱死生来去之疑。九岁能诵《普门品》，十二岁辞亲入报恩寺。曾于庐山五乳峰下结庵而居。具体事迹可参考钱谦益《憨山塔铭》。

香炉峰下紫云深，丛竹曾岩白昼阴。
门带长江接溪水，清流洗尽世间心。①

庐山环境清幽、超脱，以致诗僧认为山上的溪水亦足以洗净人心，去除世间凡尘的诸多杂念。憨山德清禅师还在《山居十六首》之一中谈到在山中修禅的好处："雪老苍松古，僧闲水石清。坐来忘百虑，眼见一身轻。""忘百虑""一身轻"，也许只有庐山那样幽静超脱的环境才能让人如此吧！山对人的熏陶是不知不觉的。

所以有人说"安禅必入山"，正是因为山中幽静的环境有助于人们放松身心，使心境平和，这样容易进入禅境。虽然庐山"不是居尘外"，不是天外来物，但是，身居庐山，却有着与凡俗不同的环境，因而也使人有了不同的心灵体验，所以诗僧们常常在诗里强调"直入深山远世华"（憨宗禅师《七言绝十首》之一），他们认为庐山的清幽宁静可以净化人的心灵，清洗凡人的种种烦恼和诸多杂念。所以他们渴望长住庐山，或者终老庐山，如慧远在《题跋》中说的："兹实匡庐第一境，隐然为天下奇观也，薄晚投宿宿化城，回望杖履所经……殆非人间之游也，此身倘未变灭，要皆结庐而终。"而他最终实现了他的心愿——慧远在庐山"卜居三十余年，足不出山，送客以虎溪为界"。

庐山的清幽宁静、超凡脱俗的形象通过历代诗僧的不断创作、反复吟诵而渐渐沉淀成为庐山文化中的一部分，庐山的这个形象已经深入人心，不仅影响到了僧人对庐山的印象，而且还影响到了其他的人，如唐代白居易在《游大林寺序》中就说："初到恍然，若别造一世界者，因成一绝句云：人间四月芳菲尽……自萧魏李游迨今垂二十年，寂无继来者，嗟乎，名利之诱人也。"② 从这段话我们可以看出，人们是把庐山与世俗凡间，与名利对立开来的。从旅游心理学的角度来说，人们长期生活在人间社会里，为稻粱谋是人们日常生活中的普遍状态，然而，当一个人长期处于这样单调而紧张的状态中时，就必然产生一种超越日常的心理渴求，而环境的转换正是实现这种心理渴求的最佳方式，于是旅游就应运而生。庐山的这种清幽的自然景观，加上它给予人的超脱的形象，使它必然成为人们向往的旅游胜地之一。尤其是在城市化越来越快的今天，忙碌的工作、喧嚣的都市都使人们试图转换环境，

① 郑翔主编：《庐山历代诗词全集》第6册，上海：上海古籍出版社，2010年，第3622页。
② 蒋松源、江晓英：《乐山乐水 历代山水小品》，武汉：崇文书局，2017年，第135页。

放松身心，而古代诗僧们的平和心态，正是现代都市人所渴望的。所以，笔者认为，有关部门可以迎合现代人的心理需求，从诗僧们的诗歌出发来策划庐山的旅游文化形象，加强庐山形象中的诗僧文化成分。

慧远希望能在庐山上“结庐而终”，这种想法并非他一人所有，许多僧人、诗人都对庐山产生了深深地依恋情怀，我想，这不仅仅因为庐山的自然美景，还因为庐山丰厚的诗歌文化。诗人们不仅欣赏庐山、赞美庐山，也把庐山看做朋友一样，这种对庐山的“尚友”的心态，使得庐山的文化形象中又带了几分亲切，拉近了人们和庐山，即旅游主体与客体的距离。如袁枚在《游庐山记》中说：“……正对香炉峰，又见瀑布，如良友再逢，虽百见不厌也。”诗人们把庐山当做朋友，一旦离开，便时常怀念，如释若虚[①]《怀庐山旧隐》：

九叠嵯峨倚著天，悔随寒瀑下岩烟。
秋深猨鸟来心上，夜静松杉到眼前。
书架想遭苔藓裹，石窗应被薜萝缠。
一枝筇竹游江北，不见庐峰二十年。[②]

此诗读来颇为凄恻，释若虚对庐山的怀念与眷恋之情溢于言表，回忆庐山旧居时，他想到，不见庐山已有二十年了，那时的书架、石窗，如今都已被苔藓、薜萝缠绕着吧？平静的语调之下蕴藏着诗僧对庐山深厚的情谊。正因为对庐山深切的怀念与依恋，诗僧对庐山的“再游”情结便时时可见，如释今覞《出入栖贤即事》中有句云：“茅茨自荒深，认是旧游处。忽绝往来心，萧然忘去住。”[③] 游过庐山，还想再游，甚至三游、四游……这种“再游”的情结和经历不仅僧人有，他人也有，如苏东坡就有《再游庐山》，而陆游也有“再到庐山”之行（见陆游《六月十四日宿东林寺》诗）。在笔者的问卷调查中，当问到是否还想再去庐山游玩时，有89%的人选择以后有时间有机会还会再到庐山，可谓古今同心，无论是千百年前的僧人，还

① 释若虚：《唐诗纪事》中有相关记载，具体生卒年不详，生活于唐代，隐于庐山数年，有写庐山诗作流传于世。五代亦有禅僧若虚，《高僧传》有其传记，隐于庐山，持经不出石室，江南国主饮尚其人，屡次征召，不应，后避入深山。文中所引诗出自唐代释若虚之手，见吴宗慈《庐山志》卷九。

② 郑翔主编：《庐山历代诗词全集》第6册，上海：上海古籍出版社，2010年，第625页。

③ 郑翔主编：《庐山历代诗词全集》第6册，上海：上海古籍出版社，2010年，第4924页。

是今天匆忙的旅游者们，对庐山，皆多多少少有“再游”情结，可见庐山的魅力。

在诗僧眼中，庐山清幽脱俗，与它独特的地理环境和气候特征紧密相连，据庐山申报世界遗产时所递交的材料来看，庐山因海拔高度、局部地形影响，以牯岭（海拔1165米）为参照系，年平均气温为11.5℃，夏季（七月）气温比同纬度平原约低6℃。庐山夏季极端最高气温只有32℃。庐山年平均降水量，与同纬度平原相比，多500毫米。庐山的相对湿度大，气流遇山地抬升而温度降低，极利于水汽凝结，因而常常云雾弥漫。庐山年平均有雾日达191天，最高的年份有雾日竟达221天。云雾是庐山独特而美丽的自然景观，俗语云：“庐山之奇莫若云。”庐山的云雾景观有玉带云、瀑布云、云海等，云雾使得庐山恍若仙境。山顶上的牯岭镇有“天上街市”之称，就与庐山云雾有关。因此，清末庐山开发者、英人李德立称庐山为“cooling”，中文音译颇似“牯岭”，今人将庐山称为“清凉世界”，不无渊源。庐山得天独厚的条件使其当之无愧成为古代高人、隐士的最佳选择，自慧远结白莲社，与隐士刘遗民交好，庐山隐逸文化之风由此昌盛。

综上所述，我们知道，庐山有着深厚的诗僧文化，而这种文化，或多或少、有形无形地影响到了今天庐山的旅游文化形象的生成，庐山的旅游理念口号“人文圣山、避暑胜地”中就有厚重的诗僧文化在内。此文化历经千百年时光，已沉淀为庐山多元文化中不可或缺的一部分，是我们不可忽视的。那么，在二十一世纪的庐山旅游文化形象宣传和识别中，又体现出了多少诗僧文化呢?

现代庐山旅游文化形象识别中的文化因素

在庐山旅游文化形象宣传和形象识别过程中，诗僧文化又如何体现、如何被识别呢？为此，笔者根据旅游形象策划和识别的相关理论，做了一个题为《庐山旅游文化形象识别分析——以官方网页为主》的整理分析，来说明以上问题，如表6所示：

表6　庐山旅游文化形象识别分析①

类别	视觉识别 VI	行为识别 BI	理念识别 MI
文化景观形象类因素		1. 2010年中国庐山国际作家写作营开营仪式 2. 常年举办毛泽东庐山读书展；“毛泽东诗词苑”建成 3. 2010年6月11日庐山举行五教祈福文化园奠基仪式 4. 陈寅恪先生骨灰归葬庐山仪式 5. 在庐山旅游官方网页制作中，有“庐山历史文化”这一栏目，其中包括“山水诗歌”“山水散文”“山水画”等栏目 6. 修建庐山抗战纪念碑、纪念馆 7.《历代庐山诗词全集》的搜集整理出版 8. 博物馆收藏景德镇特制建国十年献礼瓷条屏 9. 创作新《庐山图》 10. 白鹿洞书院江西进士、状元板完成	庐山旅游宣传理念口号之一：人文圣山、避暑胜地 庐山旅游宣传理念口号之二：领略秀丽庐山美景，感受人文圣山魅力
自然景观形象类因素	1. 庐山自然景观系列彩图，色彩较统一（以阳光、天蓝、草绿、云白色为主调） 2. 网页背景图和背景色彩：天蓝色为网页底色，页面内容多用白色为底，中间点缀以青绿色风景图片等 3. 网页上的活动图片展示：(1)(2010年)“迎接世博会，欢乐庐山行”对联式图片，可移动，以庐山自然景观为底，青色为主调，图片上的字体为绿色宋体。(2) 中间以幻灯片形式放映庐山自然景观图片，以三张图片为一组，间隔约五秒钟后自动转换。图片上出现庐山形象宣传的理念口号。(3) 图说新闻系列图片：这些小图片是庐山新闻系列配图，约十秒钟转换一次，数量多，背景色彩多样	1.“庐山杯”亚洲小姐竞选活动 2. 2010年6月父亲节期间：“父爱庐山，相伴终生永难忘；感恩无言，清凉庐山送祝福。”父亲免费游庐山活动 3. 庐山参加第五届华中旅游博览会 4. 首届中国庐山自驾登山大会暨2010中国自驾宝贝庐山站巡演活动 5.“庐山旅游活动日”在上海世博会举行：庐山在上海世博会江西馆内举办为期三天的“庐山旅游”活动日，于2010年6月2日—4日在江西馆举行，活动中，循环播放“中国庐山”“畅游中国之庐山”的宣传片，发放5万份“精彩世博会、欢乐庐山行”系列宣传折页和一万份带有“庐山”标志的纪念品	2010年世博期间宣传口号：迎接世博会，欢乐庐山行

① 网络作为二十一世纪的主要交流媒体和宣传中介，利用网络宣传和塑造旅游地形象是重要措施，网上信息量大，宣传的幅度也大，所以本表格以庐山的官方网页为分析对象，通过网页对庐山进行形象识别分析。庐山旅游官方网址为：http：//www.china－lushan.com/。另有部分资料来源于庐山风景名胜旅游管理局文化处文博科。

由上文形象识别分析表格可知，相关部门对庐山形象的宣传可谓不遗余力，他们很重视庐山文化的含金量，为此，他们设置了宣传部、文化处，还有庐山文化发展公司专门负责庐山形象的策划和宣传。他们认识到“文化是庐山之魂”，并竭力打造庐山文化品牌，然而笔者认为，在庐山文化形象策划方面，依然有可挖掘、补充之处，那就是古代僧人诗歌作品所营造的庐山文化形象——清幽脱俗、清凉宜人、美如仙境、禅定雅致，故可净化心灵。相关部门对僧人写庐山诗中所塑造的庐山形象并没有充分的认识和推广，清凉宜人和美如仙境是介绍得比较多的，但清幽脱俗、修身养性之特点，宣传不够多。千古以来禅僧在庐山上习禅修炼的文化事实，正适合当代劳碌奔波的都市人群，在面对越来越大的市场竞争和生活压力的时候，现代的都市人正向往并需要这样一个环境平静心情，换一个环境，有助于放松身心，忘却诸多烦恼。所以，笔者通过实地调查和研究，认为有关部门可以迎合现代人的这种心理需求，从诗僧们的诗歌出发来加强当代庐山的旅游文化形象研究，因为旅游形象的策划并非固定不变，旅游部门应该根据时代的变化和游客心理的变化来适当调整旅游目的地的形象，如此，方可与时俱进，并获得更大客源，始终保持文化旅游品牌的魅力。

论文学中的人物形象

人物形象是文学理论中最常见的研究对象，不要说小说、戏剧，诗歌和散文也常刻画人物形象，塑造人物形象。不同于小说、戏剧，诗歌和散文的人物形象主要是作者自己的形象和情感的描写。国人自著的第一部文学史，窦警凡的《历朝文学史》① 称朱淑真和李清照皆为宋词家之翘首。明清以来学者，多以“淑真易安”并称隽才。李清照与朱淑真同为宋朝婉约词派的优秀女词人，流传下来的词作虽然数量不算很多（李清照存词四五十首，朱淑真仅存二十余首），却都是婉约词中的佼佼者，普遍受到好评。

李、朱突破宋朝男性作家一统词坛的局面，在“女子无才便是德”的封建社会，大胆地以女子的视觉和细腻笔触写出了女子的心声和心情，用语清新流丽，词意婉转动人，二者的词作有许多共同之处。比如，同是写愁绪、抒己怀、述衷情，内容不出闺阁，格调感伤，情真意切。她们在词中勇敢而真挚地表达她们的喜怒哀乐、爱恨情仇，并忠实地记录下自己生活中的某些片断。从那些细腻的笔触，婉转流丽的词句中，读者可以隐约地窥见一张张生动的少女的脸，这些深藏于闺阁的脸，直率地流露出她们内心的感情，不加掩饰，让人心动。这些在词中若隐若现的女子，就是作者自身的写照，她们在词中抒发的是自身的心情和感想，记述的是自己生活中的某些片断，因此，她们笔下的女子就是她们在某个人生阶段，在某种环境下的真实的自己。

诗词不同于小说，小说是有意识地运用多种方法刻画和塑造人物形象，人物是小说的关键。如可以通过叙述语言、对话描写和动作描写刻画人物，

---

① 据 2002 年 1 月 16 日《中华读书报》刊登的《窦警凡〈历朝文学史〉——国人自著的第一部中国文学史》一文，作者为复旦大学中文系周兴陆。

还可以通过矛盾冲突来凸现人物性格。总之，塑造人物形象可以说是小说的目的之一。而诗词则是通过高度凝炼的语言、丰富的想象和跳跃性的描写来表达某种心情或感想，并不着意于刻画、塑造人物，诗词中出现的人物也是为叙事、抒情服务的。即使在叙事诗里，人物形象也并不突出，而偏重于叙述故事，而且在叙事中穿插浓郁的抒情，明显区别于小说。但这并不是说在诗词中无所谓有无人物形象，事实上，诗词中的人物形象虽然朦胧，却是存在着并且是值得重视的。由于诗词抒发的都是作者内心最真实的感情，所以诗词里的人物形象就更为真挚动人。我国现代著名作家郁达夫说过："文学作品，都是作家的自叙传。"① 这就说明，任何作品里都有作家自己的影子。诗词当然也不例外，只是表现人物、塑造形象的艺术手法和方式不同而已。诗词通过细腻的情态描写和动作细节的刻画，来表现人物的某个侧面。多首诗词加起来就可以组成一个比较完整的人物形象。

当然，诗词不能像小说那样可以从各个角度，如外貌、服饰、动作和笑语等，去全面地刻画人物。诗词往往从内心这一角度，淋漓尽致地表达人物的感情和思想（而这"人物"一般就是作者自己），其次在诗词里简洁却细腻传神地进行一些情态、动作描写，以此来表现人物。

李清照和朱淑真是封建社会中的知识女性，她们有着敏锐的感觉、尖锐的痛苦，她们是一时代一阶层的女性的缩影，她们的情绪、她们的心声都具有代表性，反映了封建社会中女子的遭际和心声。她们出身于同一阶层，都有过一段生活优裕、天真烂漫、抚琴弄月的少女时代，也都拥有过一段刻骨铭心的爱情，这从她们的词作中都可以看出来。然而，在终身大事这个转折点上，她们的人生便产生了巨大的落差，朱淑真更早地尝到了人生的苦酒。李清照有幸觅得佳偶，与丈夫赵明诚情投意合，过了一段美满幸福的婚姻生活，但是，朱淑真"早岁不幸父母失审，不能择伉俪，乃嫁为市井民家妻"（另一说为俗吏或商人），② 婚姻不幸，父母不理解，封建礼教的束缚使得朱淑真一生抑郁不得志。当然，李清照并未能幸免于难，南渡之后，李清照开始饱经忧患，这期间所作的词，字字哀愁，句句悲切。腥风血雨的靖康之变使李清照的人生道路发生了意想不到的巨变，北宋灭亡，赵构（即宋高宗）

---

① 郁达夫：《五六年来创作生活的回顾》，吴秀明主编《郁达夫全集 第十卷 文论》，杭州：浙江大学出版社，2017 年，第 308 页。

② 郦波：《宋词简史》，上海：学林出版社，2019 年，第 444 页。

偏安一隅，建立南宋王朝。赵构昏庸无能，在敌人的不断进攻下，节节败退，退到临安，苟安一时，无耻地向金主摇尾乞怜、求和。金人的入侵破坏了北方人民和平的生活，他们或背井离乡，或遭屠杀。社会动荡不安，人心惶惶。清照适逢乱世，平静幸福的生活被彻底打破，她与丈夫流离失所。更为不幸的是，建炎三年（1129），赵明诚因病辞世，留下清照一人辗转于乱世之中。清照这一时期的词作愁浓难遣。其愁之重，较之朱淑真，有过之而无不及。

与她们的人生经历相应，她们的词作可分为前后两期。前期是指少女时期，而后期则指她们遭遇不幸，生活产生变故之后。确切地说，李清照词作的后期从靖康之变开始，这年三月，赵明诚的母亲病故，李清照随其夫辗转南下，历经离乱，饱受忧患。至于朱淑真，由于生卒年不可考，故其后期词指爱情和婚姻遭受挫折后的词作。现存的二十余首词中，除了一两首少女时代的词作外，其余的，从情感内容看，笔者都将其归为她后期所作。

下面，笔者将结合两位女词人的人生经历、社会环境来分析她们词作中的女子形象，并对她们在词作中刻画形象的艺术手法加以分析研究。

活泼开朗、几许闲愁的少女形象

少女时代的李清照和朱淑真生活优裕，无忧无虑，她们在这一时期所作的词，格调明朗活泼，带着少女的天然情态，其中又有几许贵族仕女的闲愁。她们以细腻的笔触，真实自然而又生动地描写出了少女特有的情态。词中那活泼可爱、多愁善感、天真烂漫的少女活灵活现，栩栩如生，清新的气息扑面而来。这是宋朝男性作家拟闺阁之作所不及的，这些个性鲜明的少女形象也是他们的词作中所缺乏的。

如此稚气可爱的少女形象，如此真实细致的少女情怀在李、朱的词作中并不罕见：如李清照的《减字木兰花·卖花担上》："卖花担上，买得一枝春欲放。泪染轻匀，犹带彤霞晓露痕。怕郎猜道，奴面不如花面好。云鬓斜簪，徒要教郎比并看。"[①] 读罢此词，一个活泼调皮、娇态可掬的少女形象便跃然而出，那种与鲜花比比谁更美的倔劲儿，既可笑又可爱。再如其有名的小令《如梦令·昨夜雨疏风骤》："昨夜雨疏风骤，浓睡不消残酒。试问卷帘人，却

① （宋）李清照：《国学典藏 李清照诗词集》，上海：上海古籍出版社，2016 年，第 17 页。

道海棠依旧。知否，知否，应是绿肥红瘦。”[①] 词中的少女对大自然有着纯朴的热爱，她敏感而又多愁，昨夜一场风雨，使她惦记着院里的海棠花。“绿肥红瘦”这一用语生动、形象而又新奇，不仅高度简炼地描尽了雨后海棠的情态，也曲折委婉地道出了少女的惋惜和闲愁。这简简单单的四个字具有很高的艺术感染力。

朱淑真词中的少女形象，与李清照有许多相同之处。如《眼儿媚·迟迟春日弄轻柔》：“迟迟春日弄轻柔，花径暗香流。清明过了，不堪回首，云锁朱楼。午窗睡起莺声巧，何处唤春愁，绿杨影里，海棠亭畔，红杏梢头。”[②] 此词刻画了一个春日里闲散而又略带闲愁的少女。而《念奴娇·催雪》（其一）中的那个少女，天真而又憨态可掬，“冬晴无雪”，少女就天真地设想“天心未肯，化工非拙，不放玉花飞堕地，留在广寒宫阙”，[③] 晴冬无雪的原因原来是天公孩子气地要把漂亮的雪花留在天上，舍不得撒落人间。然后少女不禁又产生疑问，这么漂亮精美的雪花是怎样，又是在什么地方裁剪出来的呢：“六花翦就，不知何处施设?”[④] 读完此词，一个好像马上就要跟着雪花飞舞的少女形象便跃然纸上，如果有可能，想必她会沿着雪花飘落的轨迹飞上天空看个究竟。这女孩和李清照笔下要与花比美的女孩一样的大胆、活泼可爱。

值得注意的是，词人在创作时并非有意识地塑造什么人物形象，她们只是自然而然地抒发内心真实的喜怒哀乐，用笔记录她们少女时代和婚后生活的心路历程。她们以自己的亲身感受作蓝本，展现了女性的不同侧面，或天真，或闲愁，或大胆……她们的语言也迥异于小说，清新优美而幽婉，塑造人物形象并不是词人的目的。

回顾一下当时的社会环境，读者就更能体会出她们的可贵之处。宋朝理学盛行，封建礼教严酷，对女性有形无形的种种压迫和束缚犹令今人心惊，所谓“饿死事小，失节事大”便是当时礼教严酷的真实写照。但女词人笔下的少女形象敢于“倾吐对爱情的热烈欲望，表达自己对生活的理解和不懈的追求，这是难能可贵的”。如李清照的《浣溪沙·闺情》：“绣面芙蓉一笑开，斜飞宝鸭衬香腮，眼波才动被人猜。一面风情深有韵，半笺娇恨寄幽怀，月

---

① 杨恩成主编：《宋词观止》，西安：陕西人民教育出版社，2019 年，第 325 页。

② 王诤编：《全编宋词 2》，延吉：延边人民出版社，第 864 页。

③ 周振甫主编：《唐诗宋词元曲全集 唐宋全词》第 3 册，合肥：黄山书社，1999 年，第 1153 页。

④ 周振甫主编：《唐诗宋词元曲全集 唐宋全词》第 3 册，合肥：黄山书社，1999 年，第 1153 页。

移花影约重来。”[①] 又如朱淑真的《清平乐·夏日游湖》：“恼烟撩露，留我须臾住。携手藕花湖上路。一霎黄梅细雨。娇痴不怕人猜，随群暂遣愁怀，最是分携时候，归来懒傍妆台。”[②] 这些词作展现了她们真实的少女时代，虽然长期深锁闺阁，天真烂漫，不谙世事，却很自然而又勇敢地表达了内心对真爱的渴慕和追求。那些率真的动作描写和细腻的情态描写都一一展露了少女独有的娇羞和可爱。

这些少女形象都是作者的自身写照，她们大胆、深刻地剖析了自己少女时代的内心世界，无意中塑造了一个个真实动人的女性形象。她们不仅为我国古代文学画廊增添了这些在晦暗的封建时代放射出光彩的少女形象，而且也为后人研究封建时代妇女心灵提供了一份宝贵的情感材料。

后期：愁肠百结、孤独凄凉的少妇形象

天真浪漫的少女时代很快就过去了，人生道路骤然在李清照和朱淑贞面前拐了一个大弯，朝着另一个她们意想不到的方向走去。她们的人生悲剧开始上演，经历了一番不幸之后，她们词作的格调都发生了改变，变得悲愁凄婉。清照、淑真都是写愁情的能手，词词关乎愁绪[③]，这是她们改变了的生活和心情的折射。

朱淑真与丈夫不合，遂离开夫家，长期独居娘家[④]，却又得不到父母的理解和同情，被父母视为有伤风化。在封建社会，朱淑真一个弱女子的处境便可想而知。朱淑真的人生是不幸的。加上死后“也不能葬骨于地下”[⑤]，遗稿又被火焚，真是双重不幸。朱淑真长期独居，孤单凄凉，满腔愁怨悲愤无人可说，只好诉诸笔墨，“以写其胸中不平之气，竟无知音”[⑥]。这时的词多是

---

① （宋）李清照：《国学典藏 李清照诗词集》，上海：上海古籍出版社，2016 年，第 12 页。

② 周振甫主编：《唐诗宋词元曲全集 唐宋全词》第 3 册，合肥：黄山书社，1999 年，第 1152 页。

③ 两位女词人中，只有李清照有两三首不涉及闺阁愁绪的，如《减字木兰花》（卖花担上）；《渔家傲》；《如梦令》（常记溪亭日暮）。而朱淑真的词，即使是少女时代之作，也明显带着愁情。

④ 对于朱淑真婚外情这一说，历来颇有争议。据邓红梅《朱淑真事迹新考》（《文学遗产》1992. 2）一文考证，朱淑真由于丈夫早逝，晚年寄居尼庵。又据《惠风词话》，认为朱淑真“志节皎然”，不会有传言所说的婚外情。

⑤ 据魏仲恭在《断肠诗词集》的序言中提到过这一传说，传说朱淑真是投水身亡，尸身不寻，故不能入土为安。

⑥ 王向峰主编：《文艺美学辞典》，吉林：辽宁大学出版社，1987 年。

追昔伤今，特别是感情方面。如："年年玉镜台，梅蕊宫妆困。今岁未还家，怕见江南信。酒从别后疏，泪向愁中尽，遥想楚云深，人远天涯近"；[①] "斜风细雨作春寒，对尊前，忆前欢"；[②] "争奈醒来，愁恨又依然。辗转衾裯空懊恼，天易见，见伊难"；[③] "独行独坐，独倡独酬还独卧"；[④] "此情谁见，泪洗残妆无一半"[⑤] ……由此可见，词人曾有一个刻骨铭心的意中人，奈何最终劳燕分飞，偏偏词人不能忘情，忆起往日缠绵的点点滴滴，更觉今日婚姻不幸之痛。索然寡居的寂寞和凄凉使她愁情顿起，悲从心生，以至于"病怯罗衣薄"。虽然想用"楼外垂杨千万缕"，"系青春"，但是美好的时光还是和春天一样，"少住"，"还去"，不可追寻，亦不堪回首。从这些词句中我们仿佛看到了一个孤独凄凉、愁眉紧锁的少妇，她身体羸弱，凭栏远眺，陷入回忆当中，又平添一些忧伤。连酒这一解闷消愁之物也不起任何作用。就这样，一个终日愁肠百结的不幸的少妇形象便凸现了出来。

朱淑真的"愁"都是爱情受挫所带来的。其二十余首词所表现的，除了少许少女时代特有的闲愁外，都是这种爱情受挫的愁怨。反反复复的倾诉，重重叠叠的新愁旧痛，使得词中的少妇形象尤显沉重悲凉。

李清照的"愁"也同样沉重，除了与丈夫分离期间所产生的闺愁以及丈夫猝然病逝所带来的哀愁之外，李清照的词中还多了晚年漂泊无依，沧桑人世的愁绪，另外，亲人离别所引起的愁情在她的作品中也有所表露。见其《蝶恋花·晚止昌乐馆寄姊妹》："泪湿罗衣脂粉满，四叠阳关，唱到千千遍。人道山长山又断，萧萧微雨闻孤馆。惜别伤离方寸乱，忘了临行，酒盏深和浅，好把音书凭过雁，东莱不似蓬莱远。"[⑥] 此首《翰墨大全》题为"晚止昌乐馆寄姊妹"。姐妹间的离别深情，同样真挚感人。李清照除了与朱淑真有着同样因爱情而产生的愁情外，这些亲人朋友之间的分离，晚年的孤独无依所产生的凄凉落寞之感更让她脆弱而敏感的心多了一些悲哀，因而她的词句更为凄婉，词中的女子形象更显得脆弱、敏感、孤独和悲凉。这个女子面对离别时神思恍惚，悲伤难忍，"泪湿罗裳"，而且由于"惜别伤离"而方寸大

① 李清照：《李清照全集 汇校汇注汇评》，武汉：崇文书局，2015 年，第 97 页。
② 杨恩成主编：《宋词观止》，西安：陕西人民教育出版社，2019 年，第 381 页。
③ 吴开晋选注：《唐宋词 下》，北京：西苑出版社，2001 年，第 71 页。
④ 俞平伯选注：《唐宋词选释》，西安：陕西师范大学出版社，2010 年，第 112 页。
⑤ 俞平伯选注：《唐宋词选释》，西安：陕西师范大学出版社，2010 年，第 112 页。
⑥ 高思嘉选注：《宋词三百首》，奎屯：伊犁人民出版社，1999 年，第 207 页。

乱，竟“忘了临行，酒盏深和浅”，这些动作、神态都很逼真传神。艰难的时势，碰上离别这一伤心事，这个弱女子的悲伤让人不禁唏嘘。

此外，由于生活境遇的逆转，时代激流的冲击，清照饱尝乱世忧患，她个人的命运与国家的命运紧密地联系起来了。虽然她也主张诗庄词媚，并提出词“别是一家”（见李清照的《词论》一文）的说法。但其爱国情怀，其坚贞的气节和高洁的情操，在她的某些词中仍有所流露，这些词作展现了一个弱女子刚强而豪迈的一面，如《蝶恋花·上已召亲族》：“永夜恹恹欢意少，空梦长安，认取长安道”,[①] 这里，长安是故国的象征，对亡国现实的悲痛。在咏桂花的词《鹧鸪天·桂花》里，词人寄寓了自己高洁的情操：“暗淡轻黄体性柔，情疏迹远只香留。何须浅碧深红色，自是花中第一流。”[②] 不必浅碧深红，自我标榜，管他梅妒菊羞，第一流终究是第一流，“画阑开处冠中秋”![③] 词人的自信和豪气由此可见一斑。而这份豪气在《渔家傲》（天接云涛）中则更直接更淋漓地表现出来了，这首格调雄健、感情激越的词堪称典型的豪放之作。这份豪气，这份忧国情怀，这份姐妹亲情都是朱淑真词所没有的，也许是因为朱淑真的人生经历相对较为简单一些。

诗词塑造人物形象的艺术手法

高尔基曾说：“文学就是用语言来创造形象、典型和性格，用语言来反映现实事件、自然景象和思维过程。文学是由什么要素构成的呢？文学的第一个要素是语言。语言是文学的主要工具，它和各种事实、生活现象一起，构成了文学的材料。”（见《和青年作家的谈话》）[④]。可见语言之于文学的重要性。李词和朱词由于清丽脱俗而又具有韵律节奏感的语言在宋代已经流传颇广。据《清真书画舫》申集中张丑（明朝）云：“易安词稿一张，乃秘阁故物也，笔势清真可爱。”[⑤] 可知李词受到珍视和喜爱的程度。又据魏仲恭《朱淑真断肠诗词序》：“比往武陵，见旅邸中，好事者往往传诵朱淑真词。”[⑥] 笔

① 周振甫主编：《唐诗宋词元曲全集 唐宋全词》第3册，合肥：黄山书社，1999年，第828页。

② （宋）李清照：《常记溪亭日暮 李清照词》，兰州：敦煌文艺出版社，2016年，第75页。

③ （宋）李清照：《常记溪亭日暮 李清照词》，兰州：敦煌文艺出版社，2016年，第75页。

④ 华中师范学院中文系文艺理论教研室编：《什么是文学：文学理论常识之一》，上海：华中师范学院中文系文艺理论教研室印刷出版，1977年，第76页。

⑤ 王延梯：《李清照评传》，西安：陕西人民出版社，1982年，第10页。

⑥ （宋）朱淑真撰，（宋）郑元佐注：《朱淑真集注》，杭州：浙江古籍出版社，1985年，第271页。

者认为，她们的词普遍受到欢迎并流传至今的一个重要原因就是其语言清新流丽，浅白自然，其词富于音韵美，读来朗朗上口，加上词意婉转动人，情思蕴然，尤为动人。这样的语言在她们的词作中俯拾皆是：“花自飘零水自流，一种相思，两处闲愁。此情无计可消除，才下眉头，却上心头”（李清照《一剪梅·红藕香残玉簟秋》）[①]；“难言处，良宵淡月，疏影尚风流”（李清照《满庭芳·残梅》）；[②]“风定落花深，帘外拥红堆雪”（李清照《好事近·风定落花深》）；[③]“春已半，触目此情无限，十二阑干闲倚遍，愁来天不管”（朱淑真《谒金门·春半》）；[④]“多谢月相怜，今宵不忍圆”（朱淑真《菩萨蛮·秋》）[⑤]等。正是这些清新流丽的语言所描写的情态、动作，所表达的感情组成了一个个生动的女子形象，这些形象由于语言的婉转优美，传神动人，而更具情态，显得婉约文雅，由大家闺秀之风貌。

李朱二词均善于用叠字和叠词来加强感情的表现力。如：“四叠阳关，唱到千千遍”[⑥]（李清照《蝶恋花·晚止昌乐馆寄姊妹》）；“叶叶心心，舒卷有余情”[⑦]（李清照《添字丑奴儿·窗前谁种芭蕉树》）等，其中又数“寻寻觅觅，冷冷清清，凄凄惨惨戚戚”[⑧]（李清照《声声慢·寻寻觅觅》）最为动人。

朱淑真的词中也不乏叠字的运用，不过多是拟声，如“黄鸟嘤嘤，晓来却听丁丁木”[⑨]（《点蜂唇·黄鸟嘤嘤》）；“当此际，意偏长，萋萋芳草傍池塘”[⑩]（《鹧鸪天·独倚阑干》）；“何如暮暮与朝朝。更改却，年年岁岁”[⑪]（《鹊桥仙·七夕》）；“黄昏却下潇潇雨”[⑫]（《蝶恋花·送春》）等。朱淑真的词中常有连用某个字的情况，有效而鲜明地强化了作者的情感色彩，以感染

---

① （唐）温庭筠，（宋）李清照等著，张志平主编：《婉约词》，长春：吉林文史出版社，2019年，第286页。

② （宋）李清照：《李清照诗词集》，上海：上海古籍出版社，2016年，第66页。

③ （宋）李清照著，徐培均笺注：《李清照集笺注》，上海：上海古籍出版社，2018年修订本，第138页。

④ 吴坤定：《宋词三百首》，北京：北京十月文艺出版社，2016年，第406页。

⑤ 杨恩成主编：《宋词观止》，西安：陕西人民教育出版社，2019年，第380页。

⑥ （宋）李清照：《李清照诗词集》，上海：上海古籍出版社，2016年，第53页。

⑦ （宋）李清照：《李清照诗词集》，上海：上海古籍出版社，2016年，第25页。

⑧ （清）蘅塘退士，（清）朱孝臧编：《唐诗三百首 宋词三百首》，沈阳：万卷出版公司，2017年，第292页。

⑨ 周振甫主编：《唐诗宋词元曲全集 唐宋全词》第3册，合肥：黄山书社，1999年，第1152页。

⑩ 周振甫主编：《唐诗宋词元曲全集 唐宋全词》第3册，合肥：黄山书社，1999年，第1152页。

⑪ 周振甫主编：《唐诗宋词元曲全集 唐宋全词》第3册，合肥：黄山书社，1999年，第1153页。

⑫ 上海古籍出版社编：《宋词三百首》，上海：上海古籍出版社，2015年，第241页。

读者。这种用法在两位女词人的词作中都出现过，而朱词用得较多。如“独行独坐，独倡独酬还独卧”[①]（朱淑真《减字木兰花·春怨》），五个“独”字连用，十分强烈地表达出了词人孤寂落寞的心境。又如“旧时天气旧时衣，只有情怀，不似旧家时”[②]（李清照《南歌子·天上星河转》），三个“旧”字同时出现，读者可以感受到词人那因今不如昔所带来的失意寡欢的心情和强烈的怀旧情绪。

这些叠字叠词，生动地表达出女性特有的温柔、哀婉和缠绵，也可以更加细腻、深刻地传达作者内心深处的微妙感情。这一语言技巧在诸多男性词作家中并不多见，但这两位女词人却大量运用且运用得十分恰当成功。这也使得她们词中的女子形象更凸显出女子的特性：缠绵、细腻、多愁善感。

值得注意的是：李词中常出现简短的叠句，或三字或四字，不一而足。这种用法使词读来具有婉转曲折、回环往复的特点，兼具一唱三叹的韵味。李清照的《行香子·草际鸣蛩》和《添字丑奴儿·窗前谁种芭蕉树》最为典型：“草际鸣蛩，惊落梧桐。正人间，天上愁浓。云阶月地，关锁千重。纵浮槎来，浮槎去，不相逢。星桥鹊架，经年才见，想离情，别恨难穷，牵牛织女，莫是离中。甚霎儿晴，霎儿雨，霎儿风。”[③]“窗前谁种芭蕉树，阴满中庭，阴满中庭。叶叶心心，舒卷有余情。伤心枕上三更雨，点滴霖霪。点滴霖霪，愁损北人，不惯起来听。”[④]这一语言特色的功能与上述叠字叠词是一样的。

除了在语言上下功夫以深刻描写女子的心灵世界外，她们还巧妙地运用了对比和夸张。

鲜明的对比和恰到好处的夸张可以渲染作者的感情，增强作品的表现力和艺术感染力。李清照和朱淑真的词中常用对比和夸张以突出她们的离情别绪，使她们词中的女子形象更加丰满，达到很好的艺术效果。

先说对比。如“昨夜雨疏风骤”，“应是绿肥红瘦”[⑤]（李清照《如梦令·昨夜雨疏风骤》），“莫道不消魂，帘卷西风，人比黄花瘦”[⑥]（李清照《醉花阴·薄雾浓云愁永昼》）。这是形体方面的比较，词中的女子瘦得竟可与一朵

---

① 张志烈、谢桃坊选注：《宋词三百首》，成都：巴蜀书社，2008 年，第 96 页。

② （宋）李清照：《中国古典文学丛书 李清照集笺注》上，上海：上海古籍出版社，2018 年，第 31 页。

③ （宋）李清照著，于天文选注：《李清照词选注》，长春：吉林文史出版社，2001 年，第 46 页。

④ （宋）李清照：《国学典藏 李清照诗词集》，上海：上海古籍出版社，2016 年，第 25 页。

⑤ 叶嘉莹、周汝昌编：《历代诗词精华集》，武汉：长江文艺出版社，2019 年，第 275 页。

⑥ 李寅生编著，肖猷洪绘图：《古诗 彩图版》，成都：四川辞书出版社，2019 年，第 233 页。

小黄花相比，其形体之瘦弱可想而知。而体瘦之原因当然是心事重重、愁绪满怀了。这样一对比一联想，一个哀怨瘦弱的女子形象便出现在读者眼前了。

朱淑真的对比，感情似乎更加浓烈，且带有夸张的成分："遥想楚云深，人远天涯近"（《生查子·年年玉镜台》）；"天易见，见伊难"①（《江城子·赏春》）；"人怜花似旧，花不知人瘦"②（《菩萨蛮·咏梅》）。作者在独自冥想时产生的天近人远的对比突出了一个孤独无依，终日沉湎于过去的女子形象。

在选择意象方面，两位女词人都选择了一些具有悲剧色彩的意象，使她们词中的女子感情更显丰富动人。

李、朱的词多咏梅柳菊月，多发悲愁之意，写景抒情，情景交融。词中的景物带着作者闺阁愁怨的意韵，如"云中谁寄锦书来，雁字回时，月满西楼"③（李清照《一剪梅·红藕香残玉簟秋》）；"杜鹃叫落西楼月"④（朱淑真《阿那曲·春宵》）。其中，"断肠芳草""梧桐""黄梅细雨"等类似意象的出现，营造了一种凄凉孤寂的氛围，又带上了女性的柔弱气质，显得哀婉纤细。

一方面，这些意象的运用使得李、朱的词具有悲剧美，使得词中的女子感情更加浓郁充沛，因而易打动人，引起读者感情上的共鸣。另一方面，词中的悲剧美反映了作者在现实矛盾冲突中，在封建社会压迫下发出的微弱的呼声，再通过具体生动的意象表现出来，分外细腻真实。这些悲剧美正是女性与封建礼教矛盾内在的曲折的表露，所以它能给人以异常强烈的情感震撼。

李清照和朱淑真正是通过语言技巧、对比和夸张的艺术手法及悲剧意象的选择来对词中女子的动作、情态进行刻画，对其感情进行直接的反复的抒发来再现她们在某一阶段的某个侧面，塑造了不同时期不同的女子形象。这些形象有一个突出的特点就是感情十分丰富强烈，性格十分鲜明，但外貌特征很模糊，确切地说，这一幅幅女词人笔下的自画像是她们的情感图标，而不是她们的肖像画，也就是说，我们从这些画像上虽然看不清她们的眉目，却可以看出十分丰富的表情。

---

① 杨恩成主编：《宋词观止》，西安：陕西人民教育出版社，2019 年，第 381 页。

② 纪宝成、侯书栋编著：《历代词选六百首品读》，北京：团结出版社，2019 年，第 222 页。

③ （明）潘游龙辑，梁颖校点：《精选古今诗馀醉》，沈阳：辽宁教育出版社，2003 年，第 267 页。

④ 曹辛华、钟振振主编，刘蔚、许梦婕整理：《民国诗词学文献珍本整理与研究 35 女子词选七种》，郑州：河南文艺出版社，2016 年，第 266 页。

论中国现当代小说的“自传”传统

郁达夫在《五六年来创作生活的回顾》中回想自己三十岁以前的创作，明确提出了这样一个观点：“文学作品，都是作家的自叙传。”[①] 为了佐证自己的观点，郁达夫还在文章中这样论证道：“客观的态度，客观的描写，无论你客观到怎么样一个地步，若真的纯客观的态度，纯客观的描写是可能的话，那艺术家的才气可以不要，艺术家存在的理由，也就消灭了。”“所以作家的个性，是无论如何，总须在他的作品里头保留着的。”[②] 我们纵观中国现代文学史，不要说诗歌、散文这两种主观抒情浓烈、直接，并且常常以第一人称书写的文学作品体现出明显的自传色彩，就以虚构情节为主要的创作特色的小说，也难以避免写出作家的“自叙传”这个特色。

这里以郁达夫的《沉沦》为例略作说明。《沉沦》是基于郁达夫留学日本的经历来写的。郁达夫（1896—1945），原名郁文，出生于浙江富阳县一个破落的书香之家，是现代著名小说家、散文家，在古体诗词创作方面也卓有成就。1913 年郁达夫随长兄郁华负笈东瀛，次年入东京第一高等学校预科，并获得官费生资格。1919 年考入东京帝国大学经济学部。1921 年 6 月，与郭沫若、张资平等人发起成立创造社。

郁达夫的小说真率和坦诚的自我暴露有力地证明人的情欲、人的天性本能、不是可耻的、罪恶的，文艺作品可以表现人的天性本能。正由于郁达夫这样勇敢而无保留的自我暴露式的写作，开创了现代抒情小说（或称“自我小说”）的新体式。《沉沦》（1921 年 10 月，收入《银灰色的死》《沉沦》

① 吴秀明主编：《郁达夫全集 第十卷 文论》上，杭州：浙江大学出版社，2017 年，第 312 页。
② 吴秀明主编：《郁达夫全集 第十卷 文论》上，杭州：浙江大学出版社，2017 年，第 312 页。

《南迁》三篇小说）是中国现代文学史上第一部短篇小说集。它以细腻而真实的“我”的心理描写，揭起专写知识青年内心苦闷纷扰的浪漫抒情小说的旗帜。

郁达夫曾说自己喜欢的日本小说家是佐藤春夫，但他的小说与日本的小说，还有太宰治的小说创作有很多相同的地方。太宰治（だざいおさむ），明治四十二年（1909）出生于青森县，原名叫做津岛修治，他的代表作品有《人间失格》《女学生》等，他曾五次投水自尽，第五次跳水时最终离开了人世，遗体发现的那天，刚好是他39岁的生日。郁达夫与太宰治在创作上的共同点在于：第一，细腻而真实的心理描写，真实地写出作者内心的苦闷与抗争。第二，他们的小说多采用日记体来写，日记体对于作者在小说中直接描写自己的心理活动是很方便的。第三，因为他们的小说都是写作者内心真实的感受，所以多体现出抒情的特色，因此他们的小说并不在情节上取胜，而体现在散文的特色上。第四，太宰治的小说和郁达夫的小说一样，都关注情爱主题，并以自己的感情经历为基础来写。因此带出了他们二者相同点的第五点——自传色彩。

太宰治最擅长的是告白体小说，太宰治的小说也是典型的“自传”小说。虽然他不是中国作家，但他的小说的“自传”色彩，是郁达夫的观点的有力佐证。通过太宰治，我们也可以知道，小说的“自传”特点，可以说是中外小说创作的共性。

除了郁达夫的小说之外，中国现当代文学史上别的作家的作品也并不例外。我们发现，几乎每一个作家都会在自己的小说中，或者散文、诗歌中不知不觉地写出自己的成长过程、成长的生活环境，成长的生活环境集中体现为作家的家乡，或者作家在童年和青年时期生活过的地方。因此我们很容易联想到鲁迅提出的乡土小说。乡土小说就是以作家的家乡的环境、风土人情作为故事的背景来写的小说。鲁迅（1881—1936）被视为乡土小说的开山鼻祖，鲁迅的《故乡》《阿Q正传》《社戏》《祝福《孔乙己》等，都可以说是乡土小说的代表作。这些小说都生动地体现了鲁迅的故乡——浙江绍兴的乡土人情和鲁迅的成长经历，也体现了鲁迅在故乡的所见所闻所思。在鲁迅之后，出现了王鲁彦（1901—1944）、台静农（1903—1990）、蹇先艾（1906—1994）和许钦文（1897—1984）等优秀的乡土小说作家，二十世纪二三十年代的乡土小说，除了展现家乡的风土人情之外，还主要表达了作者对于乡村陋习的揭露、批判与讽刺。

在这之外，还有京派小说群的乡土文学创作，其中最有名的莫过于沈从文了。沈从文（1902—1988）的《边城》写了湘西凤凰的民俗民风，也写了湘西凤凰的秀丽风景。我们知道沈从文就是湖南凤凰县人，《边城》写的其实是沈从文眼里的故乡、心里的童年和自己的成长。

在这些乡土作家之外，还有那些虽然没有被贴上“乡土作家”的标签，却仍然在自己的文学创作中写出了自己的乡土、自己的故事的作家。这里限于篇幅，仅列举冰心、萧红、庐隐、张爱玲和莫言的小说为例探讨小说的自传传统。

先来说说冰心。冰心是读者很熟悉的一位作家，冰心（1900—1999），原名谢婉莹，福建长乐人，现代著名小说家、散文家、诗人。早期小说《两个家庭》《斯人独憔悴》《去国》《庄鸿的姊姊》等作品，重点关注婚姻家庭、个性解放等问题，是五四“问题小说”的代表作家之一。冰心和鲁迅、森鸥外（1862—1922）一样，刚开始立志学医，但后来改学文，以创作为业。

冰心 1919 年开始发表第一篇《两个家庭》。其后，受泰戈尔《飞鸟集》的影响，写作无标题的自由体小诗。这些晶莹清丽、轻柔隽逸的小诗，后结集为《繁星》和《春水》出版，被人称为“春水体”。1921 年，冰心加入文学研究会。1923 年赴美留学，获威祺利女子大学文学硕士学位，其间，写有散文集《寄小读者》。1926 年回国后曾任燕京大学、清华大学教师。1946 年赴日本，曾任东京大学教授。1951 年回国，先后任《人民文学》编委，中国作家协会理事，中国文联副主席等职。作品主要有散文集《归来以后》《再寄小读者》《三寄小读者》，小说集《超人》《去国》《冬儿姑娘》，以及《冰心全集》《冰心文集》《冰心著泽选集》等。

在大家熟悉的冰心的儿童文学之外，冰心也写了一些小说。1931 年，冰心创作的小说《分》和 1933 年创作的小说《冬儿姑娘》都产生了较大的影响。抗战时期，冰心在重庆以“男士”的笔名发表了散文化的小说《关于女人》，表达了她对女性、母性及其坚忍、奉献等美好品质的赞美，也写出了冰心的少年成长经历，是自传色彩比较明显和浓烈的一部小说集。

这里值得一提的是，《关于女人》的文体界定，学术界还是有不同的说法。冰心的传记作家王炳根指出：“冰心从来都不会在写作时考虑到文体问题，她的最高原则是，心情、灵感与表达的自由。在不同的选本、不同的场合与文章中，她自己对《关于女人》的文体，便有‘小说’‘特写’之谓，特写可视为散文的范畴。学者与编者的界定就更不得统一了，海峡纸质版

《冰心全集》与网络版《冰心全集》都将其列入‘散文’‘散文卷’，其他的选本根据编者的需要和观念，或作为小说，或作为散文。文学史上，杨义将其列入小说散文集。后来还有散文化小说、自传体小说之说。”[①]《关于女人》收录了十几篇文章，有《我最尊敬体贴她们》《我的择偶条件》《我的母亲》《我的教师》等，都是基于冰心在自己的中学时期遇到的真实的人、真实的事来写的。这里，我们姑且把《关于女人》归为散文色彩较浓的小说这一范畴来讨论。

《关于女人》的散文色彩浓郁，也是这几篇小说自传色彩浓郁的一个证明。我们都知道，散文往往是以第一人称写的作者的真情实感和所见所闻，冰心的《关于女人》不仅写了自己认识的女性，写了自己的见闻，也假托男性的口吻，写了自己对女性、男性的看法。比如其中的《我的择偶条件》，写了冰心以自己为原型的女性的理想形象，也写出了当时社会女性的爱好与风尚，比如其中的第二条择偶条件：“因为我是学文学的，所以希望对方至少能够欣赏文艺。”[②] 又比如其中的第七条择偶条件：“以为我有几个外国朋友，所以希望对方懂得几句外国语言。”[③] 冰心自己在《关于女人后记》中说：“写了十四个女人的事，连带着也呈露了我的一生。”[④] 在这里，《关于女人》的自传的特点就看得很明白了，无须笔者多言。

接下来，我们看看庐隐小说的自传色彩。

庐隐（1898—1934），原名黄英，福建闽侯人，与冰心、林徽因并称“福建三大才女”，是五四女作家群中优秀的小说家之一。她虽然名列文学研究会，但其创作风格带有浓郁的浪漫感伤气息，似乎更接近创造社的郁达夫。五四运动初期，庐隐在学生会时代认识了同乡郭梦良。两人逐渐产生感情，但郭梦良当时已经是有妇之夫。重感情的她，最终决定宁可“永垂骂名”，[⑤] 也和郭结婚走在一起（1923）。婚后的现实与想象的差距，可以说是有天地之别，现实与想象在庐隐看来完全相反，她因此产生了深深的幻灭感。1925 年，郭梦良病逝，庐隐怀抱襁褓中的小女儿回到福州郭梦良的老宅，和郭梦良的

---

① 王炳根：《爱是一切：冰心传》，北京：作家出版社，2016 年，第 59 页。

② 冰心著，曾善本主编：《名家精品鉴赏 冰心作品集》，西安：太白文艺出版社，2013 年，第 118 页。

③ 冰心著，曾善本主编：《名家精品鉴赏 冰心作品集》，西安：太白文艺出版社，2013 年，第 118 页。

④ 麻文琦、杨云峰编：《水是眼波山是眉 女人篇》，北京：中国社会出版社，1995 年，第 7 页。

⑤ 庐隐：《庐隐作品精选》，昆明：云南人民出版社，2019 年，第 187 页。

家人、原配夫人生活在一起，当时庐隐内心压抑而痛苦。

这些经历都被庐隐写进了小说《海滨故人》中，因此文学界一直认为这是一部带着明显的自叙传特征的小说。小说主人公露沙是作者庐隐的化身，她为了探究“人生的究竟是什么”，以致得了“哲学病”。作品清晰地勾勒出一批五四知识青年从追求到幻灭的心灵历程。作品的主人公露沙和她的同窗好友玲玉、莲裳、云青、宗莹，这群在女高师范读书的青年本来“都是很有抱负的人，和那醉生梦死的不同”。她们天真活泼，假期住在海边，“对着白浪低吟，对着激越高歌”，过着无忧无虑的日子。在五四精神的感召下，她们产生了反对封建礼教、追求妇女解放和爱情自由的强烈愿望。她们以“探索人生”为己任，但“人生到底是什么”这个问题她们并不清楚。她们抱着美妙的幻想走向生活，希望做一个“社会的人”，可是年轻的心灵同旧的习俗观念又难以割断。

于是，当她们接触爱恋，踏入社会时，便“不幸接二连三都卷入愁海了”。露沙为着思考“人生到底是作什么……”而犯了哲学病，“弄得精神衰颓”，陷入了苦闷的深渊。她在与梓青的交往中与其结为知己，但梓青却是有妇之夫，因而他们的恋爱受到世俗的非议。露莎和梓青就是庐隐和郭梦良。在世俗碰壁后，露沙转而追求自由的精神生活。可精神恋爱的道路依旧行不通，等待她的是爱情的悲剧。《海滨故人》中人物不同的遭遇、经历和命运，写出了她们共同的不幸，真实而深刻地表现出五四时代一部分知识女青年的苦闷、彷徨。五四新文化运动高喊个性解放、婚姻自由的口号，然而传统观念的根深蒂固、封建势力的顽固，往往使人们在个性解放的道路上举步维艰。这也是小说反映现实的价值所在。

从庐隐个人的角度来说，庐隐生逢中西文化大碰撞、大交汇的年代，作为较早受现代思潮洗礼的女性，她要求个性解放，渴望得到爱情自由的幸福。但她也深受中国传统文化的熏染，在追求个性解放、爱情自由的同时，她摆脱不了传统道德习俗对女性的束缚。

庐隐所经历的茅盾和痛苦，并非个案，文学青年所经历的时代变革和思想变革所产生的波动非常大，反映的不仅仅是一个人两个人的人生，而是折射了二十世纪初期的社会问题。

萧红（1911—1942）也经历了类似的心理路程，而她的文学创作同样反映了那个时代的新生的挣扎，也反映了她的真实的人生，因此她的小说也是带着明显的自叙传特征的作品。当今大众视野眼中的萧红是一位具有反封建精神的独立女性，也是一位民主战士，她具有新思想，勇于追求爱情。然而萧红的人生具有极大的悲剧性，因此她的小说，总透露出一种深深的悲凉，她在追忆自己的出生的地方时，是以茫茫的大雪和铺天盖地的冰冷开始的："那县城差不多就是中国的最东最北部——黑龙江省——所以一年之中，倒有四个月飘着白雪。"[①] 萧红生活的时代正是清朝宣告结束，日军侵华战争爆发，战乱、饥饿、贫乏、重男轻女、弱肉强食，是当时的社会真实。在这样一个时代里，萧红的人生悲剧又带上了时代的厚重的回音，沉闷而又清晰。

1911 年，萧红出生于哈尔滨东北约三十里的呼兰县，原名张乃莹，其父为地主乡绅，及当地张姓族长。萧红和她父亲关系一直不和，她直言其父"为着贪婪而失掉了人性，他对待仆人，对待自己的儿女，以及对待我的祖父都是同样的吝啬而疏远，甚至于无情"。[②] 二十岁左右，萧红离家出走，后，再也没有回过呼兰县。然而，更具悲剧性的是，在萧红病重无助、漂泊无依的时候，她却用一部《呼兰河传》告诉我们，她唯一怀念的，想回去的，竟然只有让她痛苦绝望的故乡呼兰河县了——天地之大，萧红，始终没有家。

萧红的童年，在孤寂、敏感、怕和恨中度过。萧红九岁时其母离世，但生前对萧红常用暴力，动辄打骂，还用石头砸萧红，对萧红恶言恶色。继母对萧红更是百般虐待。父亲始终没有表现出对萧红的父爱，甚至萧红离世后，有人将这一消息转达其父，其父竟然毫不动容，置若罔闻。父亲许给她的，只有一桩直接促使了萧红离家出走从此未归的封建婚约。祖母十分吝啬，除了日常的打骂，她还用针刺入萧红的手指以泄心头之恨。萧红三四岁时，其弟出生，他后来对姐姐萧红相当友善，但萧红对他始终生不出好感。但他是萧红离家后唯一与家族中有来往的人，也是家中唯一关心她的人。萧红的祖父善良温和，始终关爱萧红，常陪萧红到后花园玩耍，《呼兰河传》中有很多段落写到祖父和她在后花园玩耍。但祖父性格较软，不善理财，不问家事，因此财政大权由萧红的祖母掌管，祖父要定期给祖母擦锡器，擦的时候还常被祖母骂，骂他懒，连带萧红也一起挨骂。

《呼兰河传》就如实地写了萧红的童年，还有她和家人的关系。她在小说

① 萧红：《永远的憧憬和追求》，冯骥才《岁月不饶人，我亦未曾饶过岁月》，哈尔滨：哈尔滨出版社，2020 年，第 174 页。

② 萧红：《永远的憧憬和追求》，冯骥才《岁月不饶人，我亦未曾饶过岁月》，哈尔滨：哈尔滨出版社，2020 年，第 174 页。

中说：“祖母死了，我竟聪明了。”① “祖母死了，我就跟着祖父学诗。因为祖父的屋子空着，我就闹着一定要睡在祖父那屋。早晨念诗，晚上念诗，半夜醒了也是念诗。念了一阵，念困了再睡去。”② 萧红所有温暖的回忆，都与她的祖父有关。

《呼兰河传》是萧红最有影响力的一部作品，也是她自传色彩最鲜明的一部小说，曾入选《亚洲周刊》“20 世纪中文小说 100 强”。除了《呼兰河传》，萧红别的作品也带着故乡和自己的影子，也可以说是自叙传的作品。

二十世纪二三十年代的小说带着自传的特征，此后的作家，也是如此，从自己开始，探索人，认识人，讲述人的故事。

我们再来看看张爱玲的小说，张爱玲（1920—1995）出生在一个没落的贵族家庭。她是李鸿章的重外孙女。她的祖父张佩伦是进士，曾任督察院左副部御史。在中法战争中，由于马尾战事失利，被革职充军。放归以后，任李鸿章的幕僚，并与李鸿章的女儿结婚。后因与李鸿章政见不合，告老还乡，与少夫人吟诗对句，过着悠闲的隐居生活。

张爱玲的父亲张廷重是一个纨绔子弟。带着没落贵族的遗少气息，依靠父亲遗产，过着放浪而腐败的生活。摆贵族的架子，游手好闲，吸大烟，逛妓院，沾花惹草。张爱玲的母亲却是一个思想开放的新女性。学钢琴，懂外语，裁服装，她自然不满丈夫的做派，也不关心家事。所以两个人矛盾很深。最后终于离婚，去了法国。

这种大家族的生活，特别是那种中西文化的混合杂交，那种没落、破碎的家庭氛围，对张爱玲具有决定性的影响。张爱玲是长女，从小被娇惯，加上家里那种特殊的氛围，有些乖僻。常常用手抓抱她的佣人。但是，又很有才华。三岁背唐诗，七岁就开始写小说。十几岁读《红楼梦》《西游记》。

张爱玲笔下的爱恨情仇与世态炎凉常常以她成长的家庭环境——封建没落贵族的家庭为背景，同时，张爱玲也把自己对感情的理解、态度，对人世深刻的洞察，把她看到的悲欢离合都写在了小说里。陈才生分析包括张爱玲在内的二十世纪的女性作家的文学创作，发现了女性作家在小说、散文创作上的自传色彩：“在女性作者那里，除小说具有较强的自传性外，散文写作的自传色彩更加浓厚。早在五四初期‘自传体散文’就十分风行，无论男女作

① 萧红：《呼兰河传》，南京：江苏凤凰文艺出版社，2018 年，第 74 页。
② 萧红：《呼兰河传》，南京：江苏凤凰文艺出版社，2018 年，第 74—75 页。

家都争相告白、自述、自剖，通过家族史、个人史、爱情史的记述，强调自我的存在，如沈从文、徐志摩、郁达夫等，一生的散文写作都带有自传性。……尤其是张爱玲，散文的‘现实性’和‘俗气’更显出个人的特色，文人避讳的一些特质她照单全收，在自我洞察和自我调侃中，建构了‘大俗即雅’、‘小恶即真’的审美特征。”[①] 作者在这里深刻而详细地分析了二十世纪女性作家创作的自传色彩，也具体分析了张爱玲的创作中的自传特征。

一直到二十一世纪，文学作品中的这种自传特征仍然存在，可以说，长期以来已经形成了作家创作的传统。比如莫言的小说，多以他的家乡山东高密县的农村生活作为背景来写。例如，陈才生不仅分析了二十世纪的女性作家创作的自传色彩，也分析了中外的男性作家创作的自传色彩，其中就谈到了莫言：“自传色彩并非女性作家的专利，男性作家的创作亦不乏其例。诗歌、散文强调情感和自我，自传色彩的特征自不必说，但就小说家而言，如巴尔扎克的《人间喜剧》，雷马克的《西线无战事》，高尔基的《童年》《我的大学》《在人间》，法捷耶夫的《毁灭》，海明威的《永别了，武器》，高玉宝的《我要读书》，莫言的《透明的红萝卜》等，都是以作者的亲历亲闻为题材写下的不朽名篇。”[②] 这段话，足以证明中国现代文学史上的自传传统，同时我们也应该意识到，这种带着明显的自传色彩的书写在古今中外都是常见的。

另外一个带着强烈的自传色彩的作家和作品可以以毕飞宇的《苏北少年“堂吉诃德”》。[③] 这本书里写的小故事都是毕飞宇的童年经历。段崇轩在研究毕飞宇的写作时提出：“在毕飞宇带着自传色彩的童年生活小说中，弱小者的孤独感是一个十分突出的主题。”[④] 因为他生活在一个“让人恐惧、孤独的时代”，[⑤] 所以毕飞宇真实地在小说中记录了自己的成长经历和内心深处的感受。

以上，是笔者对二十世纪初到二十一世纪的中国小说创作中的自传色彩的历时性的粗略梳理，由此可以确定：经过一个多世纪的沉淀积累，中国的现当代文学在五四新文化运动后形成的言文一致和白话文创作中，形成了自传的特征，也就是说，作家在创作小说时，把自己的成长、自己的家庭、自

① 陈才生：《才女之路 女性写作的成功奥秘》，北京：新华出版社，2013 年，第 288 页。
② 陈才生：《才女之路 女性写作的成功奥秘》，北京：新华出版社，2013 年，第 292 页。
③ 毕飞宇：《苏北少年“堂吉诃德”》，济南：明天出版社，2012 年。
④ 段崇轩：《中国当代短篇小说十五家》，太原：北岳文艺出版社，2020 年，第 232 页。
⑤ 段崇轩：《中国当代短篇小说十五家》，太原：北岳文艺出版社，2020 年，第 234 页。

己熟悉的家乡风土人情写进作品中，成为作品的背景或者重要的故事情节。

那么，为何出现这一自传写作传统呢？五四新文化运动最根本的一点在于人的觉醒、人的解放。作家从自我开始对人的探索，具体地说，是从自己的本性、自己内心的欲望、自己的情感开始对人的探索。钱理群曾写过一篇文章，专论五四时期人的觉醒。[①] 钱理群说：“翻阅五四时期的报纸期刊，给人最强烈的印象是五四时期‘人’所特有的个体自由意识与人类（世界、宇宙）意识。”[②] 他还说：“五四那一代人更热烈地赞美与肯定‘人’的生存本能与自然情欲，呼唤感性形态的‘生’的自由与欢乐。”[③] 所以，作家把最熟悉的人——自己，最熟悉的人生存的环境——家乡作为写作的材料，同时也有彰显自我的意识在里面。郁达夫也解释了为何所有的文学都是作家的自叙传，他说：“作家既有了这一种强的个性，他只要能够修养，就可以成为一个有力的作家。修养是什么呢？就是他一己的体验。”说到这里的时候，郁达夫还举了一个例子，说：“美国有一位有钱的太太，她的儿子想做一个小说家（她儿子是曾在哈佛大学文科毕业的），有一次写信去问 Maugham[④]，要如何才可以使她的儿子成功。Maugham 回答她说：‘给他两千块金洋钱一年，由他去鬼混去！’”[⑤] 郁达夫在举了这个例子之后，自己总结说：“我觉得这就是作家要尊重自己一己的体验的证明。”[⑥]

郁达夫的话和钱理群的分析，可以很好地说明中国现代文学史上作家的自我意识和自传传统的原因。也是因为这个原因，二十世纪，尤其是初期的小说才会出现强烈的散文化、抒情化的特征，也因此会带着意识流的特色，通过内心的活动、内心的感情抒发来写小说。若与中国古代的小说比起来，我们也能够深刻地体会到中国的小说创作到了二十世纪后的这一自传传统的转型。中国古代小说首先是先秦的神话故事，神话故事以虚构和想象为主，这些作品几乎没办法考证出自哪一位作家之手，因此也就无所谓作家的自传

---

① 钱理群：《试论五四时期“人的觉醒”》，王晓明主编《二十世纪中国文学史论》第 1 卷，上海：东方出版中心，1997 年，第 313—335 页。

② 钱理群：《试论五四时期“人的觉醒”》，王晓明主编《二十世纪中国文学史论》第 1 卷，上海：东方出版中心，1997 年，第 313 页。

③ 钱理群：《试论五四时期“人的觉醒”》，王晓明主编《二十世纪中国文学史论》第 1 卷，上海：东方出版中心，1997 年，第 322 页。

④ 笔者按：这里的英文翻译为“毛姆”或者“莫姆”。

⑤ 吴秀明主编：《郁达夫全集 第十卷 文论》上，杭州：浙江大学出版社，2017 年，第 312 页。

⑥ 吴秀明主编：《郁达夫全集 第十卷 文论》上，杭州：浙江大学出版社，2017 年，第 312 页。

特色。到了汉魏南北朝，出现了两种小说类型，一是志怪小说，二是志人小说。由于玄学的盛行，佛教也开始在上层社会流行，因此出现了如干宝《搜神记》这样的志怪小说。志怪小说继承先秦神话故事，只写鬼神玄幻之事。而志人小说的出现，与东汉以来品评人物的风气有很大关系，对人物的品评，从道德品质到相貌外表，其中最有名的就是刘义庆的《世说新语》。志人小说多是记录历史上有名的人物的言行而成，是片段式的记录和艺术加工，因此也无所谓作家的自传色彩。到了隋唐，则出现了传奇小说，唐传奇从六朝志怪小说演变而来，传奇小说就是传录作家听闻的具有传奇色彩的、情节曲折动人、人物形象鲜明的故事，比如元稹的《莺莺传》。宋元时期则以话本小说为主，话本小说就是“说话”，即讲故事，到了北宋，“说话”已经发展成为一种商业性的娱乐活动，说话人绘声绘色地讲故事，而听众要付费，才能享受这一娱乐。到了明清时期，则以章回小说为主。章回小说是长篇小说，全书分为若干回，每回有回目，故事连续，段落整齐，章回小说以虚构的故事为主，也有的以历史上的记载为基础，加上艺术的加工和作家的想象写成。作家的人生经历极少体现在小说中，著名的有《三国志通俗演义》《水浒传》《西游记》《金瓶梅》《红楼梦》等。因此，中国古代小说并没有形成作家自传的写作传统，是直到二十世纪五四运动以来，伴随着人的觉醒才开始形成的写作传统，这一传统一直延续到二十一世纪的小说创作。今天，作家对人的探索仍在进行，并且会继续进行下去。

下编 创作实践

【文】

味道

在上海求学的时候，一个人住一间宿舍，一个人去图书馆，一个人逛街，一个人写作。想说话了，就去同学宿舍聊聊。这样的生活，平淡而让我喜欢。

然而平淡久了，有时候难免乏味。

所以我坚持每天自己做饭做菜。只用一个电饭锅，半小时不到，一个人的饭菜就热腾腾地出锅了。生活就有了自己喜欢的味道。

与学校隔着一条马路的，是桂林公园，接着公园的，是一个不大不小的菜市场。除了采购日常的柴米油盐，有一天，我买了一瓶啤酒。

我写诗，却不喝酒。我买的酒，是用来做菜的。

我没有看菜谱，也没有谁教我怎么做。只是某天买菜的时候，忽然觉得每天的饭菜样式都差不多，何不做点别样的？于是顺手拿了瓶啤酒。

那天端上来的清蒸鲫鱼，就多了一股淡淡的酒香。心，也一下子雀跃起来。

美其名曰：啤酒煮鱼。为此特地写了一首诗。

原来即使长大了，快乐也可以这样简单：一条鱼，加半勺啤酒。

来到东京之后，仍然是一个人去图书馆，一个人逛街，一个人写作，一个人或喜或怒或哀或乐，一个人做饭。

与寓所隔着一条马路的，是一家超市。除了采购日常的柴米油盐，有一天，忽然在货架角落看到一包板栗：天津乐笑栗。

我写诗，并不拒绝吃板栗。拿在手里晃了晃，就放到购物篮里了。

每天吃的饭菜样式都差不多，我想，今天做点别样的吧。于是剥开板栗，除了当零食吃，还放了几颗在锅里。

今晚吃的菜，是柠檬鸡块板栗烧。只比中午多了几颗板栗，却多了许多滋味。心，也一下子雀跃起来。

原来，即使人到中年，快乐也可以如此简单：几颗板栗，生活的味道就“滋滋”地冒出来了。

许多成年人都习惯感叹孤单，感叹孩子般的简单快乐一去不返。事实上生活的本质就是简单，孩子般的快乐就在身边。有时候是半勺啤酒，有时候是几颗板栗。

我写诗，过的就是简单生活。虽然难免一行行的单调，难免偶尔的重复，但是，即使是生活的一粒尘埃，也会被诗歌发现光芒。

而我们人类本身，不就是尘埃么。

这么想来，确实简单多了，愉快多了。

纸尿裤与公德心

天气渐渐闷热起来，小区里许多小朋友开始不穿纸尿裤了。因为穿纸尿裤于孩子而言，容易长痱子；于家长而言，买纸尿裤要花不少钱。既然天气热了，尿湿了，孩子也不会挨冻，小朋友裤子多得很，换一条干净的就是了。还有一个重要原因就是：带孩子的老人要抓住这样的季节训练孩子上厕所。若是冬天到了天气变冷，孩子会自己上厕所不用纸尿裤了，那不仅省钱，而且有面子，这面子和学生期末考试考一百分的荣誉不相上下，会招来小区老老少少的夸奖和羡慕。那个小小年纪就会上厕所的小朋友自然也跟着戴上"荣誉勋章"，街坊邻居都会夸：瞧！这小朋友已经学会了一项重要本领：上厕所。

虽然发明了开裆裤，虽然家长百般调教，但并不是每个孩子在一两岁的时候就会自己上厕所，或者知道喊家长帮忙脱裤子、擦屁股。其实大部分孩子都难以在两岁之前学会上厕所或者短时控制大小便。即使会上厕所了，还是经常有尿裤子、尿床等情况出现。

尿自己的裤子、尿自己家的床也就罢了，偏偏在公共场所，也"毫不例外"。比如在公园、游乐场、马路、小区绿化带、店铺前……时不时可以看到老人或家长三下两下给孩子脱裤子，然后让孩子大小便。要知道这些公共场所极少厕所，即使有，只要孩子一说"尿尿""屎屎"，那么大人就要以最快的速度为其脱下裤子，"人有三急"，何况是小孩子？所以，不穿纸尿裤的话，"随地大小便"是必然的。说起来，这"随地大小便"可不是失礼的事情，而是足以显示自家孩儿会"上厕所"的烫金字儿的证明。瞧瞧，旁边那两小孩儿一上午都没脱一次裤子呢！

当然，在我们的传统观念里，"童子尿"不但不脏，而且可以辟邪。这不，在这地儿上撒泡童子尿，还可以说是恩赐，虽然有异味，别人也不会说什么，有时候还带着一点讨好的调子开玩笑：呵，这小家伙尿尿啦。也当然，孩子还那么小，当众脱裤子方便也没什么，孩子不知道害羞，旁的大人也不会直盯着看，即使看了，那就大大方方让人看呗。小孩子还没被看过?！一来二去就习惯了。

就是因为习惯了，长大了的孩子会保留“随地大小便”的深层意识，至少内心深处不会觉得随地大小便是可耻的。否则，诸君就不会在公众场合的角落时不时“遇上”粪便了。

解决生理问题是人的本能，上厕所迟早都会的，早一天晚一天又如何?出于要孩子早一天学会“上厕所”，导致孩子养成“随地大小便”的意识，失去公德心，孰轻孰重？如果为了孩子早一天学会“上厕所”，而当众脱其裤子、露其体肤、排其粪便，很有可能让孩子今后失去羞耻心。

正如诗人永濑清子所言，孩子再小，也是一个人，一个人格完整而具有独立尊严的人。我们不应该把孩子当人来看吗？所以，随意当众剥下孩子的衣裤，是应该道歉的，因为这是对人极大的不尊重。

尊重你碗里的食物

有一次，糖糖感冒了，隔着一条马路的林氏诊所九点才开诊。

等医生开完方子，我抱着糖糖一路小跑，赶到最近的一间处方药店配药、买药，回到家，喂糖糖喝了点儿药之后，再赶到保育园，都中午了。

小朋友们已经散步回来，围着两张餐桌，整齐地坐好，准备吃午饭。会说话的小朋友看到糖糖，高兴地招手，叫着糖糖的名字。

微笑着的老师接过糖糖，带她洗手，然后，让她坐好，戴好围嘴。糖糖欢笑起来，她知道快要和小伙伴们一起吃饭啦！

我在旁边叠衣服，摆好纸尿裤，填写登园信息。

一位老师坐在前面，开始弹琴，其他老师，则分别跪坐在小朋友们身边。

大家都在认真听老师弹琴，一曲之后，小朋友们开始摇头晃脑，跟着老师哼调子，做着简单的动作，双手合十，放下，虔诚而认真，对即将端上来的饭菜表示敬意和谢意。然后，负责做饭的老师缓缓而隆重地推着餐车出来。

跪坐着的老师们这时起来，一一把饭菜端到小朋友们面前。

我出门的时候，小朋友们还没动筷，他们正在老师的带领下，再次双手合十，低头对着前面的饭菜说："いただきます。"意思是，我领受了这饭、这菜赐予的生命。

他们认为吃是隆重而近乎神圣的事情，吃很重要，是关乎生命的事情，所以吃的场所绝不能随便，他们不会在街上、车上吃东西。在教室、研究室吃东西的话，要经过老师的允许。而在图书馆里吃喝，则必须要在图书馆专设的餐厅里。

一次，去学艺大学听佐藤老师讲古典文学。他的课是从十二点半到十四点。那天我自己带了饭，老师说可以在研究室里用餐，但我不好意思，因为老师在里面工作，我就端着饭盒到斜对面的食堂去了。

食堂外面有很宽的回廊，回廊上摆着古色古香的桌子、椅子，像咖啡馆的布置。有几个学生在一旁吹笛弹琴。中午在食堂吃饭的学生很多，座无虚席。我只找到一张桌子有空位，那里已经有一个学生在吃饭了。我靠近的时候他礼貌地点点头，挪了挪饭盒。其实那张圆桌很大。

我打开饭盒就闷声不响地吃起来。

不一会儿，对面那个学生吃完了，他慢慢放下筷子，低下头，双手合十，真诚而虔敬，说："ごちそうさまでした。"意思是，谢谢您的款待。这里的"您"，是指刚被吃下去的饭菜。

当时含在嘴里的饭菜，忽然变得难以下咽。

习惯了风卷残云、经常一边吃一边赶路的我，第一次很认真地端详起我饭盒里的米粒、蔬菜、鱼……

原来它们曾经是生命。

原来它们曾经是生命，同一个地球上的生命。

宝宝的舞蹈

糖糖喜欢音乐。在家里，外公外婆几乎每天都唱歌跳舞。外婆跳广场舞的时候，糖糖也在一旁跳。后来，音乐一响，糖糖就会兴高采烈地跳起舞来。于是，每天早上和晚上，都能欣赏到宝宝的舞蹈了。有什么比这更激动、更高兴的事情呢?

如果用专业舞蹈老师的眼光看，一岁半的孩子晃晃脑袋、拍拍手、转几圈、弯弯腰、伸伸腿，那当然不能叫舞蹈。可是在妈妈的眼睛里，这比世界上顶级的舞蹈表演都不逊色!

忽然想起大约三年前当班主任的时候。11 月，学校开始评各种各样的奖。其中一种优秀奖学金，专门奖励成绩优异、表现突出的学生。由于奖金有限，平均分摊下来，一个班只有两个名额。那时班上共六十多名学生。

这种评奖很简单，一般先由辅导员发下文件、表格、申请书，班干部计算分数、操作评选、公布排名。我在一旁看。

凭着成绩，刷倒百分九十七的学生后，剩下三个。这三个学生分数不相上下，都有各自的特长，都很优秀。

而名额，只有两个。

班干部没法子了，把难题抛给我。

我看了一晚上她们的申请书，这么优秀的学生，应该都获奖。可是只有两个名额。于是写了封邮件，问学校能不能多给一个获奖名额，学生都太优秀了。

结果是大家都能想得到的，没有多余的名额可给。

我不得不面对极其艰难而又残忍的选择。左手?右手?冷却谁的热情?打击谁的憧憬?都那么年轻，那么期待。

就像两个孩子高高兴兴地跳了舞，跑到妈妈面前，仰着小脸，等着夸奖和拥抱。而妈妈，却只能夸奖一个、拥抱一个。另外一个，却不能得到认可。

那时候，我还没当妈妈。

我没有办法，如困兽般左转右转没有出口。关在宿舍里半天，仿佛罐头里的鱼。

我也很无助，没法取舍。于是找来班干部，他们再经过一轮精密的计算之后，有一名女生以零点零几分的差距，落选了。当着这三名女生公布筛选结果的艰巨任务，落在了我的肩上。

已经是晚上八点多。当着那名女生的面，说出结果时，我忍不住眼泪都掉下来。

明明那么优秀，明明那么热情，这盆冷水，却不得不由我，所谓的班主任，浇到她的身上。这本身，就违背我对教育的初衷。我做了违心之事。

奖励本是为了认可和鼓励，为了激发学生的热情和信心。

你看，一岁半的孩子都知道跳了舞之后，和身边的大人一起，给自己鼓掌。看着身边的大人，她，要看到笑和被认可。

我当了妈妈之后，又想到了当年评奖那件事。我想给每个人发一份奖状，有努力奖、写作特长奖、阅读兴趣奖、运动健将奖、活泼开朗奖、敢于挑战奖、组织能力奖、乐于助人奖、自信奖……

给每棵树一串项链

江户时代的百物语中，有一个流传在静冈县的故事，叫“木魅”。“木魅”又叫木灵、木魂，指的是多年来栖息于树中的精灵，故事讲的是树木信仰。

有一种说法是，当人在森林中迷路的时候，木魅就以人的形象出现，行动敏捷，帮助人找回道路。又有的说法说木魅会在山中应和人声，就像山谷中的回音一样，让人不感到寂寞和害怕。

还有一种说法是，木魅最主要的“工作”是阻止人们砍伐树木。有一个樵夫在山上看到一棵大树，很适合做家具，于是拿着斧头砍下去，结果树干溅出许多血来。樵夫看得胆战心惊，赶紧收了斧头，并发誓再也不砍树了。树干溅出血，就是木魅所为。

传说是传说，但并非纯为娱乐逗笑，传说传递出来的尊重自然、爱惜树木的思想，至今仍然体现在日常生活中。

京都的花草树木很多。从日文研到超市经过的一条路旁，就有一排高大而安静的树。初看之下，他们和别的树没有什么不同，但是走近些看，就会发现这些树的树干上，都“戴着”一串项链——细铁丝做的圈，围着树干，圈上挂着一块绿色的小牌子，写着序号。树下面的草丛里，立着一块小小的写着“京都绿木会”的小牌子。

这些树的“项链”，让我想起女儿出生后，医院助产士给新生儿手腕上和我手腕上同时套上的，写着名字、产房房号、性别、出生时间（具体到几点几分）的腕圈。

树上的“项链”，是树的出生证明；手腕上的“项链”，是妈妈认领孩子的凭证。

有一天和两个女儿去超市买吃的，大女儿注意到了这些树的项链，惊奇地停下来，并喊我凑近看。她像发现新大陆一样，指着这些项链问我那是什么。

我就告诉她，那上面写着树的“名字”，是树妈妈（绿木会）给树宝宝的项链礼物。女儿恍然大悟地点点头，绿木会一号树、二号树……大女儿已经认识数字了，就一个一个地把那些树项链上的序号读一遍。又跑回来，重新读了一遍，眼里还闪着光。

这些小牌子和小项链很容易让人忽略。

但是这些小小的东西却给我和女儿温暖的感觉，让我们感受到这些树被重视、被爱护、被珍惜。

教育不是每天拿着教科书念，或者面对面坐着说教。这是教育的一种方式，但我觉得更有效的，是这些日常生活中的细节和行为。

我很少对孩子长篇大论，也没有一本正经地对她说过爱护大自然、爱护树木、维护生态平衡、控制温室效应、新鲜空气很重要等理论，但我会在这样的时候，陪她站一会，跟她说：“这些树宝宝真可爱，你看他们长那么高了，还带着妈妈给的小项链，叫着妈妈给他们的名字。它们的妈妈，就是我们人类啊。你和这些树宝宝是兄弟姐妹呢！”女儿听了很高兴，还跑去抱了抱那些树。

原来树和她一样，也有一个人类给的“名字”啊！

生活中的细节和行动，无论是自己所为还是他人所为，对孩子心灵所起到的教育作用，往往是让人惊叹的。

以后路过这排幸福的、被爱着的树，女儿会停下来抬头看看摇曳着浓绿的树枝树叶，会心一笑。

BBC 新闻曾经播放过一个科学短片，告诉人们科学家的研究发现，树和树每天每时都在进行无声的“不为人知”的交流，通过地下的树根、根须，进行信息的传递，地下的树根组成一个热闹的“社交网络”。一棵树受伤了，它会以树的方式“流泪”，并把痛苦和危险的信息通过根须和树叶的细微变化传达给周围的树。

当然，如果它们生活得愉快平和，也会以树的方式，通过根须和树叶传达给周围的“兄弟姐妹”。

所以，糖糖在抬头对这些树微笑的时候，我相信，树也在用树的方式，报之以微笑。

邻人的善意

来到日文研那天，就认识了住在楼上的廖老师一家，他们是台湾人，儿子五岁多，很快就可以在附近的桂坂小学上学了。因为已经接近晚饭时间，他们准备去超市买菜，就顺便带着我们一起去了趟超市，并且热心地告诉我们超市哪里会张贴特价菜的广告，哪里是百元店，哪里是药妆店，怎么走，路最近，还告诉我们去区役所办事的时候在哪里坐公车。他太太也是个热心肠的人，温和有礼，见我们刚来，什么都没准备，就送给我们一些椅子和菜篮。

有一次他太太去咨询五岁孩子打预防针的事情，回来后她又特意跑来告诉我五岁的孩子，像糖糖这样的，在这边可以打什么预防针，要注意些什么问题等。

十月初他们要回台湾几天，临走前，他太太特意来告诉我说哪几天他们不在日文研，担心我有什么需要帮忙的，找他们找不到。还告诉我他们哪天回来。

过几天，又认识了来自美国的 Kelly 教授，她研究日本音乐和舞蹈。当时两个孩子在门口草坪玩耍，Kelly 教授路过就热情地主动打招呼，逗孩子玩一会儿。Kelly 教授的女儿十六岁，身高都有一米七多了。她女儿原本在草地里练习写生，看到好好，也停下笔来逗好好玩。我们就这样认识了。

和 Kelly 教授认识的那天傍晚，她送来了好几个漂亮的碗和碟子。10 月中旬，京都的天气明显变凉了，她又送来了两张大被子，还有一个枕头，说她们准备回美国了，这些东西原来从美国带来的，他们住在美国北部，很冷的地方，因此京都的冷对他们来说不算什么，所以没用上。也不想带回去了，就送给我们了，说孩子冬天也许可以用得上。送来被子后，她还送来一些精致的碗碟。后来那些有着梅花图案的碗碟成了糖糖专用的——因为已经知道爱美的她很喜欢那些碗碟。

在研究室的时候，Kelly 教授又送来了一些孩子的气球和画笔，还有一些 A4 打印纸。那些打印纸，现在还有一些没用完，放在我的研究室的书架上。

平时外出，要坐公车的时候，我带着孩子的话，一般都会坐在优先席（爱心座位）上，旁边的老人大多会笑眯眯地逗孩子说几句话，看到孩子哭闹了，还会掏出身上能哄孩子的东西，比如说糖果之类的，帮忙哄孩子。

外出买柴米油盐，买奶粉，买纸尿裤，我经常一边背着好好，一边提东西，腰很疼。为了可以多拿一点，也为了减轻腰部疼痛，我把好好放在婴儿车里，但好好不大愿意坐婴儿车，我只能不断换着花样哄她。上车下车的时候，要扛着婴儿车，这是个累活。我肩上背个大包，婴儿车上除了好好，车兜里还装了奶粉、水壶、纸尿裤和十来本绘本，旁边的男的、女的、老的、少的，都伸过手来要帮忙。

经过苏州大学马老师的朋友龚总和詹总的热心介绍，我认识了住在大阪的奥田女士。她是中国人，一边带两个孩子一边做翻译，她非常理解我边带两个孩子边工作的不容易，给了我许多帮助。在好好感冒而我堆积的工作又比较多的时候，她还热心地问我要不要她来帮忙带带孩子。

日文研的事务员星原女士也是一位妈妈，有三个孩子，最小的孩子比我家好好大两三个月。她隔几天就送来一大包洗得干干净净的衣服给好好。刚好天气转凉，每天去保育园都要准备三五套衣服，我从国内带来的衣服不够，星原女士给的衣服刚好用上。她还耐心地教我怎么走到最近的小儿科去，怎么去洛西图书馆，日文研的图书馆没有儿童绘本，在洛西图书馆可以借到孩子们看的绘本，还有怎么坐车去到永旺商场买婴儿用品等。

日文研的中国留学生都是博士生，平时学习很忙，但一听说我带着两个孩子来，都说如果有什么需要帮助的，就随时联系。一位叫宋丹丹的漂亮女生经常帮买奶粉，来自北大的留学生虞雪健还告诉我去图书馆借哪些资料对我的研究有帮助，还帮借来一些很有用的参考资料。此外，他和石原知明一起教我认读江户时代的草书，让我可以粗读假名草子的原著。在东京学艺大学读研，现在在一桥大学读博的留学生梁旭璋也帮了很多忙，帮我联系校对日语论文的日本老师，还帮我转交东西给佐藤正光老师……

2019 年 10 月中旬，和九州产业大学的须永教授一起去赤山禅院参观和搜集资料，他知道我带着两个孩子在京都，就送给我许多玩具，比如彩虹棒等，还有一本富士山立体绘本。孩子喜欢得不得了，那个周末在新玩具的陪伴下，孩子们很愉快。

糖糖去附近的高木小儿科打预防针的时候，有些哭闹不安，头发微白的女医生笑眯眯地给了糖糖两块糖，等糖糖打完预防针后，又送给她一束紫色的鲜花，拍拍她的肩膀，糖糖一下子就笑起来了，忘了刚才打针的恐惧和不安。

下一次糖糖陪妹妹来看医生的时候，医生看到她又给了她两颗糖——虽然那天糖糖不打针，只是陪着妹妹来。糖糖拿起糖对着我笑得很开心。

在10月中旬的幼儿园校运会上，糖糖因为亲子接力趣味赛跑输了，哭闹起来，旁边的日本人就过来安慰糖糖，一位老太太给了糖糖一颗大葡萄，一位爸爸还很热情地邀请糖糖周末或节日去他们家玩——他儿子和糖糖是同一个年级的，虽然在不同的班，但经常在一起做教学游戏活动，而且同坐一趟校车。他家就在我家不远，走路几分钟。他怕我听不清楚，还重复几次，告诉我他家的具体位置，说孩子们就喜欢在一起玩。他妻子是一位温柔的女子，一直在旁边微微笑着，看着我怀里的好好。

后来我才知道日文研周围的几条住宅街在日本属于高级住宅区，每家都是两三层楼的独立别墅，在日本称为“一轩家”。高级住宅区里的“一轩家”不是一般的“一轩家”，有宽敞的前院和后院，种着各式花草，安排得雅致温馨。每家每户都有可以放两三辆小轿车的车库。房子与房子之间的间隔比较大，马路宽敞，前面是山，空气清新，不像市区的房子，密集而狭小。有一天早上我带糖糖在路边等校车，有一位出来倒垃圾的主妇看到我们，主动过来打招呼，说她孩子也和糖糖在同一家幼儿园上学，欢迎有空过来玩，还说有什么需要帮助就说。我连连点头。2020年7月31日，糖糖参加大班的暑假欢乐会，那天没有校车接送，她主动帮我接送糖糖，实在帮了很大的忙。

我本来想，周末或者节假日的时候，小朋友们可以一起到花之舞公园玩游戏。可是，2020年1月下旬开始，新冠疫情暴发并逐渐蔓延，小朋友们也失去了串门访友、自由玩耍的机会。

2020年2月开始，疫情日益紧张，日本口罩缺货。和糖糖同在洛西花园幼儿园百合班上学的，还有一位中国女孩。她妈妈陈艳知道我们口罩所存不多，周末特意抽时间过来送了一盒口罩给我们。那一盒口罩，在疫情期，相当于饥荒时期的一袋大米。对于口罩存量也不多的她们来说，这样的馈赠和关爱，实在是永生难忘，让独自在海外带娃的我，多了许多勇气和力量。

同样是疫情期，2020 年 5 月初的连休之前，我在研究所碰到了平时比较严肃的荒木教授，他一看到我就走过来说："这段时间，太不容易了吧！生活没问题吧？"他知道我带着两个孩子。每月工资按时发放，生活没有问题，我摇摇头，对他表示感谢。他还有点不放心地叮嘱我说："如果有什么，就随时邮件联系我。"我连忙点头。他又说："虽然现在图书馆闭馆，但你可以进去看书写论文的，加油啊！"我又点点头，再次道谢，目送他去茶水间倒茶。我有研究所的卡，可以自由出入，包括图书馆，虽然不能借书和文献传递，但可以坐在里面看书。

连休中，韩国的李教授因有急事要回国。一天晚上，他来到我家门外按铃，站在离门口两三米远的地方，彬彬有礼地跟我说他正在收拾整理东西，准备要回韩国去了。有一些东西，他问我要不要。他两手提着几个大包小包，里面是米和他原来存储的牛肉、油盐之类的。第二天早上，他还叫我去拿了一个电风扇回来，说夏天天气热，除了空调，孩子也许用得上风扇。还有别的东西，又是几个大包小包，他帮我把东西提到门口，我连声道谢，他摆摆手，一鞠躬，走了。

在异国生活，肯定有不适应的地方，刚开始的时候，我和孩子们都有一些不安和紧张，生活在我身边的人，除了日本人之外，还有美国人、西班牙人、中国人等。他们用一言一行，用日常生活的细节，表示了他们的善意和关心，还有默默的鼓励。邻人的善意，给了我和孩子们许多温暖，让我们在异国生活中最艰难的时期里，也有希望、力量和勇气。

坚持的力量和清贫的价值

作为妈妈，我不得不承认自己在很多方面比以前细心多了，也顾虑更多，但我并没有产生畏缩或知难而退的念头。我觉得什么事情都要先去做，去尝试了，才会有正确的答案。别人的说法都只是作为参考，不能作为答案。否则，寸步难行。

“为母则刚”，这句话说得真的很有道理。没有勇气，就没办法迈开步伐，走向世界。脆弱无助的时候，就躺在地板上，让自己睡一小会，平静过来，恢复一点力气了，再继续前行。

我做事比较谨慎，因为孩子小啊。行动，不是盲目的行动，带着两个孩子，其中一个还未满 1 岁。我要考虑的事情，比以前多了很多，更不允许自己冲动，要尽可能充分地掌握相关资讯，了解相关情况，再根据自己的实际状况，选择要以哪种方式保证自己既可以一边工作，也可以带孩子。

我首先明白地告诉自己这一点：单靠我自己一个人，是没办法工作和育儿两者兼顾的。所以，第一条路就是申请保育园和幼儿园，大女儿五岁多了，入幼儿园的可能性比较大。小女儿一天进不了保育园，我就一天都没办法看书写论文，更别说出外去参加学术会议了。为此，我想到了第二条路，就是请保姆。

围绕着育儿，我提前多方查找资料，在去日本之前，我就不断地搜集相关资讯。尤其是，在日本如何请保姆？自己能负担得起保姆工资吗？我外出的时候，保姆一个人带小孩，安全放心吗？等等，要想的问题实在太多了，但很多资料都没办法在网上找到，为此，我写了一封邮件给在东京的日语老师。

日语老师六七十岁了，他没有带过那么小的孩子，所以并不知道日本保姆的相关情况。他在邮件里说，日本各个地区的保姆情况有所不同，最好到当地区政府的育儿科去咨询。但是孩子申请入园，都必须要等到我们都到了日本之后才能进行。为此，哪怕自己再着急，有些事情，还是要耐心，需要等待。我不可能把什么都提前做好。

但有些事情是可以提前做好的，而且最好是在赴日前做好的。

首先是孩子的思想准备。在出国前半年左右，我就时不时给孩子提醒，说我们准备到另一个国家去生活，离广州很远很远，而 Sweet（大女儿涵钰的英文名）你会进入新的学校上学，认识新的老师和朋友，也不得不和你熟悉的国内的朋友分开很长、很长一段时间。刚开始的时候，在一个新环境里，你可能听不懂别人说的话，别人也听不懂你说话，等等。当然，我也鼓励女儿说那边有很多好玩的，奈良公园里还可以看到美丽的梅花鹿在路上走来走去，那个公园没有围栏，鹿和人在路上“自由行”，还可以喂鹿吃饼干和苹果呢。当然，也有很多游乐场。我也肯定地对她说，她很快就会适应那边的生活，有新的好朋友，会说那边的话。在给孩子洗澡的时候，给孩子讲故事的时候，我都会“见缝插针”地给女儿“打预防针”。她刚开始并不理解“外国”是什么意思，也不知道长期的分离意味着什么。她还说，要把幼儿园的 Judy 老师和她最好的小伙伴艺帆一起带上。

其次我还有意无意地教女儿一些日本的最基本的礼仪和日常用语，比如不能在路上和车上吃东西，垃圾一定要扔到垃圾桶里，如果路上没有垃圾桶，就要自己准备好一个袋子，把垃圾带到家里再扔。比如大小便着急的时候说“トイレ、トイレ”，肚子饿的时候说“ミルク”或者“ご飯”。

最后就是让孩子学会坚持、忍耐和克服困难，接受体力上的挑战。2019 年 7 月 19 日，孩子幼儿园放假了，我给她报了两期夏令营，也是在她的幼儿园里的，每期夏令营六天，共十二天。去夏令营的前一天，我就跟女儿说，我们要走路上学，放学走路回家，能做到吗？习惯了坐校车来来回回的她，一听说走路很高兴，还拍起手来。我等她平静一会儿，就看着她的眼睛，认真地跟她说，走路是很累的，我们走到幼儿园要四十到五十分钟，在炎热的夏天，会很热，出很多汗，但你不能说不走就不走，必须要坚持，答应妈妈的事情要做到，除非刮风下雨、打雷闪电或者其他特殊的情况，否则必须走路上下学。女儿看了我一会儿，点点头，说知道了。

第一天早上七点五十分左右，我们一起出门，走路上学。女儿一路很高兴，我给她拍照的时候，她还很主动地摆各种姿势，笑得很甜。她书包上的小铃铛“叮叮当当”地一路陪着我们。路上先后遇到三只狗，一只小黑狗、两只大黄狗，都跟着我们。小黑狗还好，跟了一段路，狗的主人就把它叫回去了，我们并不害怕。可是两只大黄狗就不同了，主人不在身边，它们咧着嘴、伸着舌头，跟着我们十来分钟，没有罢休的样子，而且靠得越来越近，让我们毛骨悚然。路边稀稀拉拉几个早起买菜或者去锻炼身体的老大爷老大妈从旁边走过，没人注意到我心里越来越紧张。我怕狗突然冲上来，我心里清楚，无论是奔跑速度还是格斗能力，我和女儿都不是狗的对手，一旦被狗咬，就很危险。于是，我命令自己必须冷静下来。我拉着女儿快走几步，没想到狗跟得更快更近，我于是马上拉着女儿停下来，我紧紧拽着女儿的手，转身，回头，放下雨伞，挡在我们和狗之间。我站定，瞪着狗，离我们最近的一只狗看到我的目光，马上低下头，眼睛看向地面。从这个小动作中，我突然意识到，这里是广州市，一个居民小区里，出现在这里的狗不是野狗，即使主人不在它们身边，即使它们长得高大并且有尖利的牙齿，但是它们习惯了听人的命令看人的脸色。于是我迅速镇定下来，跟女儿说不用怕，女儿放松下来。我拉着女儿继续往前走，还有一千米左右就到幼儿园了，但是狗还跟着。我在想，为什么？今天碰到的三只狗都这么喜欢跟着我们呢？女儿书包上的铃铛提醒了我，我下意识地伸手捂着铃铛，铃铛不发声了，我搂着女儿的肩膀和她一起继续向前走。两分钟后，我回过头来看，两只大黄狗已经走到别的地方去了。

因为这件事情，第一天早上走路上学，花了差不多一个小时。傍晚放学走路回家，只用了四十来分钟。此后每一天，快的时候三十多分钟就能走到自己家所在的小区，慢一点的时候，四十多分钟也够了。这样每天来回地锻炼，不仅是体力上的，也是意志力上的。对于我和孩子，都很重要。

当然，有付出，就会有收获。有坚持，就会有奖励。我在第一天就和女儿说好，如果她这十二天的夏令营坚持走着上学放学，在第十二天傍晚放学回家的时候，我就会奖励她，满足她一个心愿。她要什么，能给的，我都给她。女儿有了期待，就有了动力。我并没有和她说走路的意义，但是我会让她体会走路的乐趣，比如说，我们可以看到沿街的各式各样的商铺，水果店、蛋糕店、宠物店、花店、健身馆、早教机构和超市等，还有欣赏那条宽阔平静的天马河，看河里的倒影，河边的小岛和公园，还有河边的含羞草。我还让女儿碰了一下含羞草的叶子，女儿看到叶子因为碰到她的手慢慢收拢起来，像害羞的小姑娘一样的时候，新奇而又兴奋，一路叫着含羞草的名字，还说要分享给小朋友。看着蓝蓝的天空，吹着凉爽的风，沐浴着灿烂的夏日阳光，走路的乐趣，是不言而喻的。不需要言传，她亲身感受到了，是最好的了。

我没有考驾照，也没有买车。现在公共交通如此方便，我不想买车。自己也并不富裕，我要把每年的积蓄用在刀刃上。我的“刀刃”，就是孩子将来的教育。我带她们在国外生活和上学，身边肯定要备点钱，以防万一。

有的人用钱为孩子买房，有的人用钱来买商铺，有的人用来炒股投资买基金，我想用钱来买我理想的教育。

许多人劝我学车买车，说这样出行方便很多。我的同学在国外访学半年，把国外的驾照考到了。不管是国内国外，我从来没想过考驾照和买车。有亲戚就对我直言，现在谁家没有车？你家没车，接送小孩都没面子。

我和孩子她爸收入一般，不高不低，但开支却很大，难得能攒点钱，确实说不上富有。别人说钱说车说豪宅说得多了，我就好好地想了想这个问题。

没钱，真的没面子吗？清贫，也有它的价值啊。

回忆我自己的成长经历，我认为，过度贫穷确实不好，会影响孩子的身体发育、性格发展，也会让孩子失去许多机会，比如我小时候喜欢钢琴，羡慕那些坐在钢琴前沉浸在音乐中穿着公主裙的女孩，那种美，那种优雅，那种学钢琴的机会，是我可望而不可即的。小时候的渴望和渴望不得的委屈，至今在我心里留着清晰的印象。

但同时，我也产生了更加强烈的求知欲，并且珍惜和热爱每一个学习机会，主动而积极地争取每一次学习机会，即使我现在已经是两个孩子的妈妈，我也仍然保持着强烈的求知欲和探索新领域的好奇心，保持着早读英语、日语和中国古典诗词的习惯，十几年如一日。这一点，我可以说，比当下许多大学生要做得好。在我怀第二胎六七个月的时候，我还自己坐飞机、挤地铁去南京大学访问研究，晚上十点多还在研究所里独自挑灯夜读。闷热的天气和空调的冷风让我感冒咳嗽发热，怕影响胎儿，不敢吃感冒药，猛喝热开水，一杯接一杯地灌，晚上上厕所一两次，摸黑爬上宿舍的铁架床睡觉，一早又起来读书查资料，接着继续猛喝热开水。

因为我知道自己想要的，需要靠自己去争取，自己去努力，自己去获得。从小到大，除了父母给我生命和爱，没有人双手奉送过什么给我。父亲鼓励并支持我读书，给我买书。但是，在我读小学和中学的时候，父亲就多次说过，他只供我读到大学，往后自己想要继续上学的话，就得靠自己。即使能考上，他也不会再提供任何经济资助了。

我父亲四岁的时候就成了孤儿，作为一个父亲，我觉得他做得已经够好了。我的硕士导师就说过，我父亲的见识并不比一个大学教授差。我的一位作家老师也曾经肯定过我的父亲，说他其实有着哲学家的洞见。他坚持送三个孩子上学，一直到大学。

在二十世纪八九十年代的农村，他这样的父亲，真的很难得。

现在当了两个孩子的妈妈的我，已经非常理解父亲的心境和用意了。是的，就是要“狠”，“狠不下”心肠，就没办法成长，没办法面对社会和人生的霜风冷雨。这，就是磨砺。

也多亏了当时的教育政策好，大四的时候，我顺利地考上硕士研究生，研三的时候，我顺利地考上了博士研究生。那时候，凡是考上研考上博的，都是公费入读，并且每个月还有生活补贴。

我在校园里做过兼职，校报记者、编辑，寒假清扫校园落叶，发传单……我还拿过不少的奖学金。研二的时候，我拿了宝钢教育优秀学生奖，奖金五千元。五千元对当时的我来说是一大笔钱了。为此我备受鼓舞，并深刻地认识到，知识就是未来，知识就是希望。

我父亲虽然一生清贫，但是他一直在向我传输这样的观念：钱不是最重要的，知识才最可贵。钱可以赚来，也可以花掉，但是知识一旦学会，就永远是自己的东西，谁也拿不走，哪个小偷都偷不了。所以，我一直是以一个“守财奴”的心态和姿态，去获取和积累知识。

读博士一年级的时候，我自己申请到一次机会去日本学习，也是全额免费的。博士毕业后在广州的一所大学工作，我也申请到了一次机会到东京学艺大学访问研究，那也是全额免费并且有研究费和生活费按月发放给我的。

也许读者会说，那只是运气好而已。对，我承认一个人的事业和学业，是需要运气的，而运气怎么来呢？就要靠自己不断的尝试，不断的“充电”“武装”，还要有越挫越勇的坚持和深知来之不易的珍惜之心。当然，也不能少了吃苦耐劳的能力。没有这些，好运气是不会光顾的。

我比一般人能吃苦，比一般人能忍受寂寞。说实话，我喜欢“坐冷板凳”，可以长时间安静而专注地读书、思考和写作。

读研究生的时候，有一段时间，我几乎每天都在图书馆里如饥似渴地看书写作，从早上开馆进去，一直到晚上八九点，我忘了吃饭，肚子饿得咕咕叫也是喝点白开水忍一忍，丝毫不觉得苦，还觉得乐趣无穷，不愿意抽些时间出去吃顿饭。我母亲看到我这样很心疼，刚开始是打电话一遍遍催，后来干脆直接送饭到图书馆来。冬天也是如此，晚上七八点钟，我冒着寒风，在图书馆外吃着还带有母亲体温的家常饭菜。

读博士的时候，我买了一个小电饭锅，早餐后去附近的菜市场买菜，回来洗好，放好米，米饭上蒸一小碟菜，定好时间，然后就去资料室。做一次饭，吃两顿，省得去食堂晚了没饭吃。为了躲开宿管的检查，我经常“打游击”，还试过接到“内部消息”之后，中途从资料室回到宿舍把电饭锅放到两个宿舍公用的洗手间的杂物柜里，等提着一袋锅碗瓢盆的“巡逻大队”带着不甘和狐疑的表情离开我的宿舍后，我才重新把电饭锅拿出来。

2019 年 3 月，我在美国参加亚洲研究学术会议，一场接一场地听报告，没有午休，没有午饭，接连三天，整个人瘦了一圈，但我的精神状态还是很好。

当然，我不是想让孩子吃我吃过的苦，受我受过的委屈，再穷，现在也比我小时候条件好上数百倍。但我也不能让孩子衣来伸手，饭来张口，有求必应。太容易得到，只会让孩子失去斗志和耐力。

在国内也好国外也好，我没有给孩子买房，没有给她们买车。在国外，我们住过十几平方米的单间，我们一出门，不是走路，就是挤公车挤地铁。我给她们买了很多书。她们不吃肯德基不吃麦当劳，很少下馆子，我再忙，也坚持每天给她们做一顿饭。虽然我的厨艺很一般，但是安全健康。做饭的不易以及乐趣，是无价的。

孩子她爸升职当了经理，后来又当了副总裁，每周从公司回家，都是打顺风车、拼车，或者坐大巴、地铁。他的许多下属都有了小轿车。他因为私事出门的话，公司是不派车的，只能眼巴巴地在路边等公交。他曾提过要买车，还怂恿女儿给我做“思想工作”，说爸爸买了车多风光啊，还可以带家人出去兜风逛街吃好吃的。我说，车，肯定不买，没有必要买，也没有那么多闲钱。因为买了车，还要买车位，还要养车。

孩子她爸也是穷苦人家长大的，知道每一分钱里都有血汗。几次劝说见我不动摇之后，就再也没提过买车的事情。

我选择步行，选择公交，选择严格的教育方式。

在广州的时候，小区里有妈妈担心地问我，孩子能适应吗？我的学生也曾经问过我这样的问题。其实，孩子方面我倒不是特别担心，因为孩子的适应能力远比我们成年人想象的要强。我在日本认识的一些中国朋友，他们也有带着两三岁的孩子到日本生活和上学的。他们说，孩子很快就适应了那边的环境，有了自己的玩伴。某一天早上小孩醒来跟爸妈打招呼说“おはよう”的时候，他们还一时没反应过来：孩子学会一种新语言的速度，让他们惊讶。

新的环境，可以刺激孩子的语言能力、协调能力和社交能力，我希望她们从小开始，适应各种挑战。世界那么大，如果把孩子固定在一个小小的家庭小小的区域，虽然表面上看起来比较稳定，孩子成长也不会有什么大差错，但是长远来看，孩子本身所具有的多种发展可能性就会消失。

所以我选择“放手”，选择“狠心”。我希望孩子们将来的世界无比广阔。

孩子，你要学会独处

放暑假的时候，许多家长会给孩子报各种各样的兴趣班、特长班，钢琴、绘画、书法、舞蹈、象棋、跆拳道、游泳等，一是因为家长要上班没办法陪孩子，二是因为“不想输在起跑线上”。

2019 年 7 月 19 日，涵钰就读的幼儿园就放暑假了，我给她报了两个星期共十二天的夏令营，地点也在幼儿园。两期夏令营快结束的时候，我就在想，该让孩子做点什么事情呢？天气太热，整天待在家里，总得做点什么吧。

我设想着上午让她画画、读书，下午让她听故事讲故事。我不想再给她到小区楼下报兴趣班，因为 8 月 3 日上完夏令营，再过三个星期左右，就要到日本了。孩子她爸说，不要把孩子的假期都填满了，让她自己睡睡懒觉玩一玩。我觉得他说的有道理，所以没给她报班。另一个没有给她报班的原因是，我想，难道现在父母只能依靠兴趣班来打发孩子的暑假，只能依靠兴趣班来教育孩子了吗？这是不是父母的另一种“躲避”和“偷懒”？

在到日本生活之前，我想，孩子还有一些事情要适应、要学会，比如说，适应独处，学会和妹妹一起玩游戏和照顾妹妹。

我不得不承认，在很大程度上是从我的角度出发来制定“暑假计划”的。我工作很忙，即使每天可以自由地待在家里，也还是从早到晚地忙碌着，学习、查资料、读资料、写论文、回复邮件……根本没有闲下来的时候，我热爱学术研究，那种投入的状态和热情，有时候连我自己都觉得有点过分。

此外，在读书写作的过程中，我深深体会到，在这个喧嚣的世界里，能静心、安心地坐冷板凳，学会独处，是十分难能可贵的。我想，在钢琴、舞蹈、跆拳道和游泳之外，我更希望孩子首先学会安静地独处。

我的大女儿比较叛逆，她有自己的想法，不会完全按照家长的安排来做。

我原来设想的上午让她画画的计划，一到她那里就完全行不通。她不乐意。

刚开始的两天，我们有过冲突，我说服不了她，她不愿意画画，总是吵我，隔几分钟就因为一点鸡毛蒜皮的小事来书房找我。我实在不胜其烦，就决定用命令和奖惩的方式来让她服从我的安排。

我告诉她，爸爸在外地上班，妈妈虽然待在家里，但是妈妈也要工作，而且妈妈的工作并不轻松，这家里家外的事情，都要妈妈一个人来处理，每天有很多事情等着妈妈去做。在正常的上班时间里，妈妈必须工作。否则你就不能好好上学，也没有那么多布娃娃，也没办法买那么多绘本来看，周末也不能带你去游乐场。然后，我看着涵钰的眼睛，语重心长地说："虽然妈妈也想，但是，妈妈不可能每时每刻都陪着你，你要学会自己玩游戏。"

我先摆出"事实"，不可改变的"事实"——我们不可能每时每刻都待在一起，其次就是让她明白，我和她都需要独处的时间。虽然是母女，但也各有各的事情要做，她要玩耍，我要工作。然后，我再缓和语气，给她提建议：你为什么不玩当小老师的游戏呢？你为什么不教妹妹玩游戏呢？你为什么不翻翻我给你新买的绘本呢？你也可以给妹妹讲故事呢。

涵钰听了先是愣了一下，然后恍然大悟，连连点头说好的。她蹦蹦跳跳地到客厅去玩了。

接下来的几天，她都一直在客厅里做各种各样的自己设计的游戏，并且和妹妹一起比赛爬，因为妹妹还不会走路，只会爬。她还把妹妹当学生，教她唱歌跳舞，教她交通规则。有时候又把妹妹当做她的"小病人"，用儿童医疗玩具给她听听心跳，掰开妹妹的嘴巴看看牙齿长出来没有，有没有蛀牙等。玩得很开心。

涵钰特别喜欢做角色扮演的游戏，她最常扮演的是小老师。她会把家里堆积如山的各种布娃娃摆在沙发上，整整齐齐摆一列，给布娃娃穿衣服梳头发，给它们"讲课"，教它们跳舞唱歌，给它们猜读绘本故事——因为她还不认字，但她可以根据画面来讲故事，脉络基本上是清晰的。涵钰还会像小老师那样，批评布娃娃，"你不好好睡觉，吵到小朋友啦！""你看，你让老师的声音都哑了，哑了就不能好好说话了你知道吗？还不乖乖听话？"诸如此类，甚为可爱。

有时候，她也喜欢坐在桌子前一边画画一边自言自语地讲故事；有时候，她玩腻了角色扮演的游戏，就会学着我在电脑上打字的样子，在一个盒子上"噼噼啪啪"地敲打起来；有时候，她会躺在床上和我一起听 NHK 和 BBC 的新闻，虽然她听不懂，但她还是煞有其事地安静而认真地听，听着听着就睡着了……偶尔，她会担任起妹妹的“监护人”的角色，不让妹妹爬到洗手间，不让妹妹碰风扇和墙上的插座，不让妹妹碰容易吞下去的塑料珠子……

虽然涵钰有时候会觉得角色扮演的游戏玩腻了，画画也画腻了，就会到书房里来吵我，但是我觉得，作为一个五岁三个多月的孩子，能一个人设计各种游戏自己待上几乎一整个白天，已经是让我满意的了。

不管是在国内，还是在国外，我工作起来都会不知不觉进入“忘我”的状态。这对于孩子来说，我想，并不算是一件好事，因为我白天大部分时间是没办法陪她们的，但我又不能控制自己，总有做不完的事情：整理材料、读书、修改论文……灵感一来，就会想马上写下心里想到的点点滴滴。

这个时候，孩子能在一旁自己玩，是我求之不得的。

这个时代，家长对教育的投资非常大，很多孩子小小年纪就会钢琴、舞蹈、绘画、英语，还考了不少等级证书。在这个方面，我是比较“消极”的。我在尊重女儿的意见的前提下，让她学她愿意学的东西，并不强迫她学什么，或者必须考什么等级证书。这个时代并不缺乏各种各样技能的人才，但是却缺乏能安静独处、能忍受寂寞、能专注于一件自己热爱的事情的人。

可能是出于我的自私，我是这么想的，对于女儿，是这么希望的。

在二十一世纪，让我们一起“坐冷板凳”吧！让我们安静远离浮躁和功利，让我们愉悦地独处吧！让我们即使一个人的时候，也可以“热闹”地“进入”不同的角色中，浮想联翩。

板桥区的内田老师

除了两鬓斑白的头发外，一点都看不出内田老师快七十岁了。

五月的一个早上，我正在板桥区志愿者活动中心一楼一边等待上日语会话课，一边查看课程表。那个日语会话课说话机会不多，我想换一个班，因为我要用日语写论文，光说不行。

这时，从走廊那边走来一个日本人。白衬衫，戴眼镜，脚步轻盈。

他看到我手中拿着的日语课程表，忽然停下来。简单的交谈之后，他知道我想学日语，但不知道去哪个班好。他说，从你的口语看，应该去一级班。然后他指指课程表上的“内田和正 N1 日语教室”。然后去事务室里忙了。

我反复看了几次课程表，N1 的日语课可以系统地学习文法、单词、读解。我决定去。但是不知道老师的名字怎么读，老师是谁。

教室在三楼，转到楼梯口，我又看到刚才的日本人，他正在复印资料。于是我问他这个班级的日语老师名字怎么读，他告诉了我。然后我左右看看，问，老师是谁呢。

他推推鼻梁上的眼镜，指指他自己。

从此，我就一直跟着内田老师学日语。内田老师从板桥区的一所大学退休后，免费教外国人日语。七八年来，他的学生百分之九十是中国人，还有一些韩国人、美国人、几内亚人等。

上课竟然这么轻松愉快！看看内田老师就知道啦。从早上十点到下午四点半，他一直精神饱满地讲课，有时会引得大家欢笑。每个下午，许多学生都忍不住打瞌睡，可是内田老师站在讲台上，好像早晨才刚刚开始。

不厌其烦地纠正声调，通俗易懂地解释，能让外国人听了都明白，所以每次内田老师的课都有很多学生来。中间吃饭、休息大约一小时。但经常不到一小时，因为老师讲课太投入，有时会拖堂十五分钟。不拖堂的时候，他要回答个别学生的提问。一个小问题，他的解释至少半小时。

两张课桌拼起来，就成了餐桌。和学生一起，在教室里吃完带的简单午餐之后，老师开始整理下午的讲义，或者偶尔坐在讲台上眯一会儿眼。

有几个学生要修改事务文书之类，而我则叫他帮我改稿。

中午课间休息时，内田老师把里面用错的单词画出来。我看看表，快一点了，一点半就得上课，老师还没吃饭。我走上讲台，委婉地提醒老师该吃饭了。他的眼睛没离开稿纸，说，再等一会儿，再等一会儿。

等大家都快吃完了，内田老师才匆匆地从背包里拿出饭盒，三口两口吃完。

下午上课前，内田老师对我说，下课后留下来一二十分钟，可以吗？我点点头，他才说，你的原稿有不少违和感，你说一下发表的主旨，我才能告诉你怎么改。

内田老师说的一二十分钟，最后变成了一个半小时。而两张半稿纸的发表原稿，只改了三分之一。

教室就要关门了，内田老师说下次课把修改的地方在电脑上改好，重新打印带来，还要改。然后他收拾背包，准备和其他老师一起走。

外面早就天黑了，还下点雨。一下雨，东京就变得很冷。

有一次课，分析一篇关于医学的长篇读解文。老师无意中提到，他的妻子患癌症，为了把最顽固的癌细胞杀灭，就得化疗，化疗就是相当于把全身的细胞杀死一次，再重生。现在他的妻子重新长出一点头发了，但是是翘起来的。记得他当时带着回忆的神情，微微一笑。

内田老师的妻子应该还在住院，那么，老师的晚饭怎么办？前面有家拉面馆。我说，老师，吃了饭再回去吧。我想，请老师吃碗拉面是应该的。

内田老师摆摆手，很严肃地拒绝了。可能怕刚才的严肃让我难堪，他背上背包的时候，回过头亲切地说，不用那么担心我。然后和其他老师一起走向教室门口。

每次师生一桌吃午饭时，有学生给内田老师一两个自己包的饺子、一两块自己煮的茄子、一两片自己做的酸黄瓜时，内田老师总是那样高兴。

只是，自此每次修改稿子，即使七点半了，我也没有再开口请老师吃饭。

当然，那篇十五分钟的口头发表原稿至今没有改完。为了达到尽善尽美，改了助词，再改实词，改了实词，再改符号，改了符号，开始纠正声调……

上次改了之后，他发现还有更好的说法，于是这次又改了半个句子。

我都失去耐心了，甚至有点后悔把稿子交给内田老师修改，别的老师一小时就全部改好了。内田老师还低着头、眯着眼，反复沉吟，仿佛要找出这世界上最合适、最地道的日语表达。为了区别一个读音，他让我练习了两个基础假名的发音近半个小时。

练着发音的时候我肚子已经饿得咕咕叫，想起中午一个学生带来自制的紫萝卜咸菜，大家狼吞虎咽吃得差不多了。内田老师回答完一个同学的提问，在只剩下三块萝卜的时候，才端着饭盒过来。

内田老师很高兴地接过那三块萝卜，用敬语对学生说谢谢。

我忽然想，我还没带过自家的菜来与老师、同学分享。该轮到我做点什么了。虽然厨艺很差，羞于上桌，但即使是几片番茄，在这个日语教室的饭桌上，都会被欣然接受，别有一番风味。

不上锁的研究室

从学校大门进去，直走到对面的第一栋教学楼，穿过自动门，左转，走一会儿，就到了佐藤正光教授的研究室。

研究室不大，四壁摆满整整齐齐的书籍，书架高到天花板，有一把简易的梯子靠在书架旁，拿上面的书籍时，就不得不借助这把梯子，不用的时候，就折起来，并不占多少空间。除了四周的书架，中间靠后一点，还有两排高高的书架并排立着，塞满了书：《二十五史》《古今图书集成》《十三经》《汉语林》《全唐诗》《全宋诗》《康熙字典》《大汉和字典》……佐藤老师的办公桌就在中间两排书架之后，一张方桌，一台大屏幕触摸屏电脑，一把椅子，放在不同格子里的文件、资料，还有一个简易的衣架，挂外套用。书桌旁有小型冰箱、微波炉、开水瓶。老师忙的时候，就在这里吃个饭团、冲杯咖啡当作午餐和晚餐。

若要从右边墙壁的书架和中间的书架之间穿过，到佐藤老师的办公桌前，就要微微侧着身子才能走过去。

此外，只能放下一张长方形书桌了，打开门就到这张书桌前，四周放了几把椅子，还有五六把叠着靠着墙。选课学生不多的时候，师生就坐在这里上课。

门的左边，是一台兼打印和扫描的仪器。门口外，还时不时摆着几大箱的书籍，等着上架。

大家都知道，这间研究室的钥匙，放在走廊上一个信箱里，用磁铁固定在信箱顶上，谁要用研究室里的资料、打印机，都可以随时来。出来时再锁好门，把钥匙放回走廊的抽屉里就行了。若是借书，老师不在没关系，只要在门口右边挂着的一个本子上写上姓名、所借的书名、日期，就可以了。

所以研究室相当于是不上锁的。假期也如此。

当然，不说的话，谁都看不出，这还是一间校长办公室。佐藤老师兼任附属高校的校长。不过他基本不在这里处理附属高校的工作，这里只是和大家一起研讨、上课的地方。

每次上课，四周的书架就会跟着热闹起来。中国的学生也好，日本的学生也好，都非常准确地知道书籍的位置，都非常熟练地抽出一本本书籍，翻开，找出资料中出现的每个典故。有一个字的异文，都会被发现、被讨论，有时会讨论一个小时。

没有现成的教材，用的都是原典。比如，讲夏目漱石的汉诗，夏目漱石的汉诗集就是教材，而学术界研究夏目漱石的论文、专著等，就是这门课的辅助材料。讲汉乐府、六朝诗歌也是如此。

一节课一个半小时一首诗。训读、朗读、字词句的注释、现代语释义、提问、回答。学生轮流主讲，老师则在一旁听，不时提些问题，或解答一些问题。

有时会因为一两个词卡在那里讨论半天，未能理清，老师就微微笑着说，那么下次我们再把它好好讨论一下。一个字，通常能做出几页纸的考究、释义、本义、衍义、引用例。一字一句地读，一字一句地解释。学生课后一周的努力，化作课堂发表一小时，就像一盒芝麻摊在桌上，老师让学生一粒粒地慢慢地捡起来。捡起来了，发现是个大西瓜。期末的时候，大家都有相当不错的成绩。期末学生写篇论文或者报告，加上平时的课堂表现，就是期末成绩了。

因为住得远，有时候要写自己的报告，有时候要赶到保育园接宝宝，有时候是偷懒，我并非每次课都去旁听。不过佐藤老师总是微微笑着，坐在学生中间。所以来来去去，我都感到很自在，没有任何拘束。

在这个不上锁的研究室里，一切都慢下来、静下来，远古传下来的经典，就这样被大家轻轻打开。

佐藤老师的信

秋天的一个早上，我像往常一样来到日文研，在前台领了研究室的钥匙，就去打开信箱取信。

将近十月，京都早晚已经凉了，大家都穿上了外套。我也穿上了比较厚的衣服，但心里仍然有些冷——今天和高血压的母亲因为体检的事情闹了别扭，我心里不大舒服。

我独自带着两个孩子在京都做研究，母亲去年十一月来京都帮忙带孩子，因为疫情的影响，机票订了几次，都被取消了，迟迟不能回国。带着老人和两个孩子在异国他乡，我的压力，可想而知。

偏偏人年纪大了脾气就容易倔，前两周开始，虽然吃着药，母亲的血压还是不断升高。我带她去附近医院检查，医生开了药，而她还是烦躁不安。今天早上因为吃药的问题，又和我吵了几句。

打开信箱，看到里面除了学会的杂志和书店的新书目录外，还有一封信。长方形的洁白信封上，苍劲有力的字分三行写着我的地址和名字。

啊！这是佐藤正光老师的字！

佐藤老师在东京学艺大学教中国古典文学，2015 年我能在东京访问研究一年，多亏了佐藤老师的指导和帮助。此后我凡有新书出版，都会寄给他。虽然他有电子邮箱，我们平时也偶尔邮件联系，但收到我的书后，他都会工工整整地手写一封信，认真地点评书里的内容，并且鼓励我继续努力。

前段时间，我把刚出版不久的《富士山汉诗研究》（黄山书社，2020 年）寄给佐藤老师。由于忙，也因为自己偷懒，我在装书的信封里并没有写信，只是打印了几行字，说的都是公式化的客套话。

书寄出去有一段时间了，我快忘了这件事。

今天早上，看着信封上整整齐齐的楷体字，我心里明亮了许多。转头望去，恰见窗外渐渐变红的树叶沐浴在阳光里。

打开研究室的门、窗，我坐在书桌前，迫不及待地读着老师的信。

老师在信里说，多谢你前段时间寄了大著给我，我认真地拜读了——他明明是我的老师，却对我礼貌地用敬语说话，让我一直很不安。他说了几句夸奖我的话，并且对江户诗人大田南亩的富士山诗歌中“三峰富士”的描述进行了论述。佐藤老师为此专门在百忙之中抽时间做了调查，他说大田南亩的诗歌中提到富士山山顶的形状，还有三峰神社的事情。佐藤老师指出，三峰富士的画法源远流长。

接着笔锋一转，老师说疫情时期，大家都很不容易，你和家人在京都还好吗？

读到老师这句话，我眼眶湿润起来。连日来的工作压力，还有面对母亲指责时的委屈，终于得到了释放，心里渐渐温暖起来。

老师在信里说，京都比东京安全，但还是要多多注意，多多保重。最近学会的研究会陆续取消，或者改为网上进行，再见面不知会是何时。你要继续努力钻研，愿你在日本的每一天都变得有意义。

我用双手捧着那三页信纸的手写书信，觉得无比贵重，也觉得自己内心又获得了力量。当我写完这篇文章时，早上的不愉快，也变成了内心的平静。

是的，人与人相处，即使是朝夕相处的亲人，虽然有关爱，也会出现矛盾与摩擦。但是，只要有关爱，就没有化解不了的矛盾，就没有渡不过的难关。亲人之间，邻里之间，师生之间，有关爱在，有温暖的话语传递，就会有和谐与力量。

我和佐藤老师平时很少联系，而老师一旦来信来邮件，都能温暖我的心，鼓舞我继续学习和研究。每次读老师的信，我都能从中汲取前进的力量。以前如此，今天更是如此。

佐藤老师和我母亲年龄差不多，他已经是知名教授了，同时身兼数职，而在给我这个晚辈的信的落款处，在我的名字后面，他加了一个敬称“样”（さま）。老师的谦虚有礼，让我实在不知所措，也让我深深佩服。他不仅教我知识，也教我时时刻刻保持一颗谦虚的，能海纳百川的心。

为人师者，莫过于此。言传身教，时时模范。

残缺与痛苦的意义

我们一直强调，完整、温暖、和睦的环境，才有利于孩子的成长和培养乐观开朗的性格。为此，在家里，父母竭力忍受工作的压力、烦躁的心情、夫妻间的分歧，不让孩子看到暴力动作或者其他负面的信息。实在忍不住了，要吵闹或者泄愤，也关起门来，避开孩子，只给孩子笑脸与幸福。在学校里，教师和教科书往往只塑造完美的人物形象、描绘现实的甜蜜和未来的美好。

然而，如果孩子的世界只有这些，就可以获得“正能量”，“健康”成长了吗？

我在看罗曼·罗兰的《名人传》之前，对此就心存疑问。看了之后，更加确定：世界本来是什么样子的，就应该让孩子看到什么样子；既要认识人性的优点，也要直视人性的弱点。

有温暖，也有冷漠；有宁静，也有狂怒；有一致，也有矛盾；有分享，也有争夺；有完整，也有残缺；有和睦，也有暴力；有快乐，也有痛苦；有忍耐，也有忍无可忍的时候……

世界本来是这个样子的，人本来就不完美。孩子不会，也不能永远生活在父母或学校费尽心思营造的只有温暖和美好的小世界里。我们有责任让孩子知道世界的残缺和痛苦，我们需要勇气在孩子面前袒露人类的不完美。

残缺和痛苦，是这个世界的真相之一，所以，对于一个人的成长来说，二者有着不可替代、不可回避的意义。不应该成为我们的难言之隐。

按照今天的观点来看，贝多芬是很不幸的。1770 年 12 月 16 日，贝多芬出生于科隆附近的波恩一间破阁楼上，父亲是个酗酒成性的男高音歌手，母亲是个女佣，一位厨师的女儿，第一次嫁给一个男仆，丧夫后改嫁贝多芬父亲。四岁的贝多芬就被父亲一连几小时钉在羽管键琴前，或者被关在房间里练习小提琴，父亲使用暴力让贝多芬学习音乐。年少时，贝多芬就得为柴米油盐操劳。1787 年，母亲死于肺结核，十七岁的贝多芬成了一家之主，不仅要照顾终日醉醺醺的父亲，还要负责管教两个弟弟。

贝多芬的童年可谓苦难，没有人为他拉上一层唯美的面纱，他看够了世界的冷漠和人性的卑劣。成年，甚至成名后，也没有多少温暖和幸福的时刻。贝多芬没能和所爱的女子结婚，始终形只影单，虽然作品演出成功，但他经常收不到分文，屡屡穷得“几乎沦落到乞讨的地步”。他的兄弟 1815 年死于肺结核，留下一个儿子查理，贝多芬成了监护人，为这个孩子耗得油尽灯枯。查理常去赌场，贝多芬不得不因为侄子的债务和冷漠、欺骗而承受更多的贫穷和痛苦，但每次他都报之以爱和期待。在得了耳疾渐渐失聪的日子里，他离群索居，在忧伤的深渊里制造欢乐、歌颂欢乐，并把这些欢乐留给了世界。

如果说贝多芬是个特例，那么米开朗琪罗呢？他的父亲脾气暴烈、烦躁，母亲在他六岁时去世，他被送到一个石匠的家里喂养。米开朗琪罗上学后只爱素描，因此被父亲和叔伯瞧不起，还常被家人殴打。托尔斯泰不满两岁时，母亲去世，九岁时失去父亲，他当时“第一次明白了悲苦的现实，使他的心灵充满了沮丧绝望……”

此外，还有许多在成长过程中饱尝残缺与痛苦的人，可以罗列出一串长长的名单。他们不自怜、不自卑，更不需要他人的怜悯，他们与其他人一样是平等的生命。他们并不因为家庭的残缺、人性的丑恶、外界的非难而停止成长或满怀仇恨、诉诸暴力，反而以更强的生命去克服困难，以更大的韧性去勇敢生活，以更深的思考去认识人生，以更多的宽容待人，以更多的爱去回报世界。

阳光无疑是必要的，但暴风雨也不可掩饰与回避。

世界应该是真实的、全面的，有光亮，也有黑暗；有完整，也有残缺；有欢乐，也有痛苦；有美好，也有龌龊。孩子小，但也有权利看到这些，父母和学校不是要制造羽翼遮蔽孩子的视野，而是要让他们看得全面，并自己生长羽翼，超越残缺和痛苦。我们应该在孩子之前承认残缺和痛苦，正视残缺和痛苦。让欢乐、美好受到颂扬的同时，痛苦、残缺也得到尊重，受到颂扬。它们是平等的。所以，我们首先要摆正态度，纠正认知。比如，当电视上出现留守儿童时，主持人和观众不应该“高高在上”，无形中在道德和认知、地位上“贬低”留守儿童，以悲哀的口吻、泪湿的眼睛、怜悯的神情去待他们，这样的“特殊对待”，只会让他们意识到自己的处境和地位与他人并不同等，从而产生自卑和自怜，龟缩于一隅。我们承认，有些儿童虽然更早地、更多地处于残缺和痛苦中，但并不意味着他们就不能健康成长和长大成材，更不能说他们低于那些更多地生长于温馨环境中的同龄人。

欢乐与痛苦、美好与残缺是姐妹，罗曼·罗兰说："它们都是神圣的。"唯有认识到这一点，人才能产生真正的力量，平等看待每一个生命，给每一个生命同样的信心和希望。

残缺与痛苦会缺乏爱，但因为此，才更真切而迫切地理解爱的价值，从而创造更多的爱，成为照亮他人路途的太阳。

剪刀的故事

女儿快三岁了，进过两次理发店。

第一次，是她一岁半的时候，在东京的理发店。那时头发长了，尤其是刘海，她又倔，说不梳头扎发就不梳头扎发，只好进理发店剪短试试。

小小的店面干净整齐，去之前我特意敲门咨询过，这家店可以给一两岁的小朋友剪头发——在她愿意的情况下。“愿意”？我吃惊，店员如何明白孩子自己的意愿？这么小的孩子很难静坐得住啊，我面露难色、犹豫不决，店员微笑着鼓励我带她来试试。

好吧，总比每天头发又长又乱好些。试试吧。

进店才看到，有一个儿童汽车模样的可以升降的椅子，还有饼干。店员把女儿抱上汽车坐好，给她穿上印着卡通图案的围布。女儿很新奇地看着镜子里的汽车和自己。店员朝理发师点点头，然后退出去了。一位中年女理发师走过来，弯下腰，笑眯眯地对女儿说：“好可爱的汽车哦，我们现在来剪一个可爱的发型吧！”然后开始梳头发、剪头发。

我松了口气，希望能顺利剪好头发。

正如我所担心的，才剪了十来分钟，女儿就扭来扭去不安静了。理发师马上停下来，安抚好小朋友，才又开始剪。女儿安静了一会儿，又开始闹，如此两三次之后，女儿哭起来。我走过去，试着让她安静下来，可她还是闹。理发师耐心地等了一会儿后，转过身来很抱歉的样子说：“您看，头发就剪到这里如何呢?”我知道理发师的意思，本想坚持一下，哄的不行，能不能来硬的？这个念头一闪而过，马上心一软，我还是把她抱下来，说了谢谢。理发师给女儿几颗糖，鞠躬微笑送我们走出门口。

虽然说不上平整漂亮，但女儿的头发总算剪到了合适的长度，还有最重要的，刘海不遮眼睛了。

此后每次到了该理发的时候，就在家里“解决”，用儿童理发器，半哄半玩地花两三个小时，把她的头发“弄到”合适的长度即可，不过有时会出现“偏差”。

第二次进理发店，已经是女儿快三岁的时候了。

上周，女儿在玩耍时弄破手指上的一点皮，她闭着眼睛不管一切地大哭起来，此时可以安慰她的就是创可贴。翻箱倒柜找不到，只好带她去附近的药店买。创可贴到了她手上，她却拿去玩了。一路上高高兴兴地要给小树、布娃娃贴。路过一家理发店时，她忽然停下来，目不转睛盯着里面看。过了正月十五，理发店开门营业，这会儿，一位年轻人正在里面理发。玻璃门上写着“儿童理发，十元”。

女儿的头发早到了该理理的时候了，春节前我就问过她许多次要不要理发，她都说不要。

我看她站着不动，随口问一句：“你要理发吗?”

“妈妈，我也要剪头发。”这是从她出生后，我第一次听到她自己说要理发。我不敢相信，但还是把她带进店里。我想过不了一会儿她就会闹着要出来的。

理发师说要等。没想到等了近一个小时。店里有个金鱼缸，女儿时而看金鱼，时而看人家理发，就这样东看西看问这问那，竟然等到理发师叫她。

坐在镜子前，她很高兴。看着镜子里理发师叔叔给她围上围布、披上毛巾，变魔术似的一一亮出剪刀、梳子和发夹。女儿笑眯眯的。

我还是忐忑不安，猜想她不一会儿就得哭闹，我提醒理发师最好用最快的速度剪短头发，差不多就行，否则她会哭闹。理发师笑笑说：“理发有过程的啊，急不来的。”

我还是很担心。没想到女儿竟然安安静静地让理发师理好了头发！理发师叫她闭眼睛，她闭眼睛；叫她张开眼睛，她张开眼睛；叫她低头，她低头；叫她头向左倾，她向左倾；给她吹头发，她乖乖地等到头发吹好、梳好……

站在一旁的我惊讶不已：这是我女儿？女儿理好发之后还对着镜子笑了笑，拉着我蹦蹦跳跳地走到门口。

这两年多来，我能耐心地容忍女儿的乱发，容忍她不理发，容忍她的哭闹，想来想去，没有别的原因，也许是天生的爱吧！

虽然大人往往难以理解孩子的心思和世界，但如果多一些爱、宽容，就会有足够的耐心等到她自己明白，出于自己的意愿去做一件事，哪怕是理发这么小的一件事。给孩子多一些爱和宽容，对于妈妈来说，自然是不难的。而对于教师呢？教师面对的是学生，不是自己的孩子。

估计还是很难吧！不理解，不“正确”，就不能宽容，就不能等待，就会不问青红皂白拿起剪刀，把孩子的长发剪掉。这是“为你好啊”。

电影《看上去很美》就留下这样一把剪刀。

这把剪刀，握在一位幼儿园老师的手里。这是一把老式大剪刀，已经磨得发暗，但，锋刃仍在，伤害仍在。

电影刚开始四分三十三秒，剪刀就出现了。唐老师在前面哄，李老师偷偷拿着剪刀，从背后出其不意地剪掉入园新生方枪枪的小辫子。她们根本没想过是否要问问孩子愿不愿意剪头发。

方枪枪哭着逃离。老师们岂肯罢休？“小朋友们，把她抓起来。”拿着剪刀的老师，领着一群小朋友，在走廊“包抄”方枪枪。此时电影出现一个长达七秒钟的特写镜头——张开“血盆大口”的剪刀被握在一只强硬有力的手里。“围截”成功，在唐老师、小朋友的“协助”下，方枪枪的头发迅速被剪短，“达标”了。

“这样才整齐干净，不会长虱子，夏天热了也不会长痱子。这是为了你好你知道吗？”老师一边剪，一边大声地说。

“为了你好”这句话是孩子们听得耳朵起茧的口头禅，“好”是站在老师和家长的角度去判断的“好”，站在孩子立场上、出于天性的一些行为，比如说爱玩、爱闹、恶作剧、不听话……就成了“好”的对立面——坏。既然是坏，就不容分说，就不能理解，就不能静观其变，就必须扼杀。

虽然电影比较刻意，比如背景音乐、画面色彩，比如幼儿园老师的表情、语言、游戏、动作、孩子的“帮凶”……无不在批判和揭露，但那把一开始就亮出来的剪刀，确实很勇敢很直接地晃得观众的眼睛发疼、发酸。

孩子小，就可以任意安排任意处置吗？孩子小，就没有天性和自己的意愿吗？孩子小，就不需要尊重吗？

剪刀剪掉的，不仅是头发，还是与生俱来的天性。

两三岁的孩子随着大脑发育，主观意识、个性、创造力、想象力等会以“叛逆”的言行出现并发展，如果这个时期的“叛逆”被大人不问黑白、干脆暴力地“剪平”，孩子就可能失去今后再也找不回来的个性、创造力、想象力和自主能力。孩子还没有进入那个充满教条规范、人情礼仪、利害关系的世界之前，先形成自己的世界。而我们在外面看到的，表面上都是一些“离经叛道”“不可思议”的言行——大人是不可能完全理解孩子的，不理解，就不能宽容地等一等、看一看吗？不理解，并不意味着就是坏的。

教师如果迫不及待地想看到整齐划一的教育成果，就离不开“剪刀”。

如果教师是多了一些专业知识的妈妈，会给孩子更多的爱、宽容和耐心吧。当了妈妈之后，我才明白，教育界缺少的不是专业知识分子，缺少的，是妈妈。

电影里并没有表明幼儿园的几位女老师是不是妈妈，她们是否有自己的孩子？是否懂得爱孩子？这是一个空白，或者一个暗示？一种隐喻？

如果轮椅上坐的是英雄

绘本大家见得多了，英雄在荧屏上也随处可见。轮椅呢？

绘本与轮椅的联系颇有“陌生化”的效果。我兴致勃勃地提起这个话题是因为：一是前两天，BBC“观点”栏目采访了去年下半年国外媒体竞相报道的穆罕默德·赛德；二是“职业病”又犯了——与我最近写的绘本论文有关。

话说回来，恕我孤陋寡闻，我目前看过的、儿时留下印象的、给女儿读过的绘本当中，都没有一本是关于轮椅的。

如果轮椅上坐的是……英雄呢？有没有想看一看的念头？

又如果，这位英雄是一个长得“就像一粒花生一样”的英雄呢？

国内的绘本多着力于道德完善、人格培养，教导儿童为人处世之道，把悲伤、暴力、伤害、绝望、死亡等画面、文字温馨化、弱化、淡化，或者干脆省略，或者改写结局，通常只呈现美好的大团圆，英雄的形象也往往是光辉夺目、帅气逼人的。英雄，坐在轮椅上？长得像粒花生米？这无疑是对惯性思维的嘲弄。然而，诞生于美国的动漫/绘本系列《轮椅人》，就是围绕这样的一个人开展的，而且它是作者穆罕默德·赛德的写照。

出生于阿富汗的穆罕默德·赛德今年二十岁。

五岁那年，妈妈离世，十一天后，他脊柱受伤，腰以下部位瘫痪，至今依靠轮椅活动。父亲带他到喀布尔的一家公立医院，再也没回来接他。无计可施的医院，把他转到一家位于潘杰希尔峡谷的非政府组织成立的医院。

十岁，他被美国人收养，来到了美国，开始新生活。

后来，他创办了一个非营利机构，设计适用于残疾人的玩具和漫画。《轮椅人》完成后，他计划在网络、医院、学校和全世界的书店发行。《轮椅人》

基于穆罕默德·赛德自身的体验创作而成。

2015 年 3 月，他被挑选出来，在白宫科学节向奥巴马总统呈上他设计的三维轮椅加固器。

“我一直想有自己的事业，”赛德说，“如果你失去一条腿，人们会觉得你这一生就完了。在发展中国家，这种观念尤其根深蒂固。但事实上你仍然可以做大事。”

如果赛德是一个经过磨难，意外获得某种机遇而后蜕变为无所不能的超级大英雄，到处扶贫济困、救死扶伤，多少会让早已见惯此类模式的人们有审美疲劳。然而赛德的眼神流露的，更多的是人的忧虑，而非神的骄傲。

国内似乎还没有引进《轮椅人》系列绘本，关于赛德，也没有多少关注。对于二十岁的赛德来说，人生才刚刚开始，他希望《轮椅人》的成功可以让他有能力、有条件回到阿富汗接妹妹。他的哥哥已经在战火中永远离开，妹妹时刻处于危险中。这件事，就像轮子一样，每日碾压他的心口。

这位英雄，在 2015 年获得美国国籍之前，靠修手机、卖手机、打印照片来支付中学学费和生活费。英雄也是人，英雄也要生活，英雄也要劳动，英雄也为亲人的安全担惊受怕。

坐在轮椅上的赛德仰着头才能看到镜头。当然，他已经长得比十岁时的“花生米”大多了，不过，他仍然要吃力地抬起头，才能和世界通话。

童话的对面

我们是不是应该只呈现美好给孩子？许多人都这样认为。作为母亲，作为教师，我时常碰到这个难题。比如宝宝还在我肚子里的时候，我讲安徒生童话，比如《海的女儿》《卖火柴的小女孩》《影子》……我都会不知不觉地走神，陷入沉思。读其他的童话故事，也都如此。

为什么？

大家是不是以为童话只有纯真、善良、勇敢和美好呢？只要稍微耐心点读一读，就会发现，童话里更多的其实是悲伤、冷漠、残酷、沉重、怯懦……比如《海的女儿》和《卖火柴的小女孩》，这两个童话可以说是妇孺皆知、耳熟能详，不用我多说。

那就说说《影子》的故事吧。一位专心写书谈论真善美的学者有一个影子。有一天，影子脱离主人独立行走。他游走在一个个国家一条条街道上，“从屋顶上往下看，看见了其他人无法看见或者是真的不该看的东西。事实上，这是一个丑恶的世界——要不是做人有一些重要，我才不想做人呢。我看见了丈夫和妻子之间、父母和孩子——无比可爱的孩子——之间发生的最悲惨的事情。我看见了没有人能知道但都会很高兴知道的事情——他们邻居的恶行。要是我把它们写在报纸上，人们会多么急切地去看哪！但是我没有那样做，而是直接给那些人写信。于是，我每到一个城市，就会在那儿引起一片恐慌。他们太害怕我了，然而他们又是那么深切地爱着我。教授想让我当教授；裁缝送给我新衣服——就这样，我吃穿不愁，铸币厂的老板为我铸币；女人都说我英俊。”（《安徒生童话大全集·影子》）就这样，影子变得财大气粗，并穿起了人的衣服，“成为了一个人”，去拜访从前的主人——学者。

一天又一天，一年又一年过去了。影子又来到了学者的家中。

“您现在过得好吗?”影子问。

“啊!”学者说，“我正在写关于真善美的书，但是没有人愿意听这种事情。我真的很绝望，因为我是很用心地在做这件事儿的。”

“我绝不会做这种事儿。”影子说，“我心宽体胖，每个人都该这样。您不了解这个世界，您这样会生病的。您应该去旅行。夏天的时候我就要去旅行，您愿意跟我一起去吗?我想找一个旅伴，您愿意做我的影子跟我一起旅行吗?这会给我带来极大的乐趣，一切费用全由我负担。”

“这有点儿太过分了吧?”学着说。

“这是看法问题。”影子回答说，“不管怎么说，旅行对您是有好处的。如果您愿意做我的影子，那么您的全部旅行费用都由我来承担。”

“这对我来说太荒唐了。”学者说。

“但是世界就是这个样子，”影子回答说，“而且永远是这个样子。”说完，他就走了。

学者的一切都乱套了，伤心和苦恼接踵而来。他所说的真善美对于大多数人来说，其价值就像奶牛眼里的豆荚。最后，他病倒了。

影子再次来访，游说学者，学者妥协了，和影子一起出发旅行去矿泉疗养所，从前的主人变成了影子，而从前的影子则成了主人。影子不再用“您”来称呼学者，而用“你”，甚至“它”。但影子要求学者必须用“您”来称呼影子。

在矿泉疗养所，影子遇到了一位公主，并和公主订了婚。他再次对学者提出了交易:“听我说，我的朋友。我现在比谁都幸运，都有权势，我要为你做一件非同寻常的好事儿。你将住在我的王宫里，跟我一起乘坐皇家马车，每年有十万的收入，但是你必须让所有的人称呼你为影子，永远不要贸然说自己曾经是一个人。每年一次，当我坐在阳台上的阳光中时，你必须像一个影子那样躺在我的脚下，因为我必须告诉你，我要和公主结婚了，今天晚上我们就举行婚礼。”

“喏，真的，这太荒唐了!”学者说，“我不能，也不会屈服于这种愚蠢的行为。这将是对整个国家的欺骗，也是对公主的欺骗。我要揭发一切，说我是一个人，而你只不过是一个穿着人的衣服的影子。”

“没有人会相信你的。”影子说，“放明白一点吧，喏，要不然我就叫卫兵了。”

结果在影子和公主举行婚礼的时候，学者被处死了。

《影子》与其他童话一样，充满了对丑恶、愚昧、荒唐、专断、敲诈等的揭露，而真善美，“没有人愿意听”，而且，“对于大多数人来说，其价值就像奶牛眼里的豆荚。”把“童话”等同于梦幻般的美好，是一种多么深刻的误解和自欺欺人！

无独有偶，村上春树在2016年度安徒生文学奖获奖演说中，也说到了《影子》。他说《影子》是一个“黑暗无望”的故事，讲述了“人的异化”。“不产生阴影的光，不是真实的光”，每个国家、每个民族、每个人，都有自己的“影子”，“那种刻意忽视影子当作不存在的行为是自欺欺人。”（《文学报》2016年11月10日）

确实是自欺欺人。然而我们为什么却眼睁睁地把这种“自欺欺人”带给孩子和学生？人们只习惯描绘美好，却不敢正视、面对和传达“影子”的存在。

为此，安徒生是勇敢的，也是悲伤的、沉重的、绝望的。

鲁迅不也一样吗？“写到此处竟情不自禁地想起鲁迅所说的话：‘世上本没有路，走的人多了，也就成了路。’很多人用这句话来表达希望，这是极其错误的解读，回顾鲁迅所处的时代背景，这种解读实在不能入目。鲁迅当时是极其虚无的、绝望的，既然大家都这样走，没有办法去挽回，那也只能这样走。这是一种无奈的走、痛苦的走、虚无的走。我想这才是先生内心的本意。”（包崇保散文《此心安处是吾乡》）《影子》中的学者已经无路可走了，安徒生和鲁迅不也曾处于这样的心境中吗？

被誉为日本短篇推理小说之王的阿刀田高，曾在小说里谈过他对童话的思考：“不知道为什么童话这种东西总是有些残酷。但是古往今来童话总是编造成包着糯米纸的白砂糖，让孩子们吃下去。不知道这样到底是好事，还是坏事。”（《危险的童话》）许多人以为只给孩子讲真善美，就会培养孩子开朗、乐观、善良的性格。可是别忘了，真，首先要对自己和孩子诚实，承认童话里的“残酷”。

现在，我仍然给孩子讲童话，但不会说世上只有光明美好。因为，童话的对面，就是“影子”。

童话中的母亲

如果以“母亲”为题写一篇作文，大家会写出怎样的母亲呢？无论是小学生、中学生还是大学生，习作里的“母亲”，都呈现出千人一面的慈爱与光辉。

这时候可以来读读一个名叫夏尔·佩罗的法国人完成于1697年的一篇“作文”《小拇指》。故事说有一个樵夫，生育了七个孩子，都是男娃娃。樵夫穷得叮当响，要养活这么多孩子实在不容易。孩子们太小，还不能为父母分忧解愁，只会像嗷嗷待哺的小鸟，张着嘴等吃的。有一年风不调雨不顺，各地闹起了饥荒，樵夫一家的日子实在过不下去了。晚上，等孩子们睡熟了，樵夫就和妻子商量，最后决定，“与其让他们在家活活饿死，还不如让他们自己找条活路”。这条“活路”就是：“明天把他们扔到大森林里去吧，让好心人捡了带回去抚养。”荆棘丛生、大树参天的森林里，怎么会有“好心人”呢？有的，不过是虎狼罢了。

然而父母铁了心，没有犹豫，第二天便实施。这个决定让小儿子听到了，他早早起来跑到小溪边捡了许多鹅卵石，放在袋子里。随父母到森林里砍柴的路上，他偷偷地放下鹅卵石作为标记。

在密林深处，父母在前面砍柴，孩子们在后面捡拾树枝。孩子们干得正欢，父母悄悄拉开与他们的距离，拐进一条小路跑掉了。

后来孩子们在鹅卵石的帮助下，回到了家。父母只好计划再一次扔掉孩子们，为了让他们找不到回家的路，父母把孩子们带到了更远的地方。这次，他们果然没能找到回家的路。

佩罗写的故事，被认为是世界上最早的童话作品。佩罗还有一篇《仙女的礼物》，写母亲和两个女儿的故事——注意，这里的母亲不是后母。在故事中，母亲的偏心、对小女儿千方百计的折磨，最后将大女儿也赶出家门的行为，可能令今天的作者们难以接受。

完成于1812年至1815年的《格林童话》中也有许多同类型的故事：《圣母玛利亚的孩子》说的同样是父母遗弃孩子，不过幸运的是这个女孩被圣母仁慈地收养，但后来也饱经磨难，当这个女孩为人母之后，却因为自己的谎言和固执，牺牲了三个亲生骨肉；《霍勒太太》讲述的是母亲对女儿的身体和精神折磨；《特露德太太》说的是母亲致命的吞噬力……

没有认真阅读童话，不会了解童话其实有多可怕，有多真实。浪漫的想象和唯美的结局不过是故事的表层，它“陶醉”的，永远是浅尝辄止的读者。

是的，现代人在理性和道德的守卫下，几乎不会遇到可怕的事情。每个人都“很清楚”每件事，没有把握的或者可怕的事，都能通过各种方式来回避。因此在现代人的作文里，通常只呈现女性的一种形象：慈祥善良的母亲，而忽略了，或者干脆忘记了另一种形象：可怕的恶魔。这些流传了千百年、跨越国界的童话故事比现代作文少了面对世界、面对读者、面对主流思潮时的重重顾虑，而多了梦幻，以及人类身上某种原始的直觉和坚强的力量。童话不回避恐惧，不回避摧毁，因此更勇敢，直击人类的集体无意识。

母亲无疑是生命的源泉，生命孕育和诞生于此。这种孕育生命的现象如同植物根植于土壤，生长于土壤。再结合冬天植物枯竭、回归土壤，我们也明白了人类的母亲，和土地一样，是“生—死—重生”现象循环往复的母胎。

所以，希腊神话中的地母神既是生命女神，也是死亡女神。日本《古事纪》中的始祖母神伊耶那美，既是生养万物的女神，也是统辖黄泉国的死亡之神。我国的泰山神，也是掌管生死之神。这些信仰，正与童话揭示的母亲形象一体两面相吻合。

但是，当母性的正面性成为宗教的崇拜对象，并作为公认的事实固定下来后，人们很快忘记了母性的负面性，不再谈及。具体地说，当母亲的慈爱、对母亲的孝敬等成为公共伦理道德之后，人们便拒绝将母性的负面性植入其中。

因此，在诸多母亲遗弃孩子、伤害孩子，把孩子放在储物柜、冰箱或者容许他人对孩子实施身体或精神上的暴力等的新闻事件的背后，大众仍然会不由自主地回避反思、揭露和批判母性的负面性。

童话告诉那些轻信母亲只会充满慈爱的人：母亲也有可怕之处，能给人带来巨大的冲击。认真读童话的人不得不为在心灵深处发现这个两面的大母神而战栗。

回到当下的现实生活，我们看到，孩子的生命和身体发肤来自父母，但是同时，孩子承受的第一份伤害和痛苦、最早的压制，也可能来自父母。这，也是童话中母性一体两面的具体体现。

一个盲人的家庭教师

一个叫“陈燕”的女孩出生五个月，父母发现她眼睛看不见，于是到处求医，折腾了一段时间后，得到的都是确定无疑的诊断：复明无望。

父母放弃了这个女孩。

阿婆不忍心，把哇哇哭着的女婴抱回来，决定将她养育成人——一个可以自食其力的人。阿燕懂事起，阿婆就明确告诉她这个人生目标。

自食其力对于生理健全的人来说不过分，也不难。但阿婆知道，她的小燕子要像别的燕子一样飞起来觅食，必定要承受更多。

比如碰壁，比如伤痛，比如孤独。阿婆没有做科学实验，但是坚信任何物体都会反射声音，由于太细小，或者由于不需要，常被人忽略。既然眼睛看不见，那就把耳朵当眼睛——靠辨别回声去认路、认人、行走、学习、工作，自食其力。

为此，五岁的盲人阿燕，被命令单独出门、坐公车、挤地铁、买东西……记不清多少次，她撞到门、碰到墙、掉进沟里……阿婆从来不拉、不扶，只说：“我不能陪你一辈子，你必须自己站起来，走出去。你可以的。”

过早失去父母关爱的她，面对阿婆，也不能撒娇，更不能哭诉。这“狠心”，让小女孩不解、怨艾。

阿婆都知道，怕她带着恨意去生活，去对人。临终前，阿婆拉着阿燕，清清楚楚地告诉她：“其实你每次出门，我都偷偷跟在后面。跟了你十八年……”然后她才安心闭了眼。

2016 年 6 月 13 日晚，在央视三套综艺频道的《挑战不可能》栏目里，陈燕带着眼罩，凭回音，准确地判断出三十座圆盘上站着的，是真人还是布娃娃，并且说出了排列方式和大致身高——仅凭一双耳朵。

在整个挑战过程中，陈燕率性而活泼，评委问她何以做到乐观。她说，小时候，阿婆告诉她：除了眼睛看不见，她和别人没有任何不同。而且她还能听到别人听不到的声音。她触摸到的脸、手脚、身体，都很好。说话时，陈燕淡定而自然。

陈燕是第一个大声呼吁并做到了把导盲犬带进地铁的盲人——为了实现对导盲犬珍妮的承诺，她辞了工作，奔走宣传，向人们介绍导盲犬，并以珍妮的口吻写微博，出了一本书《听见》，让大家认识并接受、欣赏盲人与导盲犬。——就像阿婆兑现对她的承诺："我要把你培养成一个自食其力的人。"

朱光潜在《谈人》里说，弗洛伊德的门徒爱德罗发展了个人的自我扩张欲（又叫"自我本能"）学说，自我本能表现于"在人上的意志"，特别是生理方面有缺陷的人受这种潜力驱遣，努力向上，来弥补这种缺陷。例如贝多芬、莫扎特和舒曼都有耳病，却都成了音乐大师。

然而，大家都知道，成为音乐大师的聋人毕竟太少。成为"陈燕"的盲人则更是万里挑一。这是为什么？

我的职业是教师，忝列杏坛，常看与教育相关的大书小书。如今我只想起拿破仑与贡庞夫人的对话：

拿破仑问："传统的教育体制似乎一无是处，为了使人们受到良好的教育，我们缺少的是什么？"

"母亲。"贡庞夫人回答说。

阿婆是陈燕真正的"母亲"，是陈燕真正的教师。阿婆把教育的精髓都给了陈燕：爱。

有爱，才有方向，才有信心，才会放手，让她做自己，靠自己，独立行走。

父亲最后的坚持

对于别人来说，我的父亲已经是一个过去。

而对于我来说，不是。

老家有一个风俗，人离开了就闭口不谈。认为谈了不吉利，也免得伤心。

然而他离开得越久，我就越能回忆起他的往事，越想谈谈他的往事。在我看来，在回忆里重温过往，是对人生、对先人的一种敬意。

父亲一生几乎没有得到过别人的敬意，哪怕来自子女的。年轻的子女们都忙着为生活奔波，为未来匆匆赶路。子女自立后，父亲更显得微不足道。去世前几年，他像个年轻人一样穿着红格子衬衫，穿梭在退休老年歌舞团里，也许，恰恰是因为他的寂寞。

但他又不肯与子女同住，他向往自由，也向往物质生活的无忧无虑，向往舒适惬意，以期忘记五十多年来过度的辛劳和卑微。他一个人固执地生活在南宁的一角，这座耗费了他近二十年血汗的城市，却在他被确诊重病时，毫不犹豫地抛下了他。

他回到了故乡。

然而故乡在他离开的几十年里，已经与他生疏了。

他从来没说过孤单不适需要关注之类的话，电话里不是沉默，就是无关紧要的闲聊，或者抱怨一些鸡毛蒜皮的小事。

他明知道自己讨人厌了，却还在不断地用言行把自己拉出人群更远，更远。

最终远到不能再回来。

确实不能再回来了。

向人们讲述死亡和如何接受死亡的绘本《獾的礼物》里，獾已经很老了，老到几乎无所不知，老到知道自己快要死了。獾告诉他的朋友们，不久的某一天，他会去下面的长隧道，当这一天到来时，希望他们不要太悲伤。

那天，獾很晚才回到家，他向月亮道了声晚安，然后拉上窗帘，把寒冷的世界关在外面。他慢慢地朝深深的地下走去，那儿有温暖的火炉在等着他。他觉得自由了，好像已经脱离了他的身体。在这之前，獾担心朋友们的感受，因此留下这样的一封信："我去下面的长隧道了，再见。獾。"

所有的动物都爱獾，他们对獾都有一段特殊的回忆——他教过他们的一些事情，他们现在做得好极了。獾给每个朋友都留下了离别礼物，他们可以永远珍藏下去。

等到最后的积雪融化了的时候，动物们的悲伤也慢慢地融化了，每当提到獾的名字，说起獾的又一个故事，大家都露出了微笑。

这本绘本，我以前读了几次给大女儿听。前天晚上，她无意中从书架上抽出这本书，要我再给她读一次。

我在读绘本的时候，对女儿说，外公也去了地下的长隧道，他也给你和妈妈留下了离别礼物。而给你的最大礼物，就是妈妈。如果没有外公，就没有妈妈，外公的离别礼物多贵重啊。是不是？

五岁的女儿沉默着，我也沉默着。她点点头，目光迷离，看向远方。

父亲是在沉默中离开的，因为他早已经不能说话了，更别说唱歌。他没有像獾一样留下一封信。但后来从母亲口中得知，他留下过类似的"口信"，他对一直守在病榻的母亲说：以后你要好好过，跟子女生活。

离开后才知道他的重要，他的不可替代。因为，再也没有一个人，可以让我叫一声"爸爸"了。父亲节已经不再是我的节日。

生前贫穷渺小的他，养育出了今天的我，让我有了自己的家，自己的孩子。卑微的是我，不是他。社会习惯了用财富和地位来衡量一个人，但我们绝对不能用这样的方式来衡量父亲母亲。

父亲并没有离开，他的影子时常在。

最近是大学生毕业季，我除了要加班加点修改学生的毕业论文之外，还要写自己的论文做自己的研究。那天，累得眼睛酸痛的时候，我读到了几篇论述李青萍画富士山的文章。

李青萍是二十世纪的画家，一生穷困，在垃圾堆里捡废旧材料作画，活着的时候受尽他人的嘲弄轻视，离世之后，则成了传奇。

她的画作被拍卖，人们争相高价购买，还开了许多次她的画作艺术展和研讨会。现在，她被人称为“画坛女杰”“一代传奇”。

“传奇”两个字里就有父亲的影子。

父亲的QQ和微信呢称都叫“我是传奇”，登上舞台高歌，成为一代传奇是他的梦想，然而他的梦想已与他深埋青山。父亲四岁为孤，无依无靠，在亲戚抚养下艰难长大，东家饭西家衣，睡过牛棚，挨过批斗。及长，成婚，算是有了一个家。父亲自幼热爱歌舞，到老不减，且颇有天赋，字写得好看，人长得也不错，曾参演歌剧《刘三姐》，受乡里称扬。年轻时曾有机会到艺术团工作，但受乡干部排挤，最后去的是乡干部的亲戚。他的唱歌梦，在不明原因的棒击之下，一次次碎成粉末。及壮，为养家糊口，远走他乡谋生。生活的压力，他人的冷眼，养育儿女的重担，前途的迷茫，腹痛的折磨，使他的脾气变得越来越暴躁。

以前一到母亲节，我会写诗给母亲，投稿到电台被选录播放出来，但我从来没有在父亲节写过一字半句。我脾气与父亲相似，不假脸色，直言直语，他发脾气的时候，我也发脾气，而且我的脾气比他还要大，我以为这样就能压过他的气势，平息怒火。读大学、读研究生的时候我还经常与他吵架，双方不时拍案横眉，怒目相视，年轻倔强的我曾忿忿然嚷嚷“不入家门”。

慢慢开始觉得父亲亲切，是远离家门到上海读博士的时候。自此我漂泊在外，鲜少回家。博士一年级的寒假，我从上海飞到南宁，为省钱坐的是特价机票，到南宁机场后再坐大巴到市区，已是半夜两三点，父亲独自开着电单车赶来接我。博士毕业后我在外省工作，备课、上课、改作业、写论文、读博士后、出国访学、结婚生女。只是不觉，父亲已逐渐变老，逐渐远离。

母亲来广州帮我照顾孩子，让我能安心工作，但父亲就此独自枯守一室，他频繁出入各种退休老人的歌舞表演，还常常把表演的视频传给我，我却没空仔细看，一两句话敷衍他。他在QQ上发起视频，我也常不在线。我像个快速旋转的陀螺，在他被确诊重病的时候，戛然顿住。现在回头，唯有青山茫茫。

我对他辛酸的童年、青年时期不大清楚，是因为他从不在儿女面前诉说那些过去。关于他童年的星星点点，我是从母亲口中得知。

父亲没有成为歌星，没有成为富豪，也没有成为坐办公室的官老爷。老病的时候，他仍不服老，不听劝，一个人骑着电动摩托车飞驰在乡间小路上，天黑了也要去“指导”乡村中老年妇女跳广场舞。老了啊，也不知道讨家人的欢心和放心，病痛晚期一个星期粒米未进滴水未入，口不能言，喉不能咽，活脱脱一副骷髅，整晚在病床上用沙哑的喉音呻吟。

他不问鬼神，不求巫祝，病榻上只剩下几口气的时候，他平生第一次，也是最后一次默许母亲去求神拜佛，自己也向神灵祈祷。大家都以为他神志不清了，但是，在他离世的前两天晚上，从小与他关系就很好的一位远亲来病榻前看他——当时已经不是一般人敢走进房门来看他一眼了，也几乎没有人进来看他一眼，除了老妻和儿女。他用眼神与对方寒暄，还绅士一般举起左手挥了挥，打个招呼，对方点点头。父亲那时的举动，那平静的神态，那慢悠悠而不失礼的姿势，让我心里一惊，永难忘怀。我想起父亲曾教导我树要有皮，人要有礼。

即使日日夜夜忍受着这样非人的病痛折磨，即使整夜呻吟不止，他仍然不肯吃止痛药，即使被家人误解，被屡屡责怪，他不为自己辩解，不吃止痛药就是不吃。那时我才知道，父亲是怕药物伤害神经系统，导致意识不清。

意识的清醒，是父亲最后的坚持。清醒着，才算活着，即使肉体已朽。

“神啊，我想活着。我舍不得这个家，舍不得人间，舍不得整个世界。”

原来他是那么坚强，原来他是那么脆弱。

他辞世第二天早晨六点左右，葬礼还没举行，我站在院子的天井里像个木雕一样呆立不动，忽被一阵鸟鸣惊醒，我看到一只小鸟在淡淡的晨曦下清脆而轻快地说话。远古传说认为，人死后灵魂会化为鸟飞到自己生活过的地方，道别了，才真的离开。想到这，我微微一笑，轻轻地对着小鸟叫了声“爸爸”。

那是我最后一次叫“爸爸”。

我目送小鸟离开。天空很阔，世界真大啊，小小的父亲，可以自由高歌了。

图书馆里的字条

在日文研图书馆查资料，是一件很舒服的事。

日语的资料就不用说了，自是多不胜数。中文、韩语、法语等其他语种的资料也不少。除了纸质的资料，还有许多数据库可以免费使用。当然，世界上最新出版的书和有几百年历史的古籍，都可以在这座只有两层楼的图书馆里找到。

更方便的是，馆内没有的资料，只要给图书馆员发一封邮件，说清楚自己想要的资料的名称和收录的刊物，馆员就会马上去向最近的资料收藏地发出复印申请。资料一到，他们就会发邮件告诉我，并且问我是自己到图书馆柜台取呢，还是由他们投到大厅的信箱里。

我通常会自己到图书馆去取。从我的研究室走到图书馆，就五分钟，都在同一层楼。

另外，有了日文研的 IC 卡，即使图书馆下班的时间，我也可以自由进出。图书馆和大厅里所有的打印机，可以免费复印打印扫描。从早到晚，周末也好，节假日也好，可以随时随地去查资料、复印资料。可以说，我在日文研收获最大的，就是那一箱一箱的各种各样的研究资料。

刚开始我并不适应这么方便和自由的图书馆服务，有点不敢相信，虽然我知道有摄像头，但并不是每个角落都有。这么便利自由的图书馆服务，是真的？他们不怕资料丢失？不怕我弄坏打印机？不怕我随便拍照？不怕我在里面吃喝？我甚至还想，如果别人偷了资料，赖到我头上怎么办？如何洗刷清白？

别怪我想得太多。

虽然心存疑虑，但我还是很期待去“冒险”。当我第一次“斗胆”在馆员下班的时间里，用自己的IC卡刷一下，门“啪嗒”一声，打开了。我“疑神疑鬼”地走进图书馆，左右看看，确信里面没有其他人，我松了一口气，马上又紧张起来。在图书馆一楼的资料室走了一会儿，我就彻底放松下来了：这是真的！

从此，我爱上了在下班时间和节假日去图书馆。

偌大一个图书馆，淡黄色的灯光散落在过道和书架上。一排排木质书架，整齐地等着我去检阅，要知道，那时候我那小小的心脏，充满了激动和满足，像一个皇帝在检阅自己的部队一样。

在安静的图书馆里一点点扩散的书香，让我感觉自己成了这座图书馆的主人，也让我想起自己多年来藏在心里的一个愿望：我想建立一座这样的图书馆，可以让大家随时而自由地使用里面的资料，用于学术研究和文学创作。就像此时。

被信赖的感觉，让我晚上七八点还窝在图书馆里，饥肠辘辘已被无意忽略，只觉心里充满了力量——那完全是因为对资料的如饥似渴，使我忘却了肚子的饥饿。

我就这么贪婪地拿了一本又一本的书，恨不得一目百行。

可惜我不仅愚钝，而且眼睛高度近视。不要说一目百行了，一篇日语论文我都要看一个上午——日本学者的论文，材料丰富，论述细密，细到头发丝的地方，都可能被铺成一万多字的论文。所以，我把看不完的资料，大把大把地借出来，放到自己的研究室里。借期可以无限长——只要没人预约，我可以一直借着这些书。后来，搬了很多资料后，我发现还是在图书馆里看比较方便。所以我把资料都放在一楼的阅读台上。

可是别人会不会乱动我的资料？另外，馆员会不会收起来？

我问馆员怎样才能让我的资料原样不动地一直放在桌子上。馆员微笑地看着我，递给我一张四方形巴掌大的纸。那纸是用过的，有一面印了文字，另一面是空白的。馆员告诉我，只要我在空白的一面写上“利用中”，夹在书中即可。

这么简单？

确实是这么简单。

由于忙着研究会的发表，我隔了一个多星期才去图书馆看那堆资料，发现它们还在原来的地方，还是原来被我放得歪歪斜斜的样子。“利用中”的字条还夹在上面。

于是我更加放心。有一次，我隔了一个月左右才有时间去翻那堆书。发现它们还在老地方，还是老样子。“利用中”，还在等着我。

我有点不好意思，赶紧看完急需了解的内容，其他的都抱去复印。

复印完了的时候，我忘了把书放回书架——因为当时已经快八点了，我急着赶回去给小宝宝洗澡。那时候天气冷，我不敢耽误太久，洗澡房里没有暖气。就这样，又过了一两个星期，当我再次到图书馆去查资料和复印资料的时候，猛然发现打印机旁边那堆似曾相识的书。

书上面多了一个 A4 大小的硬纸写的字条：打印机旁的桌子是公用的，请您用完资料后放回原来的书架上。

我当下脸一红，把书一一放了回去。

后来想，如果馆员查一查摄像头，马上就能查到是我“遗弃”了那些资料在公用的打印机旁。

但他们没有查，也没有给我单独“约谈”。他们就用一张字条提醒我，耐心地等着我来处理这件事。

日本人的服务态度是世界公认的。每次进图书馆，他们都会主动打招呼问好。借书的时候，他们会恭恭敬敬地用双手把书递给你。把卡还给你的时候，他们会鞠躬用敬语说谢谢。当你说你找不到哪本书的时候，他们会马上放下手头的工作，帮你一个书架、一个书架地找。如果暂时找不到，他们会诚恐诚惶地一再致歉，说怕我久等，让我先回去做自己的事，他们会继续找，有消息了马上邮件联系，请原谅之类的话。

可是，他们没有帮我把遗忘在打印机旁的书放回去，而是用一张字条等着我来——虽然不知道我什么时候才会再来图书馆，等着我来修补自己犯的错误。

谢谢，这些字条里，满满的信任和尊重。

母亲去机场

对别人来说，去机场是一件很简单的事，不过是坐车、转车的一个过程而已。可是，对于我那从来没有单独出过远门的母亲来说，去关西机场这件事在出发前两个月，就已经成了她的心病。

她是为了帮我带孩子才来京都的。由于新冠肺炎疫情的影响，中日两国的航班大幅度减少，五月份到八月份的机票超级贵，是平时的七八倍，一张春秋航空的经济舱机票要两万多元人民币。她延长了三次签证逗留期，才终于买好票要回国，但我知道她不放心我和两个孩子。

母亲不懂日语，只会说普通话和家乡方言。她不知道怎么坐车、转车，不知道怎么办登机手续。我送她去机场的话，她又担心我不能按时赶回来接两个女儿，不能按时给她们做饭，等等。她遇事容易设想各种未知的困难，容易紧张不安。我本来比她镇定，但这件事也让我焦虑。

我焦虑的是，送了两个孩子去上学之后再送她去机场，能赶得上飞机吗？再说，如果那天孩子刚好流鼻涕不能上学，两个孩子跟着我去机场，新冠肺炎疫情还没有平息，来回六个多小时都在公交和地铁上，不仅辛苦，而且危险。

我带着两个女儿在京都的国际日本文化研究中心从事学术研究的工作。大女儿六岁多，在幼儿园上学，小女儿一岁多，在附近的保育园托管。大女儿的幼儿园比较远，每天要坐校车去，早上八点二十分出门，送她上了校车，我再步行送妹妹去保育园。到保育园后，我还要分类放好她当天在保育园里要用的擦手巾、围嘴、擦嘴巾、几套衣服、纸尿裤、布尿片、装换洗衣服的袋子和装尿片的塑料袋。收拾好这些，回到家，通常已经九点多了。

母亲的飞机是日本时间下午一点起飞。从我住的地方到关西机场，要转好几趟车，要花三个小时左右。即使打的去机场，也要花这么多时间。加上国际航班登机手续烦琐，还要过安检，提前两个小时到机场才比较放心。

于是我想到坐同一趟航班回国的一位老师，她刚好也从日文研公寓出发。我希望她能让我母亲与她同行去机场，一起办理登机手续。这样，我就可以安心在家接送孩子，给她们做饭。

我和那位女老师并不熟悉，各自的研究方向不同，平时各忙各的，没有多少说话的机会。我和她接触过几次，知道她是不喜欢麻烦的人。

但我想，和我母亲同行去机场，不是麻烦的事吧。我母亲就带一个背包装几件换洗的衣服，我给她办了一张交通卡，公车和地铁都通用，不会给同伴带来任何麻烦。

只是没料到，我还是被拒绝了。那位女老师一听到我的请求，开始顾左右而言他，几个理由噼里啪啦说下来之后，我明白了她的意思：不能与我母亲同行去机场。

我有点猝不及防，心里一急，想到母亲，也想到孩子们，我带着哀求的口吻，请她再考虑考虑，我向她保证我母亲行李很少，有交通卡，不会给她造成任何负担。她只是不懂日语，不知道怎么转车和登机。她只是需要一个会说汉语的、同行到机场的同伴而已。

我轻易不求人，知道自己没什么可以回馈。那一次，我确实有些着急了。

但那位女老师还是冷冷地转身走了。

我用了一两天，明确了一件事，母亲去关西机场的路，最好由我自己陪她走。即使背着小女儿，拉着大女儿，也要自己送母亲去机场。

每个人都有各自的想法，各自的情况，不可强求，也不能从自己的角度出发，简单地认定一件事或者判断一个人。我想，自己送母亲去机场，看着她顺利登机，我才最放心。这么想着，自己心宽多了。

我为此提前做了两种计划和方案，第一，如果那天两个女儿都能上学，那么我早上八点（比平时提前半小时）先把小女儿送到保育园，马上回来送大女儿上校车，可以赶上九点前的一趟到桂站的公车，这样就有可能赶上飞机；第二，如果那天女儿恰巧流鼻涕感冒之类的不能上学，那么我就带着她们，八点左右出发去机场。疫情期间，为安全起见，不在外面的饮食店吃东西。我带好奶粉、水、零食，还有纸尿裤，路上孩子们饿，可以暂时忍一忍。

但后来因为疫情影响，航空公司把起飞时间改成了下午五点，所以，我没办法带着孩子们去送机。因为从机场回来，太晚了。最后，幸好，在国际日本文化研究中心正在读博士的宋丹丹，善良而热情地帮我送母亲到机场，才让我母亲顺利回国了。

母亲去机场的路，经历了这么多“波折”。

其实早在付钱订机票之前两个多月，我就广发微信，问所有能想起的、住在西日本的中国人，包括留学生和访学的老师们，有谁有近期回国的打算，恳请与我母亲同行去机场。只是遗憾一直没找到合适的同伴。

为了让母亲放宽心，我经常一脸轻松地以家常的方式给她做思想工作，反反复复告诉她到了机场怎么过安检，怎么找登机口，怎么在有需要的时候请求机场工作人员的帮助——我特意让她带着我写的一张纸条，上面用日语和中文同时写着：“我不懂日语，我不知道怎么登机，请您帮帮忙。我女儿的手机号码是070＊＊＊＊＊＊＊＊。”

在我眼里，母亲就像个孩子，需要保护，需要关照。我担心她，就像她曾经担心我。

那天和女儿们一起看一本叫《妈妈不哭吗?》的绘本。故事说的是一个小女孩摔倒擦伤膝盖，大哭起来。她的妈妈温柔地一边笑着一边给她消毒和包扎。小女孩就问，妈妈你从来都不哭吗？小女孩想象了许多场景，比如妈妈从楼梯摔下来，在医院里打针等。妈妈笑着说不哭。绘本的最后，妈妈抱着小女孩说：“我生你的时候，肚子一阵阵地痛，越来越痛，痛得受不了，我没有哭。可当我看到你‘哇’的一声平安健康地降临到人间，我就忍不住哭了——我太高兴了。”

记得大女儿那时候侧着头看我，很认真地问：“妈妈，你也从来不哭吗?”

中国有句古话：“为母则刚。”但是妈妈也是凡人，有害怕和脆弱，有需要别人帮助的时候，也有哭的时候。我顿了顿，决定向女儿坦白我的脆弱。

我不怕她知道我的脆弱，我更怕她知道人与人之间的冷漠。

我看着女儿，认真地说：“妈妈也会哭，是人都会哭的，只是不会像小孩子那样哭闹，否则，我怎么照顾你们，怎么当妈妈啊?”说完，我一边笑着一边挠她痒痒，女儿就“咯咯咯”地笑了起来。

看着她的笑，我心里想：女儿啊，有一天，你会变成妈妈，我会变成孩子。

就像现在，我和我的母亲。

母亲的剩饭

已经第八天了。锅里还有一碗多的剩饭。

我皱了皱眉，已经提醒过母亲几次，不明白为什么母亲做饭还是多做那么多。刚开始也就罢了，两三天下来，一家人的饭量大概也清楚了，可为什么还有那么多剩饭？

是母亲年纪大了，忘性也跟着大了？

虽然京都的天气一直很凉爽——到七八月，白天才可以穿短袖，晚上却还是要盖毯子睡觉的——剩饭不至于变馊，而且也有冰箱。但是，总吃剩饭不好。毕竟放了一晚上，不新鲜。

我于是终于忍不住用略带责备的口吻，叫母亲少做点饭。

母亲脖子一硬，说："剩饭我来吃。"

那些剩饭，在我每天吃早餐之前，都被母亲全部吃掉。

"我不是说谁吃剩饭这个问题，是不管谁吃剩饭，都不好。以后少做点吧！"我说。母亲望向窗外。我缓和了一下语气，说："以后还是给我吃剩饭吧。"

此后还是有剩饭，还是她起得早，把剩饭先吃了。只有一两次，我抢早一点，吃了剩饭。剩饭是不好吃，即使微波炉加热了，也失去了原来的米香。

我又给母亲做了几次思想工作，叫她做饭时米量适当少一些。

对这个要求和我的责备，母亲仍然保持沉默。

有一天饭后聊家常，聊着聊着，就说到了母亲年轻时的饥荒。

母亲回忆说，她爷爷是饿死的。那个年代，每人每天只有一茶杯稀粥充饥，茶杯里几乎都是水，只有杯底有一些稀稀拉拉的米粒。但爷爷是个乐天派，每天都还笑呵呵的，一笑起来，那又长又浓的胡子就一抖一抖的。小时候爷爷带她，她常和爷爷在一起。有一天，爷爷把他那茶杯粥让给她，说小孩子不能挨饿。可是，爷爷却饿死了。

母亲的成长过程，大部分都处在吃不饱的状态。她对饥饿的印象，实在是太深，太深。即使现在衣食无忧了，她仍然不能摆脱饥饿的恐惧和记忆。

我忽然想起，父亲的父母，也就是我那从来没见过面的爷爷奶奶，在父亲四岁那年，也是因为饥饿先后死了。

恍惚中，我听到母亲叹了一口气。自言自语地说，我总是担心吃不饱，要多一点，再多一点。结果每次盖上锅盖前，都忍不住多放一些米。

从此我不再提醒和要求母亲煮饭时少放一些米了。

我去超市买菜，虽然家里还有两袋米，但我还是又买了一袋回去放着。我家橱柜里，习惯多囤一些米。

这样，我的心，稍微安乐一些。

京都流浪猫

说是流浪猫，别把她想象成脏兮兮瘦巴巴的可怜样。

第一次见到这只猫，我并不以为她是一只流浪猫。她蹲在日文研公寓院子的围墙上，半眯着眼，作为先于我们生活在京都的猫，她略带地主式的傲慢，打量着玻璃门里面陌生的人。

她的毛大部分是雪白的，只有后背和耳朵上有一丛灰黑色的毛。这只猫浑身没有一点泥巴、杂草，体态显胖，看起来颇有雍容华贵之感。

刚开始，她不屑于吃我们家的饭。附近的居民经常给她好吃的，住我们隔壁的美国教授还特意买了一个精致的碟子，专门用来喂她。我们好多次看到她在隔壁院子墙头上慢条斯理地嚼着碗里的猫食。冬天的时候，还能看到她在隔壁的室外暖气挂机上睡懒觉。

她睡觉的样子很可爱，浑身缩成一个长条的毛团，小小的猫头枕着一只猫手，露出一只耳朵来，放心地闭着眼睛，酣睡的样子像母亲怀里的婴儿，不知道担心和害怕。我和孩子们曾经尝试靠近她，她也没有醒来。再近一点，她就会稍微睁开一只眼睛，我和孩子们都不敢动了，怕惊扰这位“小地主”。

她继续睡，睡醒了，就慢腾腾地伸个懒腰，然后继续趴在暖气机上打盹。快到中午，等美国教授把她的午餐放在墙头上，她才跳起来吃东西。吃完了，再伸个懒腰，就不知道跑到哪里玩去了。

我家两个女儿很欢迎她来家里“做客”，姐妹俩曾经打开门，摆好零食，坐在沙发上满怀期待地等着猫进来。可是猫没有动，等她在墙头睡饱了午觉，晒够了太阳，她就又跳到外面去玩了。

这只流浪猫过得逍遥自在，她喜欢流浪，不喜欢被圈养。她不从属于任何家庭或者任何人。这里有人给吃的，她喜欢，就吃。这里没人给吃的，她就到别的地方去，总有人给她好吃的。从她圆圆的肚皮就可以知道这一点。

孩子们喜欢小动物，虽然猫拒绝到家里“做客”，姐妹俩还是坚持用她们的零食来向猫表示友好。有一次糖糖看到墙头上晒着太阳的猫，就把她喜欢的饼干扔出去给猫分享。可是猫连眼皮都不抬一下。又有一次，老妈以为猫肚子饿——她在院子里的时间比平时长——就给猫一点肉汤泡饭，结果猫只把饭里的肉末吃了，饭没有动，而且并不是所有的肉她都吃。她是一只挑食的猫。

由于一直以来享受着高级的肉食，即使有老鼠出现，我怀疑，这只流浪猫也不会动一下嘴巴的。

2020 年 3 月开始，日本的新冠肺炎疫情紧张起来，4 月初进入了紧急事态。隔壁的美国教授在 3 月中下旬，就搬离了日文研公寓。

疫情影响，经济滑坡，许多家庭收入减少，“自肃”在家，不用去上班的夫妻们，天天面对面，多了许多争吵和烦躁，精神压力也徒然增加。由于出现了动物被传染和传染新冠肺炎的案例，许多猫呀狗呀也和人一样，在疫情期间，陷入了前所未有的困境。

在疫情期间，我和其他人一样，陷入高度紧张状态。天天关注疫情的报道，没顾得上那只猫。

事实上那只猫也有一两个月没有出现。

在我们几乎忘了她的时候，她突然又出现在院子里。眼睛看起来更大了，她明显瘦了一圈，毛色没有以前那么光泽靓丽，虽然仍然干净，但显得有些凌乱。她蹲在墙下，很警惕地望着我家的玻璃门。

糖糖、好好首先发现了流浪猫，她们马上放下手里的玩具，隔着玻璃门，高兴地对猫说话。

猫还保持着半蹲的姿势，警惕地看着玻璃门。迟迟不走。

我们才想到，猫可能是饿了。

于是给她张罗吃的。那天没有买鱼，就打算把昨晚吃剩的一点鸡肉给她。

玻璃门一打开，猫就闪电一样跳到墙外。

我们还是把肉放在了地上，看她会不会回来吃。

我们一回到屋里，关上玻璃门，猫就又出现了。她靠着嗅觉靠近食物，停了一会，看一看玻璃门这边，才开始吃。

她才吃一口，就抬起头来看看前后左右，确信安全后，她就又低下头，开始加快吃的速度。

那些肉她很快就吃完了。吃完后她马上跑出院子，不见了踪影。

此后，流浪猫来得越来越频繁。现在每天早中晚，她都来觅食。我去买菜，也习惯为了她，多买一点肉，也偏向于多买鱼。

猫慢慢放松了警惕，有一天早上，孩子们还没起床，老妈开着门通风，自己在屋里收拾东西。一出来，才发现猫不知何时进到屋里，蹲在桌子底下了。

有时候夜深了，猫也会过来，久久地贴着玻璃门，面向屋里。打开门，她就缩到门边，已经不害怕了。给她饼干和奶油面包，她也吃了。

有一次糖糖和好好要给猫做一个睡觉的纸盒房子。还没做好，猫就走了。第二天早上吃饭的时候，她才又来。

新冠肺炎疫情席卷全球，人类和动物的未来都变得不确定。

当猫在困境中，我很高兴能帮帮她，一起渡过难关。我突然想，当人类处于困境，有什么会愿意，并且能够帮帮人类呢?

同是流浪在地球上的动物。

我看着猫，猫也看着我。

夜深了，世界真安静。

日文研游乐场

把日文研说成游乐场，人们可能觉得我是在开国际玩笑。

日文研是什么？用这里的博士留学生的话说，日文研相当于中国社科院。它是国立大学法人综合研究大学院大学的国际日本文化研究专业所在地。综合研究大学院大学于1988年设立，简称总研大，本部在神奈川三浦郡叶山町湘南国际村，由多个国家级的研究机构来组成，是日本第一所只招收博士生的研究型的国立大学。有文史和理工科专业，文科由日文研和国立民族学博物馆、国立历史民俗博物馆和国文学资料馆共同组成，理工科则由多个位于世界先进水平的研究所构成，如分子科学研究所、国立天文台、国立遗传学研究所和宇宙科学研究所等10个研究机构。

日文研被海内外的学者称为“研究者的天堂”，研究员在这里不仅可以自由从事自己的学术研究，而且可以足不出户，通过图书馆文献传递申请就可以获得来自海内外的研究资料。周末和节假日，只要有IC卡，就能自由进出图书馆和研究室，自由使用这里的所有打印复印设备，还有装订书籍的各种机器，B5、A4、A3等各种大小的打印纸免费使用，而且还有不同颜色的专门用来装订封面的硬皮纸，也是免费用的。各式订书机、各种规格的信封、印着日文研标签的行格稿纸，都可以自由免费使用。

另外，平时日文研每周都有大大小小的研究会，除了日本的大学和日文研的学者之外，还有不少来自世界各地一流大学的知名学者来分享他们最新的研究成果。一般市民不需报名和缴费，都可以来听学者们的讨论和发表，也可以自由提问、提意见。

日文研依山而建，绿树环绕，鸟啭莺啼，百花争艳，让人疑为度假胜地。研究所里环抱着三个大草坪，图书馆正面和左边各有一个方形大草坪，会客厅和研究栋之间有一个圆形大草坪。所里的走廊回环曲折，图书馆外面是一个和式回廊，两边是纸拉门，有靠着地面的小方格玻璃窗，光线充足，还能看到外面的草坪。

从研究所的正门进来，是一个大广场。广场周围遍植花草，广场中间有一个很大的太阳图案，用区别于广场颜色的大理石在入口处铺成一个不规则的半圆，几束阳光从半圆处一直延伸到研究所的大门和柱子。

研究所里的环境被布置得像一个大型的书斋，整洁优雅。会客厅里摆放着日文研发行的各种学术期刊，研究员的著述。茶几上有饼干糖果，可自由取食，还有瓶装鲜花，每隔几天换一次，一进门，淡淡的香味就会迎面而来。几组舒适的沙发，同时可供二三十人入座。会客厅旁边是咖啡室（茶水间）和吸烟室。和式拉门，宽屏电视，两位彬彬有礼的前台接待女士，还有通过玻璃门透进来草坪的绿色的柔和的光，无不让人觉得这确实是研究者的天堂。

这样一个研究所，怎么会是游乐场？

自从出现新冠肺炎疫情以来，日本整个地紧张起来。为了防止感染，日文研隔三岔五发布一次预防措施和特别提醒。研究会陆续被取消，工作人员和研究员的上班时间也错开交通高峰，调整为一周到研究所上班两三天，上班时间也大大缩短，从早上 10 点到下午 3 点半。

同样是因为疫情，孩子们长期休假在家，除了早晚外出散散步，她们没有别的娱乐。不少公园为避免儿童集中在一起造成相互传染的危险，给公园里的滑滑梯等儿童游乐设施都贴了封条，禁止使用。

孩子放假久了，坐不住，就吵着要和我一起来研究所。从公寓走路到我的研究室，不用 5 分钟，因为研究室是我自己专用的，所以在疫情期间，我也坚持每天都来研究所工作。这时候的研究所显得格外宽敞，很少人到研究所来上班，我不用经常鞠躬行礼问好，感觉更加自由自在。

刚开始我并不同意孩子们跟来。后来经不起她们的哭闹，同时也觉得疫情让她们长期休假确实太可怜。所以，我就在工作人员下班之后和周末、节假日把她们带到研究所来。

她们先是对我研究室里带轮子的可以 360 度灵活转动的椅子感兴趣，糖糖先爬上去，扶着高高的靠背放声歌唱，一岁多的好好也跟着爬上去，“咿咿呀呀”地跟着唱。随着她们身体的晃动，椅子也跟着转，她们高兴得两眼发光。

当她们发现椅子可以像车子一样推着走的时候，她们要我推着她们在研究室里转了十几个来回，我累得汗流浃背，可她们还是很高兴，不想停下来。

等她们终于从椅子上下来的时候，她们却开始光着脚在研究室里蹦蹦跳跳，用她们的小脚丫感受着大理石地板，在炎热的夏天里，大理石凉快的感觉让她们笑得合不拢嘴。

来的次数多了，她们胆子也大了起来。研究所里铺满地毯，光着脚踩上去很舒服，那些弯弯曲曲的回廊也比较适合追逐赛跑捉迷藏，糖糖和好好无所忌惮地在研究所里撒开小腿跑起来。在会客厅，她们时而绕着沙发跑，时而在沙发上边跳边唱，时而在沙发和地毯上笑哈哈地打滚。茶几上的鲜花和精致的小玩偶、天花板上挂着的展翅飞翔的木质天鹅，让她们发出连连的惊叹。

我看着她们的笑脸，疫情期间长期堆积在心里的紧张、疲劳和恐惧，也一下子消散了。

我羡慕她们的快乐，她们的快乐不需要模式，没有附加条件，也没有障碍。我也羡慕她们的不知畏惧，不懂拘束。

这么一个研究所，到了孩子们的世界里，不是游乐场，又是什么呢？她们只负责“研究”怎么玩才高兴。

是啊，有什么比发自内心的快乐更重要？

两个孩子还小，她们还不知道怎么说“乐观”这个词，但她们却远远地早于我，理解了乐观的真正含义。

秋天的功课

九月初，京都的天空蓝得不见一丝褶皱。连白云都知趣地躲起来，天空除了蓝，还是蓝，没有其他颜色。

每天下午，阳光斜斜地穿过树叶的间隙，闪烁出一条条彩色的光线时，荒木老师的课就开始了。

从去年九月到今年九月，国际日本文化研究中心的荒木浩教授的课一直在慢条斯理地进行着，他研究《源氏物语》和说话文学，课堂的话题却并不限于《源氏物语》，多是中世纪文学。他也从事过《徒然草》《今昔物语集》等的研究，出版过《说话集的构想与意匠——今昔物语集的成立与前后》（勉诚出版，2012）、《源氏物语就这样诞生了》（笠间书院，2014）、《通向徒然草的路——中世人的心灵与语言》（勉诚出版，2016）等。每次上课前，他准备好课堂材料，当场发给我们。其中有不少最新的世界学术论坛的发表动态。他是日本学术圈里的知名教授，《京都新闻》定期连载《文游回廊》，发表他的研究心得。

荒木老师的课，没办法预习，只能在课堂上认真听，紧紧跟着老师的思维和步伐，看着手中的材料，才知道他想传达的意思。有时候他会把课堂交给两位博士生，或者我们这些研究员，有时候又是大家在一起闲聊学术界的研究动向和逸闻。

我清楚地记得，刚见到荒木老师，是在2019年初秋，我刚到研究所办理入职手续和日文研公寓的入住手续等。中午，他特地抽出时间来，请我到日文研里的饭店吃了一顿午饭。那是我第一次，也是我离开日文研前唯一一次和荒木老师一起吃饭。

荒木老师个子很高，略显瘦削，他戴着眼镜，镜框里带着血丝的眼睛透露出一丝疲倦——工作太多了，他除了是日文研的专任教授之外，还是日文研的副所长。他不像别的日本教授一样，对于刚认识的人，哪怕是年轻人，鞠躬行礼使用敬语，或者迂回委婉地说一些无关紧要的话。荒木老师没有过多的客套，他一边吃饭，一边简单地问了几个关于我的研究的问题。当时我很紧张，一边吃饭，一边结结巴巴地用并不流利的口语回答着他的问话。他见状，稍微放慢了语速，很认真地看着我的眼睛问我需要什么帮助。

我说我想看很多很多的资料，希望多参加一些研究会，多认识一些学者，多了解日本文学的研究动态。荒木老师就笑了，说，那你来日文研是找对地方了。在日文研有很多资料，也有很多研究会，还可以认识来自各个国家的学者。

席间，我把准备好的一瓶酒送给他，作为见面礼。要不是荒木老师，我来不了日文研，日文研的研究员，几乎都是来自清华、北大、剑桥、哈佛、耶鲁等校的知名学者。之前，我和他并不认识，也没有一封介绍信，但他毫不介意我的年轻无知与默默无闻，看了我的信和简历之后，同意接受我的求职。我对他的感激，不是一瓶酒能表达的。荒木老师来北京讲学多次，会说一点汉语，虽然发音不是很清晰，但他还是用普通话读出了包装盒上的字："茅台"。

深秋季节，我家人从广东来，顺带给他捎了一瓶"天之蓝"。我送给他的时候，他非常严肃地拒绝了。他认真地看着我说："我知道你想感谢我，但我们是同事，不必如此。你不要再送东西给我，我不能收。"此后，除了我出版的著作之外，我再也没敢送给他任何东西。

虽然同在一个研究所里，但除了上课的时间，我很少见到荒木老师。偶尔见到了，他也是脚步匆匆，手里拿着文件，低着头想着什么，我打招呼的声音要是小一点，他都听不到。课堂之外的荒木老师，很少有笑容，大家都觉得他是一位比较严肃的教授。

他对学术非常认真，他的博士生或者研究员一发表完，他就毫不客气地直接来一连串批评意见。由于研究计划和论文中诸多用语问题，还有材料使用不够严谨，解读不够仔细，我在课上和课下，都受过他的严厉批评。在日文研论坛登台发表之前，荒木老师特地在他的紧张的课堂时间里挪出一个小时左右，让我练习，直接而犀利地提出各种修改意见。如果不是他的意见，我的论坛发表可能会错漏百出，贻笑大方。

有一段时间，因为他直接而锋利的批评，我一直躲着不敢见他。要是远远听到他的声音，我赶紧绕路走。无意中碰到了，我向他行礼问好的时候，也是低着头，不敢看他。

但除了荒木老师，我在京都并不认识别的教授。为了翻刻《富士人穴草子》和《佐用姬望夫石》这两本假名小说，我只好硬着头皮去找他。他听了之后点点头，说这些江户草书解读起来非常慢，要花一段时间，他说会交代他的博士生石原知明帮我。但荒木老师太忙了，一忙，就过了一个月左右。

有一天上课，老师一直在充满激情地讲课，快下课的时候，他突然间顿住，略带歉意地看过来，然后转过头去对他的博士生石原知明说："你抽点时间，和李老师，还有大家一起认读江户草书，拜托了。"石原点点头，一下课就要了大家的联系邮箱，安排时间，准备学习的资料。荒木老师的另一位博士生虞雪健也热心地帮着教我们这些外国人研究员，每次上课，他都提前到。

一个多月下来，我基本能读懂江户草书了。困扰多年的文字问题得到解决，我心里别提有多高兴了，这下，那浩如烟海的用江户草书写成的未被开发的资料，就可以为我的研究所用了！

不知不觉过了一年，又到秋天。阳光斜斜地穿过树叶之间的缝隙，闪烁出一条条彩色的光线时，荒木老师的课又开始了。他一如既往地用洪亮而又爽朗的声音，充满激情地讲课。我还是默默地低着头，一边听一边做笔记。忽然，老师顿了顿，换了个话题，把我最新出版的《富士山汉诗研究》拿出来给大家传阅，并让我介绍一下这本书的内容和写作。我一愣，事先没有准备，我稳了稳心态，开始介绍。

可能看出了我的紧张，荒木老师和在座的博士生、研究员一边认真听，一边向我投来肯定与鼓励的目光。

我心里慢慢放松，一边介绍，一边看着荒木老师的表情。从窗户透进来的一缕阳光落在老师的脸上，他的微笑，带着温暖。

我知道，时间会一点点往前推移，秋天会一点点成熟。

秋天的功课，还在继续。

京都的童年

2019 年 8 月，我到日文研工作的时候，跟我一起“漂泊”到京都生活的大女儿才 5 岁多，小女儿才 10 个多月。

作为研究员，我的工作虽然比较自由，但是研究任务并不轻，所以我每天从早到晚，脑子里想的都是论文、研究会、论文、研究会。只要有空，我都在研究室和图书馆里忙来忙去。我觉得自己是幸运的人，工作和爱好同为一体，工作起来从不觉得疲惫或者无聊。虽然大学的教研工作不是赚钱的活儿，但能够养家糊口，我也满足了。

我工作起来比较专注和投入，如果不是因为要带孩子，不得不“放假”，周末和节假日，我也会去研究室和图书馆。这是我从读博士开始就养成的习惯：每周只给自己一天时间，离开研究资料和图书馆，去外面的名胜古迹走走，其实也是顺便做调查。

这样的我，比较自私，为了自己的爱好和工作，我没有时间去交朋结友，还要常常牺牲孩子们的游玩时间，也牺牲我妈妈的周末——她周末也不得不给我带孩子。孩子们的“游乐场”，就是我的研究室，她们的娱乐，就是在旁边陪我读读写写，或者画画。有时候还要忍受我大声的吼叫：“安静点！”

我不太记得我的童年，那个年代父母竭尽全力，还只是勉强糊口。我的童年没有什么娱乐，只有阁楼上沾满灰尘的故事书，和外公戴着老花镜每天都在读的武侠小说。印象中第一次去游乐场坐过山车，已经是初中时班级组织的集体秋游。也许因为这个原因，我喜欢在屋里读书，不喜欢在外面玩耍。加上我自己从来没有过学开车的想法和动力，所以没有驾照，没有车出门也不方便。

这样就委屈了我的两个女儿。2020 年 3 月开始，日本也发生了新冠肺炎疫情，学校停课，孩子们连续三个多月都放假在家，除了偶尔在附近绿道和公园散散步，我连超市都不让她们去。等疫情终于平息一些，大家也都习以为常，纷纷出门活动的时候，我也觉得要带孩子们去逛逛了。

但是，远的地方去不了，我不会开车。疫情还没有真正结束，为安全起见，公共交通尽量不用，人多的地方不去，空气流通不好的室内不去，这样一通减法下来，孩子们能去的，还是附近的公园。

8 月入夏后，京都也热起来了。去附近的公园，孩子们不仅腻了，又因为天气热，杂草长高，蚊虫多，不好受，所以不得不考虑换新的地方。我带她们去过岚山、动物园、平安神宫和京都御苑。来回坐车特别不方便，一路上背着奶粉、水、纸尿裤……几乎一路都要背着或抱着小女儿，大部分时间靠步行，大家都又热又累，两个孩子轮流着不是哭就是闹，我妈妈也烦躁起来，抱怨我不该带她们出来玩，自己受累。累弯了腰的我，吃力不讨好，一气之下，恶狠狠地宣布不带她们出远门玩了。

让孩子们再次得到出门玩耍的机会的，是陈艳。

有一天，和大女儿同班的另一个中国小女孩的妈妈陈艳，就是疫情紧张时期送我们口罩的那位四川籍的妈妈，提议说带孩子们一起去小河边玩水。她一家是 2019 年 10 月才从大阪搬到京都住的。她女儿比我大女儿晚一个月转到洛西花园幼儿园上学。

炎炎夏日，在小河边玩水。孩子们高兴极了，恨不得马上就去。但是去那条合适小朋友玩水的，很浅的又很干净的小河，我们要坐公车 20 分钟，往返要在公车上 40 分钟，小女儿还小，她是不戴口罩的，我很犹豫。

陈艳直爽地说：“我叫老公开车去接你们。外婆和妹妹也可以一起去。”

她早就约过我带孩子们一起去玩，说小朋友们在一起会比较开心。可是我怕小女儿哭闹给他们添麻烦，一直不敢答应。这次，再拒绝不仅不礼貌，而且会辜负孩子们好端端一个假期，我心里虽然不好意思，但确实很高兴很期待。就这样半推半就地答应了。

那天两个女儿玩得很开心很尽兴，一直玩到晚上九点多。她们在河里打水仗，在河边放烟花，铺着垫子吃汉堡、米饭、零食。连我那不爱出门的妈妈都高高兴兴，脸上一直挂着笑。回家的时候，陈艳家就在小河附近，走路不用 10 分钟，但为了送我们，他们特地开车过来，送我们到家后，才回家。

此后，陈艳又主动约了我几次，每次都是他们开车来到门前接送。为了照顾我的面子，陈艳说她就喜欢坐车去兜风，多亏了我们，她才有理由叫她先生多开车出来活动。她先生是山东人，话不多，却很会照顾小孩子，跟在孩子们后面帮忙提东西、买水，随时准备着为孩子们服务。两个小女孩很喜欢对他“指手画脚”，“命令”他，他总是笑着“服从命令”。

2020 年 9 月初，我们一起去岚山上的儿童游乐场。孩子们坐过山车、碰碰车，跳蹦蹦床，然后一起去坐船，喂鸭子，坐车绕着山间公路看风景……我大女儿有时候会发小脾气，吃饭的时候挑来挑去，他们也耐心而又宽容地在一旁等着，微微笑着，一一介绍着各种好吃的。

我曾经担心，我的两个女儿在京都无亲无故，会比较寂寞，又有一个工作狂的自私妈妈，她们的童年会比较暗淡，但是，认识了陈艳一家，她们在京都也有了亲人，也有了无话不说的同龄小朋友。

她们在京都的童年啊，因此变得绚烂多彩。

【诗】

东京草，月光鞋

住在东京，喜欢散步，
你总爱停下来，伸出手，
摸摸路边跳跃的绿。
风穿过指缝，
送你一片清凉。

树与树，
发出甜脆的笑声。
一串串，
挂在铜铃花上。
一岁的你，
在侧耳倾听。

你还不会说
人类的话，
可你听懂了大自然
所有的语言。

乘着月光的滑滑梯，
妈妈给你穿鞋的时候，
你也给这些树

穿上鞋。
我们绕着东京，
把风景种下。

明天太阳出来的时候，
就开花。

春天远望，并题小竹向原早梅

看着你
春天
今天有雨

可我
没有伞
可以挡住所有风雨
那就
把潮湿
全部收入我眼里

你的晴朗
是　我的远望

东京深秋一瞥

东京的秋，
又深了一寸。
叶子翻了个身，
秋天才动一动。
你看这黄的、红的、绿的
都在盛开。
太阳的颜料，
不小心，
被风打翻了。

你离开，带一片云

你离开，带一片云
云里满满的空白，满满的墨
写下一路
缓慢的脚印
8 月 30 日　东京　雨

折叠伞
折叠了三十年的雨水
你摔了一路
秋天的凉 成熟的凉
从小竹向原到成田机场
你看到 草
一直在生长

天涯何处
抖一抖陈旧的夹克
满眼里都是
你我的
风尘

奔月

嫦娥不流泪

说起月亮的时候
总有光从眼睛溢出
一泻千里
而千里之外呢?

今晚也不例外
光溢出眼眶的时候
化作脆薄的白纱
而冬天的人们
把自己层层包裹
人类和月亮的肌肤之亲
是遥远的传说

听说嫦娥每隔一段时间
就摸一摸心房
那是一颗人类的心脏
是神仙身上唯一脆弱的地方
她摸上去的时候
发现心脏
总是那样白

那样圆
那样松软

揽镜一照
就成了
人间十五的月亮

写月

夜，月色美亮，足以照见人间的心灵——题记

穿过秋天的苹果
我看到你
被虫子洞穿的心事
陈旧的血染红你
断断续续的句子
秋天了
你还像春天那样脆弱
多病的骨头
怎么承载锋利
温柔的十二月
雪堆砌肌肤
瘦瘦的风
是仅存的发
而那无声的纤纤素手
将塑造你
另一幅躯壳

花语

剑兰。
以花入水，
慢火熬。
三十年光阴，
凉了一半，热了一半。

入口，
如剑在喉，
利落而又干净。切不可
哽咽。
不留文字，不着痕迹。

再饮一壶。
何妨？
裂了杯，碎了瓶。
剑起，影落，
水，无言。
散发，扁舟。
归去，
纳兰于野。

五月·母亲节

五月是最丰厚的时节。

母亲不关心我的诗歌和头衔，
她关心粮食、蔬菜
和子孙的心情。
接过孙女捧来的花，
她笑得，比花羞涩。

花开了，重重叠叠二十瓣；
而她已经打开
五十九瓣。
每一瓣，
都是一个独立王国。

而她不是王，
王，是她的丈夫、子女、孙。
她只是一个园丁，
一会儿伺候这花，
一会儿看看阳台上种的芋藤，
是不是延伸着
她的心愿：
丰衣足食，岁月静好。

五月是最丰厚的时节。
她说，这芋头长出来，
足够一家人吃，
还可以请客。

那自豪，如母亲节的康乃馨，
抬着头，
抬着粉红的笑靥。

母亲

我出门的那天下着雨
母亲的眼里
有些潮湿
春天了
她决意要把我
滋润成
第一棵破土的植物
要我在远方
开花 结果

母亲的目光
和这个季节的雨一样绵绵
不绝
我不敢多回头
怕雨太大了会打湿
两张说好要欢笑的脸

母亲相信
笑能带来福气
所以她一直
笑着
即使生活暴雨淋漓
她仍能撒出
一捧 又一捧
响亮的阳光

晨起速写

一朵向日葵开在脸上
太阳低下头
要在早晨
吻跳跃的睫毛

蝴蝶打开春天
引领花朵
跃过铁栅栏
童心没有围墙

把梦境裁成纱裙
阳光转几圈
停在含笑的眸上
酒窝荡漾着
昨夜的星光

银耳煮青椒——晚餐诗

银耳的白，
胜过十六岁的信笺。
不立文字，
只开花。
清水里开，
油锅里开。
花还是花，白还是白。
谁能无视烟火？

拒绝冰糖的甜，
青椒切片，入锅。
把油盐酱醋吸入肺腑。
青青白白，食欲在你我之间。
生活还有青椒的青，
青椒的辣。
谁能不交出泪水？
拌这人间食粮！

命名

你的小名里
有一个“米”字
妈妈希望你 米面果腹
不致为五斗米
折了　靖节的腰
东晋的五棵柳
至今拴着一根傲骨
第六棵柳
树在桃花源的入口
你进得去
也要出得来

你的小名里
有一个“唐”字
唐朝的少陵草堂　太白酒肆
白香山　五花马
余韵悠长的方块字
可以筑一座城
开许多门
看世界　繁华或孤寂
你要写一首富庶的诗
吐纳自如
拓宽天与地

听《夜的钢琴曲五》

在夜色里
投一块石头
要轻
涟漪刚好荡漾心弦
悠然回首
恰恰云淡风轻

爱恨都随风
风举步 风无声
唯有心跳
在弹奏钢琴
谁在听 谁在低语
叶在树上坐禅

在夜色里
投一块石头
要轻
月光不起波纹
影子以弯弓之势
飞进心灵

听钢琴曲《出埃及记》

夜铺开
凿出十字
摩西用手杖延伸
上帝的旨意

在星空之上
大海之中
茅舍或皇宫
慈父拉起为奴的子民

出埃及
出埃及
去追问 去追寻
上帝 有怎样的面容

有光 有云 有火
有巨石于西奈山上
唯独不见眉与目
慈父　爱怎么立约

给文字一双翅膀
不要去形容
这无边
无穷

听蟋蟀

时光被童声拉回
两三岁
蟋蟀在草丛里
响亮地摆弄秒针
从《诗经》漏出来的
叹息
被广场舞《荷塘月色》弹飞
季节不知何时
遗失分针
蟋蟀群起而歌
谁分得清
哪首歌三十岁
哪首歌三岁
青草听得越发朦胧
——夜未央
影子已朝着灯的方向
提交履历
人类路过蟋蟀
忘了停一停
听一听
忘了把时钟
拨到童年

寸简

不问音讯许久。
你留在阳台的背影，
至今烙在夏日午后。

阳光翻动，
信笺在方寸之间，
掀起一角
乡愁。

想象，
言语拥挤，争先恐后。
不用英语、日语，
就用汉语吧。
端端正正，一横一竖，
像玻璃，像裹着遮羞布的
咖啡桌。
来，坐在对面。
翘起鞋尖，竖，弯，钩。

一亿光年之后。

南大的秋

秋天以蝴蝶的舞步
晃动树叶
纷纷 如云

路在蝉声里追问
一滴水 怎样
停泊蓝天

叶比风慢些
树抬头
影落江南

我的书，是给你的信

我的书，
是给你的信。
信手写来的，
是没有地址的纪念。

外公，
这么多年，人们从不过问：
山的那边，
是否草绿树青，
泥土松软，
有你的脚印？

骑鹿归去吧，
天涯何处。
你酌一杯酒，
烧一支烟。
十年时光随烟云远去，
远在无何有之乡。

我从不点明主旨，
并隐去你的名字，留给
神灵呼唤。

高一声，低一声，
山上山下，
关于生死，关于人类，
关于烟，关于酒，
关于一滴滴阳光，以及
你的出走。

浣溪纱——回想彩石溪

十根手指梳着风
水把影子洗了
一年又
一年
每洗一次
就瘦一点　就薄一点

她把那条叫不出名字的小溪
洗成彩虹
自己却淡得
水天一色

走来走去的人
都只看到
除了流动的水
还是
水

夏日乱笔

现在是夏天
绿色浮现
如疲倦午后的阳光
薄薄披在身上
如不灭的思
绪
乱 而且灼热
这个季节的主旋律
十指失去节奏
扯发如扯心
摸起来
混乱 漆黑
长长短短
路
曲折

水中央——给荷一样的女子

拿去，
我不要这鲜花的冠，
我知道，
鲜花之下的荆棘与暗流，
才是生活。

离远些，
再远一些，
择水而居，在水中央，
你不要造船来访，
我习惯，
从倒影看人间。

众花喧闹，
有水波抚平。
心情，
一浪高过一浪。
我从水中来，
离人千里。

以叶为岛，
这一瓣，那一瓣，
都是，都是，
一个，一个，
孤独的瑶台。

遇到一棵树

我是
某一棵树上的李
花
你看到的
春天从来不短暂
风、霜、雨
通常还有薄薄的雪
一层，一层
是壳，是瓣
细看来
是许多表情

然后阳光会响亮地鞭打
这片雪，这片花
这样的白

留下影，留下痕
带着伤，带着缓慢的
变色

影子撞到树上
我看到
陌生的她们
在拥抱

母亲的京都

作为一个乡下人
她每天都按时洗碗
早，中，晚
水流过她的老茧
与柴米油盐计较多年
她始终没算出
怎样在六十三岁的牙缝里
挤出一万日元
去京都的美容室
染一染白出眉梢的稀发

一棵白菜被她洗了很多次
洗白菜和洗外孙女的布尿片一样
是一项庄重的任务
就像地板每天早上被她
虔诚地拖来拖去
她的心里
容不下半个污点
她的时间 几乎都用在
如何擦拭污渍上

干净的白发

在我眼里晃动
京都的阳光
在树叶里捉迷藏
那么多条光线
点亮了
母亲的眼

说起父亲

母亲和我说起
父亲的时候
已经是下午两点
我刚吃了午饭
想起父亲临终前半个月
粒米不进
我的胃一下子
重得
让我蹲下身来

京都的七月
几乎每天都下雨
院子里的积水
映出天空灰而低的脸

山和山没有什么不同
只是隔着一片咸咸的海
我们在这座山生活
父亲，在那座山生活

雨，隔海奔来
故乡的方言

凉而快
说个不停

老弟来信说
父亲酿的青梅酒
越发好喝了
那是他病重时酿的
他明知道自己不能喝酒
还是默默地酿了
一坛、两坛……
他没有留下一句
关于这些酒的话
他一直不善于
表达爱意
他是一家之主
习惯了距离和威严

父亲离开快两年了
那些酒
多了风雨的味道
把生活酿进去
酒杯映出青山的轮廓
映出弯弯的
眉目

京都玄米茶

米在故乡的锅里
辗转反侧
把一封短信
熬成焦黄的香
兑水喝下的
主要是绿色的时光

米在水里翻滚
没有说出
一个完整的句子

感叹号已失踪多年
起伏的山脉
模拟着省略号的矜持
京都的山城本色
在清晨
漏出流泻千里的绿

周末，京都大雨
和水饮尽这绿意
玄米还在酝酿
香味

一个异乡人的饥渴
在图书馆刊刻成汉字和假名
记载在
西京之洛西

写给好好姑娘

京都的风
吹起十月的衣裳
八月的炙热
还留在掌心
纹路里有古都的痕迹

我知道
世界很大
但我只要你的掌心
伸给我
十月的太阳停在上面

好好姑娘
你小小的手掌啊
在京都
托起了
妈妈的脊梁

好好的酒窝

每次去保育园接你
就像接一场盛宴
我醉在你的酒窝里
你弯弯的笑眼
把京都的山
京都的月
连成故乡的模样

你在哪里，家就在哪里

我拉着你的小手
过马路
一起，回家
路灯把你的影子
一串串，印在我心上
让我心里
充满——光辉

附　录

论海南黎族文化在旅游汉语教学中的应用①

摘要：黎族被认为是海南的先住民，历史悠久，分布面积广，黎族的民俗、建筑、歌舞、服饰等文化都深深融入了海南的整体文化中，成为具有代表性的海南文化。在海南国际旅游岛、国际教育岛和自贸港建设的大背景下，立足海南，编订一套突出海南文化和旅游特色的汉语教材，并推广使用。其中，黎族文化是重要的内容。实际教学时，以生为本，以海南黎族文化为根，面向来自国外的本科留学生，结合课堂学习和课外文化考察，采用多媒体教学和青年骨干教师团队合作的方法，并借助翻转课堂、角色扮演等课堂活动，灵活使用视频、音频、字词卡片、黎族服饰和工艺品等资源进行教学。以海南文化为窗口，传播中国文化，教授汉语，促进自贸港与国际接轨，促进汉语成为国际化的语言。

关键词：黎族；文化；旅游；汉语；教学

旅游汉语是指二十一世纪初纳入对外汉语教学课程体系的一门课程，是汉语国际教育（留学生本科）的一门专业拓展课，以外国留学生为教学对象，围绕旅游所产生的食、住、行、景点和文化等进行汉语的教学。对外汉语教学关乎经济发展、国家形象塑造和中华文化传播，汉语国际化也是国家新汉学计划的重要内容，海南文化是中华文化的一部分，开设海南文化特色的旅游汉语课程，使用突出海南国际旅游岛文化的教材，显得尤其必要和重要。为此，笔者牵头申报了一项体现海南文化特色的旅游汉语教材，并获立项省

① 本文是海南师范大学课程思政示范课程“中国文化概论”（海师教函〔2021〕136号）的阶段成果，也是海南省高等学校教育教学改革项目“基于海南红色文化实景的中国文化概论课程思政建设研究”的阶段成果（项目编号：HnjgS2022－6）。本文基于团体教学的实践写成，在教学实践和研究讨论的过程中，得到了海南师范大学国际教育学院张俞老师、张岩老师和张明敏老师的帮助和鼓励，在此致以深深的感谢。

级教育课题。在不断的构思和修改中，该教材日趋完善，同时，笔者还组织了学院里的几位青年骨干教师打磨海外留学生的线下、线上课堂教学，把海南文化有机融入旅游汉语教学的课堂中，希望以海南文化作为一个窗口，在学习汉语和提高汉语实际运用水平的同时，了解中国文化的丰富多彩，感受汉语的魅力。让留学生不仅了解海南的文化，爱上海南的文化，也爱上汉语，爱上中国多姿多彩的文化。

本文立足海南国际旅游岛和自贸港特色，面向来自全球各地的留学生，试图开拓汉语特色教学，推动汉语成为国际化语言这一目标的实现。本文结合文化与语言教学，采用灵活多样的课堂教学方式，让留学生快乐学汉语、快乐地认识海南文化，从而理解中国文化。在把海南文化融入旅游汉语教学的同时，注重培养学生的口头和书面表达能力，以逐渐提高学生的汉语综合能力为主要目标，为汉语其他专业课的学习和将来的生活、工作打下良好的基础。另外，坚持理论与实践相结合、课内与课外相结合、课堂教学和课后训练相结合，培养和提高口头与书面的汉语表达能力。为此，本文将结合课堂的教学经验，还有新开发的海南特色旅游汉语教材，以教材中的第三章第三节“海南黎族文化与东坡书院”的团队授课为例，分析海南黎族文化在旅游汉语教学中的灵活应用及其意义。

海南特色旅游汉语教材与黎族文化

2010 年 1 月 4 日，国务院发布《国务院关于推进海南国际旅游岛建设发展的若干意见》，标志着海南国际旅游岛建设步入新的时期。为了实现海南国际旅游岛的建设目标，为了实现汉语成为国际化语言这一目标，在海南自贸港建设的背景下，编订一套突出海南旅游岛文化和旅游特色的汉语教材，立足海南岛，推广旅游汉语教育，是极为重要和必要的。

国内学术界、教育界在面向外国留学生的旅游汉语研究方面，侧重于课堂教学方法、教学平台和教材的比较分析。从二十世纪九十年代至今，积累了一些研究成果，主要是论文（含硕士论文）、教材的编订和使用。但相对于对外汉语其他方面，如教学法等的研究，力度和成果明显不足。另外，值得注意的是，国内《旅游汉语》相关教材的出版，据笔者初步统计，至今有 50 多种，但仍缺乏基于海南本土文化和旅游特色开发和使用的汉语教材。

对于旅游汉语教材的研究，随着 2001 年开始逐步设置“旅游汉语”课程而陆续出现相关的研究成果，至今，已积累了以硕士学位论文为主的成果约300篇。从石慧敏的论文《“旅游汉语”教学——对外汉语教学的一个重要课题》① 开始，在对外汉语教学体系中增设“旅游汉语”课程被正式提了出来。该文从旅游、汉语、文化的角度来论证旅游汉语课程设置的意义、必要性和课程特点、教学方法等，提出随着二十一世纪旅游业的迅速发展，应该从食、住、行、游、购、娱六个方面对外国留学生进行旅游汉语教学，在教学过程中注重文化的输出和课堂外的体验参观，贯彻“语言 + 文化”的教学原则，让留学生现学现用，更好地推广汉语知识和中国文化。作为最早提出旅游汉语课程设置，并对旅游汉语课程进行多方面论述和设想的论文，石文具有重要的意义，但遗憾的是，石文并没有涉及旅游汉语该用怎么样的教材，对教材的编写内容和特点、要求等也没有提及。而教材作为重要的课堂讲授和学生学习的资料，在对外汉语教学中，是必不可少的。所以，在二十世纪九十年代，几种旅游汉语教材已经出版使用。如1992年12月，由第一编“中国旅游会话”、第二编“中国旅游胜地”、第三编“中国地理概况”、第四编“中国的风俗习惯”和第五编“中国的名优特产”构成的《中国旅游汉语 汉、英、日对照》出版。② 1994年7月，由25课、600多个生词和150个常用句子组成的对外汉语教材《旅游汉语》出版。③

随着旅游业的发展和实际的需求，在旅游汉语在对外汉语教学体系中正式成为一门课程在国内大学推广之前，其实已经有不少的国家、地区和部门实施了与旅游相关的汉语教学。如王忠田的文章《推广医疗旅游，新加坡为医护人员开设汉语课》④ 指出，为配合“新加坡国际医疗”计划，新加坡旅游局正为当地医护人员提供免费的汉语课程。任课教师提出了课程内容纲要，包括中华语言和文字、中华文化与习俗、饮食礼节、恰当的称呼等。虽然比较粗略，但这可以说是较早的旅游汉语教材的大概内容。2005年1月1日，《学汉语，游中国》⑤ 正式出版使用。进入二十一世纪，多种旅游汉语教材陆

① 石慧敏：《“旅游汉语”教学——对外汉语教学的一个重要课题》，《暨南大学华文学院学报》2001年第4期。

② 张春芳、赵柳英主编，彭利平等译：《中国旅游汉语 汉、英、日对照》，上海：上海交通大学出版社，1992年。

③ 黄政澄编，赵宇辉译：《旅游汉语》，北京：中国文联出版公司，1994年。

④ 王忠田：《推广医疗旅游，新加坡为医护人员开设汉语课》，《中国旅游报》2004年2月27日。

⑤ 耿京茹、夫伯编著，曲径改编，李迎春等翻译：《学汉语，游中国》，北京：华语教学出版社，2005年。

续出现，2010年，中央电视台英语频道特地成立了《旅游汉语》节目组，由主持人大山主持和串讲，其配套教材《旅游汉语》，由外语教学与研究出版社出版。[①] 这套教材每册有16课，以汉语会话为主。就笔者管见，《旅游汉语》教材紧密结合文化与语言，主要依托中国整体文化，或者依托中国某地，如北京、上海等地的文化，学习旅游时要用到的汉语。遗憾的是，目前还没有依托海南文化而编写的《旅游汉语》教材。

为此，笔者借鉴已有的一系列《旅游汉语》教材，拟定了海南文化旅游汉语教材的编写内容。笔者编撰的《旅游汉语》（海南）计划将来出版，并计划先在海南岛内高校逐步推行使用后，推广到海南岛外其他高校。该教材强调留学生学习主体性，突出“翻转课堂”式海南旅游汉语教材的开发和设计。在自贸港建设的推动下，海南和世界的对话必定进一步加强。海南旅游汉语教材应该多方面多元素，并且能够激发留学生学习的积极性和主体性，在饮食、住宿、交通、景点、海南文化等方面设置适量的教学内容，提供丰富而专业的汉语教学资源。

该教材的特色在于内容丰富，立足海南旅游汉语，让留学生把海南作为一个了解中国文化、感受中国新时代发展、提高汉语的窗口，在教学中安排了灵活多样的文化体验活动。在贯彻汉语知识的同时，用汉语传达海南本土文化、旅游特色，教材中应该设置小栏目，提醒师生采用角色扮演、情景设置等方式开展教学活动。总而言之，海南旅游汉语教材是一本能让课堂活起来、让留学生们动起来的教材。

该教材的具体章节内容为：第一章以住宿为主题，包括预订房间、房间类型、船型屋、海南少数民族建筑、海滨温泉酒店和中国的酒店。第二章以“交通”为主题，包括问路、买票、船上的火车、环岛高铁、摩托车和中国高铁。第三章以“游玩”为主题，包括联系导游、景区休闲娱乐、黎族与东坡书院、五指山、三亚、云洞图书馆和中国的旅游业。第四章主题为“饮食”，包括看菜单、点菜、海南四大名菜、清补凉与椰子、海南粉与全家福和中国的饮食。第五章的主题是“传统民俗文化”，章节内容包括在海南过节、元宵换花灯、儋州中秋歌节、黎族三月三和中国的旅游欢乐节。第六章的主题是“购物”，章节包括购物汉语、看价、问价、讨价还价、免税商店、超市和便利店购物、从旅游纪念品看中国文化。教材最后有两个附录，第一个是通信、

---

① 《旅游汉语》节目组编：《旅游汉语》，北京：外语教学与研究出版社，2010年。

快递、银行，第二个是看病、买药、应急，都与旅游期间要用到的汉语有关。也就是说，该教材包含六章，每一章包含六节，每一节又包含三个部分：两篇短文和一则二十行以内的对话。每章包含生字词约60个，整套教材共包含360多个生字词，常用句型和语法要点共30多个，插图共约20幅，其中百分之六十以上的插图为笔者在文化考察时拍摄。另外，教材还邀请了具有播音主持专业水平的教师朗读了课文，还有与留学生的对话录音，全部录制成MP4格式的音频，方便学生课前课后的自学。

该教材最大的亮点在于以海南文化和旅游景点为汉语学习的背景，而海南文化中最大的民族特色可以说是黎族的文化。

黎族被认为是海南的先住民，黎族分布在三亚、东方、五指山市、白沙、陵水、琼中、保亭、儋州、万宁、琼海等地区。由于黎族在海南的历史悠久，分布面积广，黎族的民俗、建筑、歌舞、服饰等文化都深深融入了海南的整体文化中，成为海南文化的一张最显眼的名片。因此，海南黎族的文化几乎出现在本教材中的每一章，如第一章的船型屋，第三章的黎族与东坡书院，第四章的海南名菜中也包含了黎族竹筒饭等的介绍，第五章的黎族三月三等章节内容都包含了黎族的文化讲解与体验活动，第六章的旅游纪念品也包括黎族纺织工艺品的内容。通过教材还可以了解北宋大文豪苏东坡贬谪海南儋州期间与黎族人民的友谊，还有他对海南的教学、文化发展的贡献。海南特色旅游汉语教材在强调学习汉语词汇、句型和语法，提高汉语实际运用能力的同时，通过课外实地考察和课堂的学习，使留学生对海南的黎族文化有更深入的理解，进而更深入地理解中国的文化。由于位于黎族聚居地之一——儋州的东坡书院，现在是弘扬中国古代优秀文化遗产，是海南省内中小学生爱国主义教育的课堂和开展科学研究的基地，也是海南省内的高校的留学生的文化考察必去之地，因此下文将以第三章第三节“海南黎族文化与东坡书院”作为例子，以三位教师分阶段讲课的团队教学方式，探讨课堂教学如何有效融入和讲授海南黎族文化。

海南黎族文化融入旅游汉语的教学法研究

为适应疫情期间，大部分留学生无法返校学习，难以开展面对面授课的实际情况，本课程借助网络电子教学的方式，让教学活动顺利开展。有一部分留学生仍然留在中国，可以适当开展实地文化体验活动。因此，本课程准备了丰富的教学资源，做了多种教学准备，可以同时供线下线上教学使用，比如，用网上实景课取代实地文化体验课，通过教师精心准备的视频教育资料，让暂时无法返校的留学生在千里之外也能够神游中国大地，愉快地学习汉语。另外，采用钉钉在线课堂、学习通等软件进行线上教学，同时计划使用学院筹备建设中的录播室同时进行线上线下授课，让线上线下师生互动，活跃课堂。除了汉字卡片、汉语游戏地图、传统服饰实物展示等教具之外，还准备了相关图片、视频、汉语学习小软件等多种学习资源。

在开始论述教学过程时，先来具体讲解课文的内容，其中以黎族文化为重点。第三章第三节“海南黎族文化与东坡书院”分为三个部分：第一部分是短文阅读《海南黎族与黎族文化》：

> 黎族是最早世代居住在海南的少数民族，分布在海南岛南部沿海、西部和偏内陆山区，即三亚、陵水、东方和儋州等地。他们在海南的居住历史已达数千年之久，在漫长的历史进程中形成了本民族所特有的居住、饮食、节庆和歌舞等民俗文化。其代表有船型茅屋、竹筒饭、三月三节和黎锦。
>
> 黎族的茅屋看起来像船，冬暖夏凉。据说黎族的祖先坐船漂洋过海，来到海南定居，为了纪念祖先，黎族人把房子盖得像船一样。他们用竹筒做的山兰米饭招待客人。三月三节是黎族的传统节日，他们在这个节日载歌载舞，庆祝丰收。苏东坡被贬谪到海南的时候，得到了黎族人的帮助，和黎族人建立了深厚的友谊。
>
> 黎族服装具有鲜明的民族特色，女装为上衣下筒裙，男装为上衣下围裙。黎族女子善于纺织，黎族女子织的黎锦闻名于世。黎锦是黎族民间织锦的简称，多用于女子的筒裙，色彩艳丽，图案构造丰富多样，是我国纺织艺术的代表之一。①

文章后还附了一张黎锦图片。在课堂教学中，请其中一位留学生（女生）试穿黎族服饰（仅套进贯头衣），在课堂展示。

第二部分的课文为一则对话：

> **背景介绍：**克拉德是海南师范大学的一名留学生，他在学校里

① 笔者自编教材《旅游汉语》（海南文化特色），本文第二部分所选取的黎族文化教学内容，皆出自本教材，正文中不再一一标注。

认识了正在读大二的海南黎族人黎琼花。一天，在学校食堂吃饭时，克拉德高兴地对黎琼花说，他们班下个月就要到海南儋州东坡书院进行文化研修了。黎琼花听了也很高兴，并热情地向他介绍东坡书院。

克拉德：你去过东坡书院？

黎琼花：当然了，别忘了我是海南土著啊！我们读小学的时候就去过东坡书院参观学习啦。

克拉德：那跟我说说东坡书院吧！

黎琼花：你知道苏东坡这位大文人吧？

克拉德：知道，上课的时候学过，他是北宋的一位很了不起的人。他来到海南之后，海南人就喜欢谈诗论文，有文化了。

黎琼花：对啊，看来你知道的还不少呢。东坡书院里有个载酒堂，是苏东坡当时住的地方，也是他讲学的地方。是在儋州当地人黎子云的旧宅地上，大家凑钱建起来的。

克拉德：为什么叫“载酒堂”？他们很喜欢喝酒？

黎琼花：哈哈！文人们都喜欢喝酒。不过“载酒堂”是从古代的一本历史书《汉书·杨雄传》里的“载酒问字”的故事来的。

克拉德：载酒问字？什么故事？说来听听。

黎琼花：故事说的是汉代一个叫杨雄的文人，家里很穷，没什么钱买酒，却很喜欢喝酒。那些仰慕他的名声的，想跟他学习写诗作文的人，就带着酒去跟他学习。这个故事的意思是说勤奋好学，拜师求学。

克拉德：哦，原来是这样，真有意思！

黎琼花：对了，东坡书院里还有一棵在清代乾隆做皇帝的第三年（1738）种下的芒果树呢！已经两三百年啦！现在每年五六月都还结出很多芒果，金灿灿的，香飘万里。

克拉德：哇！那一定要去看看。

对话的后面，附有一张笔者在东坡书院进行文化考察时拍的芒果树照片。课文的第三部分为“学习小贴士”，不作为课堂重点讲解的对象，主要是供学有余力的汉语基础较好的留学生来学习的。“学习小贴士”是一篇文章《苏公祠与东坡书院》，全文为：

苏公祠，位于海南海口市琼山区的著名文化旅游景点。是为了纪念苏东坡而建。苏轼（1037—1101），字子瞻，号东坡居士，四川眉州（今四川眉山）人，北宋著名文学家、书法家、画家。

苏公祠起初叫“东坡读书处”。元朝时将此处开辟为“东坡书院”。直到明朝，为了纪念苏东坡与其子苏过，更名为“苏公祠”。现存的苏公祠是清朝光绪十五年（1889）所建的。不过苏公祠山门口陈列的石雕还是明代修建苏公祠时的原物。苏公祠正厅陈列着苏东坡及其子苏过和学生姜唐佐的牌位，几百年来很多来海南的文人墨客都专程来苏公祠参观、祭拜。

海南还有另外一处与苏东坡有关的文化景点，那就是位于海南儋州的东坡书院。东坡书院始建于北宋，也是为了纪念苏东坡而建的。苏东坡被贬谪到海南儋州时已经六十二岁（1097年），他与黎族人民一起过着艰苦的生活，也得到了黎族乡贤黎子云兄弟等人的热情帮助，把儋州当成自己的第二故乡，在这里办学堂，兴文教，以致许多人不远千里来到儋州学习。在宋代一百多年里，海南从没有人考中科举。而苏东坡的弟子姜唐佐就考出了好成绩。海南的老百姓一直把苏东坡看作儋州文化的开拓者、播种人，对他怀有深深的崇敬。在儋州流传下来的东坡井、东坡桥等，都表达了人们的缅怀之情。

在这篇课文的后面，附有一幅笔者拍摄的载酒堂的图片。在这之后就是生字词、语法、句型和练习题。

这一节黎族文化的教学内容，主要有三个教学目标：第一，知识目标：① 了解海南黎族的历史与文化；② 了解黎族与苏东坡的关系；③ 理解并正确运用生字词。第二，能力目标：理解和欣赏海南的黎族文化，从而进一步了解中国文化。能准确而流利地用“黎族”“纺织”“贬谪”“儋州”“友谊”“载歌载舞”“善于”“茅屋”“闻名于世”和“招待”等词语，准确而流利地介绍某个景点。第三，情感目标：感受中国传统文化，理解中国历史悠久而丰富多彩的民族文化，培养留学生对海南、对中国的友好感情。

由于黎族文化丰富多彩，所以黎族文化的教学采用了团体合作的方式，以一位主讲教师和两位助教共同完成课堂教学的方式，凸显教师的“脚手架”作用，而强调学生的主体性，让学生充分发挥学习的积极性和主动性。如何体现教师的“脚手架”和留学生的主体性呢？可以通过详细的教学流程和课堂教学活动体现。

本课的背景是：在上课前，留学生们已经在主讲老师和两位助教的带领下去了儋州黎族考察文化，并探访了东坡书院。课堂上采用的主要教学活动有生词抢答、翻转课堂、黎族服饰实物展示和课堂试穿体验活动。主要的教具则有 PPT、视频、字词卡片、黎族服饰、黎锦工艺品。

第一步，主讲教师播放教学短视频“留学生跳黎族竹竿舞”（27 秒），复习上一节课，提醒留学生们回忆上次实地考察的情形，再导入新课，抽查预习情况，考察生词掌握情况。

师：大家好！开始上课啦，今天的课由我和两位张老师一起给大家上课（两位老师站起来和大家打招呼）。大家还记得我们上次一起去儋州考察的情形吗？让我们来重温一下上次看到的黎族竹竿舞吧！（播放教学视频）

生：（看了之后）记得，记得。

师：好，我们上次去了实地考察，这次要好好地学习黎族的历史和文化。我们上次叫大家预习课本第一部分的生词，大家预习得怎样了呢？我来考考大家。（取出生词卡）大家看到我手中的生词卡了吗？一起大声地读出来。（同时抽查留学生是否理解了词语的意思）

生：（看卡片，读生词。问到释义时，要解释出来。发音错误时，教师及时纠正）

师：好的，看来大家课前基本按要求认真学习了生词，也基本掌握了生词。那么，我们就可以一起来读课文了。大家可以看教材，也可以看 PPT。

第二步，翻转课堂。讲解课文第一部分，分三组先读，各组选一名读得好的代表，上台来各读一段，并能用一两句话解释所读段落的大意。

师：这篇课文一共三段，说的是黎族文化，我们刚好有三个组，大家分三组先来略读课文，每个组选一位读得比较好的代表，上台来做一回汉语老师，每组读一段，读完再解释一下段落大意。在这个过程中，有问题的同学可以随时举手提问。

（留学生略读后，选好代表，一一上台读、一两句话解释大意。）

师：不错，大家都理解了这篇课文的意思。相信通过上次的实地考察和刚才的学习，我们现在对海南黎族的文化，对苏东坡和黎族的友谊有了更多的了解。课文第三段讲的，是黎族的服装和黎锦。我们今天也给大家准备了两套黎族的服装，一套男性服装，一套女性服装，还有黎族的工艺品。有请我们的助教老师。

刚才上课时，老师给大家播放了一段黎族竹竿舞的视频，看到自己的同学跳着竹竿舞，穿着黎族的衣服，是不是很羡慕呢？我们现在就有机会来试穿黎族服装哦！哪位同学愿意上来？我们可以请一位男同学、一位女同学来展示黎族服装，并请助教老师给大家讲解黎族服装文化。

留学生们踊跃举手，选出举手最快的一男一女，在助教的协助下穿好黎族服饰，前后展示，并在教室里组与组之间走一个来回。一位助教在一旁讲解黎族女装和黎族纺织工艺品之后，由另一位助教讲解黎族女装的特色，包括服装色彩、图案、寓意和文化意味等。

然后，课堂进入小结环节，提示下节课的学习内容，提醒留学生预习。具体步骤安排为：

师：好了，我们这节课的时间快到了。我们这节课学了《海南黎族与黎族文化》，三位同学当了一回老师，给我们朗读并讲解了这篇课文。通过这节课的学习，我们对黎族文化，对苏东坡与黎族的友好关系有了更深入的认识，那么，下节课我们来看看自己是否能够当导游，带着朋友来游览东坡书院，好不好？大家要记得预习第二部分和第三部分哦！今天，谢谢大家！下课，再见！

以上是黎族文化一个课时的教学方法和活动设计。

课堂采用线下面对面授课的方式进行。首先，在课堂上灵活采用一个主讲教师和两位助教协助教学的方式，目的是保证每一个留学生都能得到精细而具体的指导。因为学生的汉语水平有高有低，有些又比较沉默、害羞，不理解课文却犹豫着不敢举手提问，或没有时间提问，所以，本课时采用一位主讲教师加两位助教的方式，分组练习，游戏教学，既能保证教学目标的实现，教学进度按计划进行，又能提高课堂活跃度和趣味度，而且不会产生由于课堂时间有限无法顾及所有同学的问题，让每个同学参与课堂，热爱汉语。

其次，课堂采用多种教学资源，如教师精心制作的视频、生字词卡片、音频、实物（黎族服饰、头饰、工艺品）等，可以让课堂教学更加丰富多彩，也可以帮助学生学习汉语，掌握本课生字词，并正确使用。

最后，课堂采用翻转课堂的教学法，在主讲教师和两位助教的努力下，翻转课堂，体现以生为本的教学理念，同时设置课堂试穿黎族服饰并进行专业讲解，寓教于乐，课堂氛围活跃，顺利地实现教学目标，通过对海南的黎族文化的了解，体会中国文化的丰富多彩，让学生用汉语、爱上汉语。

学习汉语应该是一个愉快而且长期坚持的过程，学无止境。从留学生的角度来看，他们不仅要学汉语词语、语法，也要学汉语文学，更要慢慢体会和理解中国历史悠久的文化。在海南生活和学习的留学生可以通过《旅游汉语》（海南特色）这本教材把实际的生活、旅游和汉语学习有机结合起来。这个过程是一个重要的评价对象，在这个过程中，学生在课堂上的表现、课后学习和完成作业的情况、学习的态度、学习的效率都是重要的评价指标，而且这些评价指标都会体现在整个学期的学习过程中。以上述课堂黎族文化的教学为例，该课时的具体评价方式为：第一，是否按时来上课，没有早退。迟到 5 分钟以上会被扣分；第二，是否积极主动回应教师的问题和上台发言。第三，是否勇敢上台当一回黎族模特，在助教对海南黎族服饰文化的精细讲解下，是否真的理解了海南黎族服饰的特点及其文化内涵，是否认识了海南黎族织锦的纺织艺术及其成就，从而对海南黎族文化产生更大的学习兴趣，并因此喜欢上自己生活的地方——海南。

总之，以生为本，以海南黎族文化为根，面向来自国外的本科留学生，以小班授课的方式，采用多媒体教学和青年骨干教师团队合作的方法，并借助翻转课堂、角色扮演、“我当导游”等课堂活动，灵活使用教学资源，如视频、音频、字词卡片等进行教学。另外，结合课堂学习和课外文化考察，立足海南岛，发展旅游汉语。以海南为窗口，了解中国文化，学习汉语，提高留学生的汉语实际运用水平，寓教于乐，促进自贸港与国际接轨，促进汉语成为国际化的语言。

论海南红色文化实景资源在“中国文化概论”课程中的应用[①]

“中国文化概论”是汉语国际教育专业（国内本科和留学生本科）的一门必修课程，授课对象为汉语国际教育专业国内本科二年级学生和汉语国际教育专业本科留学生四年级的学生，每学期36学时，每周2学时，修完课程，考试合格可以拿到2个学分。这门课程对于汉语国际教育专业的学生来说是一门重要的必修课，是取得本科毕业证和学位证必须要修习的一门核心课程。因此，“中国文化概论”课程的思政建设与研究，在提高学生思想素质上，在充实课程内容上，在提高任课教师教学水平上，都是一项有意义有价值的工作。

课程主要培养学生的文化意识，提高学生的文化素养，使学生了解中国传统文化和现当代文化，树立正确的文化价值观，引导学生正确理解中国文化，帮助学生掌握中国优秀传统文化和先进文化，进而增强学生对中华文化的文化自信、文化自觉以及文化认同感。

在语言与文化、古代文学、古代汉语和文字学、跨文化交际、中国哲学史等课程的基础上，为了进一步拓展学生的知识面，进一步提高学生对中国优秀文化的理解和接受，学校设置了“中国文化概论”这一课程。因此在该课程的思政建设中，要充分利用学生已有相关的语言文字、中国文化和中国文学方面的知识，同时结合海南本土的红色文化，拓展文化教学深度。通过学习该课程，学生要了解和掌握基本的文化学理论和本学科最新的研究动态，

---

① 本文是海南师范大学课程思政示范课程“中国文化概论”（海师教函〔2021〕136号）的阶段成果，也是海南省高等学校教育教学改革项目“基于海南红色文化实景的中国文化概论课程思政建设研究”的阶段成果（项目编号：HnjgS2022－6）。

同时应具有分析和判断文化多样性和文化多元性的意识和能力，为将来的对外汉语教学和弘扬中华文化做好准备。

在教学方面，教师应在课堂授课时灵活采用多媒体，在中国文化的大背景下，立足于海南的红色文化，辅以实景教学方法，以讲授和课堂讨论为主，注重案例分析，适当采用分组练习、课堂演示等教学方法，这样可以有效活跃课堂，因此本课题在教学实践上也具有重要意义。

我们首先来看看实景课、课程思政已有的研究与应用。

国内外学术界对海南红色文化实景课在课程思政教学实践中的设计及其应用研究得较晚，研究成果较少，还有很大的空间可以开拓和探索。

实景课在课堂上的实际应用及相关研究出现得较晚，2018 年开始出现少量关于实景课的教学实践与反思、实景课教学经验总结的论文，但多集中于基础教育阶段的实景课。如董云、周新的论文《把世界装进我们的课堂——“互联网 +”时代背景下的实景课堂的特点与价值》(《湖北教育》2018)，又如熊云贵的论文《基于“互联网 +”模式下实景课教学策略初探——以合成氨为例》(《中学化学教学参考》2018)。这些论文都提到了实景课的出现是在互联网普及和发展的背景下，利用网络平台同时连接多个教学现场，实现“多师”教育模式，通过不同的场所实景展现，提高教学效率，加深学生对所学知识的理解和应用能力。

在 20 世纪头二十年里，海南红色文化的相关研究集中在两个方面：一方面是文化旅游产业的开发研究。其代表成果有陈纯英、李佳静的《打造红色旅游精品 为海南国际旅游岛建设提速》(《中国会议》2010)，耿松涛的论文《挖掘海南红色文化资源 创新海南红色旅游产品》(《中国旅游报》2021) 等几十篇论文。这些研究集中在红色旅游资源开发、红色旅游纪念品纪念品、红色旅游品牌打造等方面。另一方面是思政教育的研究。如戴彩虹的论文《海南红色文化德育价值及其体验形态研究》(《长江丛刊》2018) 和周丽萍《海南红色文化资源在高校思想政治教育中的运用调研报告》(《文化创新比较研究》2020) 等论文。这些研究重点在探讨高校思想政治教育与海南红色文化的资源整合，实现海南红色文化有机融入高校思想政治课堂内外的教学中。

而课程思政的研究，从 2017 年开始出现课程思政的相关探索和研究后，对课程思想政治的教学研究就呈现出迅速发展的良好势头，并一直保持至今，2021 年进入成熟期，不到一年的时间，课程思政相关的研究论文就达到了 1

万篇以上。从2017年的思政课程和课程思政的辨析，如何红娟《“思政课程”到“课程思政”发展的内在逻辑及建构策略》（《思想政治教育研究》2017），到2021年各学科的课程思政教学实践的具体探索，如陈军民等的《有机化学“课程思政”教学设计案例研究——以对映异构教学为例》（《广东化工》2021）和王君等的《课程思政融入植物学课堂教学的方法和途径探究》（《现代农村科技》2021），这些成果都体现了教育界、学术界对于课程思政的研究趋向成熟，并取得了较为丰硕的成果。

但是，这些已有的成果中，多为理工农科的课程思政的研究，文科课程的课程思政教学方法和实践总结的成果相对不足。为此，本课题立足于海南红色文化资源，以“中国文化概论”课程为支架，探索课程思政的教学资源和教学方式，寻找中国文化概论思政课程的发展与应用之路。

其次，我们来看看中国文化的特点。

中国文化被称为“德性的文化”，因为中国自古以来重视思想道德教育，并把道德教育和政治教育紧密结合，有政教合一的传统，讲究爱国爱家的乡土意识和礼乐文化中的恪守本职、与人为善、和谐共处。可以说，“中国文化概论”是一门挖掘与弘扬中国传统优秀文化的课程，课程本身就是一门融合了思政内容的课程，社会主义核心价值观也都包含在本课程的教学内容中。立足于海南本土丰富多样的红色文化资源，与“中国文化概论”课程的每一部分的教学内容有机融合，寻找课程思政教学之路，是本课题主要的研究内容。从课程的内容、性质和海南本土的红色文化资源来看，基于海南本土的红色文化资源，开展“中国文化概论”课程思政培育具有诸多天然的优势，极为适合开展课程思政教学设计及应用研究。

中国文化概论是中国古代思想、道德等诸多方面优秀文化的总结，重视思想道德教育是中国文化的一个显著特点。几千年来的中国文化总结出了诚信、爱国、敬业、团结、友善等核心价值观。在中国社会生活中，道德的影响很大。中国文化的普遍信念是“人为万物之灵”。而人之所以能为万物之灵，就是因为有道德。中国人都以成德建业、厚德载物为理想。尊道贵德的基本精神，就是强调人兽之分，突显人的价值与尊严，以德性作为人兽区分的根本。二十一世纪，中国文化走向新时代，取得了新的成就，呈现了新的特点，却始终重视和坚持思想政治道德教育，育人不仅重视智力的培养，也重视人的道德品格，在强调整体和团队的同时，也重视个体的参与，共同努力，促进国家的发展与富强。

在中国文化相关课程中接地气地使用本土的红色文化资源进行学习，目的就是为了更好地让大家了解中国的历史与文化。

比如，通过海南本土红色文化资源的整理与在课堂教学上的合理应用，设计出一套完整的、科学的“中国文化概论”课程思政教学大纲、教案、教学视频实录、教学反思、教学实践和学生感悟等，形成一份详细的报告。此外，通过本课程思政建设，让学生更了解自己生活的地方——海南，更了解海南的历史，尤其是海南的红色文化。另外，通过海南的红色文化，能够进一步理解和鉴赏中国文化的美及其所蕴含的政治伦理道德思想的深意，感受中国文化的持久生命力及其价值。通过本课程思政的建设研究，帮助大学生树立中国文化自信，理解中国悠久的政治伦理道德教育的传统，培养忠诚爱国的情怀，塑造正直、有礼、忠诚、爱护国土的品格。做秉持社会主义核心价值观的时代接班人。

海南具有悠久的历史和深远的文化，在海南省博物馆中，我们可以看到石器时代的出土文物，可以看到宋元时期的海南水下考古挖掘出来的瓷器……海南岛地暖水泽，独特的地理人文环境使得海南自古以来和中原地区的文化不同。海南万宁的笔架山及海南的书法历史、制纸工艺，海南的更路簿和航海技术，还有黎锦的纹饰，如人纹、鱼纹和象纹等既具有像文字一样的传达意思的功能，也有黎族特色文化的内涵，这些个案的讲解，既能生动地体现中国传统文化的丰富多样，增强课程的教学效果，也能凸显海南本土的文化特色。在课外海南红色文化实地考察的过程中，除了拍摄实景视频用于课堂教学之外，还采访相关人员，在课堂上播放，让学生对海南红色文化和中国文化有更深入的理解和认同。

海南的黎族迁移史、黎族宗法制度、黎族文化、海南黎族革命起义，黎族的歌舞和服饰（黎锦）等，都是值得应用于教学的内容。黎族被认为是海南的先住民，黎族分布在三亚、东方、五指山市、白沙、陵水、琼中、保亭、儋州、万宁、琼海等地区。由于黎族在海南的历史悠久，分布面积广，黎族的民俗、建筑、歌舞、服饰等文化都深深融入了海南的整体文化中，成为海南文化的一张最显眼的名片。而海南黎族的革命起义也可以说是海南红色文化的典型教学案例。

总之，我们应做到把中国整体文化与海南红色文化相结合、课堂内的学习与课外文化考察相结合、实景课与课堂讲授相结合、理论与实践相结合，根据汉语教学和中国文化推广的需要，从海南国际旅游岛、自由贸易港建设发展的需求出发，同时结合“中国文化概论”课程已有的教学内容，有机融合海南本土红色文化资源，借鉴语言学与教育学的相关理论进行研究。目前，海南本土红色文化如何融入中国文化课程思政教学中，还有许多问题和方法尚待探索，希望本文可以帮助大家探索出行之有效的，既顾全大局（中国文化），又能凸显个体（海南红色文化资源）的教学方案。从当下生活的这片土地开始，在研究文化、文学的同时，让课堂的内容和形式丰富起来、生动起来，教研相长，不亦乐乎。

后记：学习做人，学习作文

教我做人的，首先是我的母亲。她用自己的行动教我爱。要作文，先做人，从这个意义上说，母亲也是教我作文的第一位老师。

我在读大学的时候，经常躲在图书馆里看书，忘了吃饭，到了晚上七八点，母亲就会骑着平时用来送货的三轮车，把热腾腾的饭菜送到图书馆门口。我博士研究生毕业后在广州工作的时候，母亲让父亲帮她顶着那份好不容易得来的工作，到广州来帮我带孩子。我在日本工作的时候，虽然日本于她来说人生地不熟，语言不通，母亲还是爽快地办了探亲签证来日本帮我带孩子。

母亲的日常生活都是围绕着儿孙转。她很少考虑自己。

母亲出身于农村，吃苦耐劳。她读小学的时候成绩好，虽然当时她的班主任一再挽留，但她还是不得不为了照顾弟弟妹妹——也就是我的舅舅和阿姨，含泪中途辍学。作为村里为数不多的知识分子的外公，知道上学对于一个人的重要性，他觉得亏欠了自己的长女，也就是我的母亲。在我父母出外打工谋生的多年时光里，我和哥哥、弟弟就寄养在外公家，外公对我们很好。

六十多岁了，母亲还时不时提起小时候不得不辍学的委屈和遗憾。

母亲善良温顺，我几乎没见她发过脾气，大声说过话，甚至对子女，也是那么“低声下气”。读大学的时候，血气方刚的我觉得她“太好欺负”，站在同是女性的立场，我多次鼓动她和父亲“吵架”，教她批判父亲“一家之主”高高在上的姿态。可是母亲还是老样子，说话从来没有抬高过一点点音量。父亲嗓门大一点，她就马上低头沉默，或者避开现场去做别的家务，“战火”未起，先就熄灭了。

柴米油盐，如何让一家人吃好穿暖，是母亲关心的头等大事。我在广西大学读大学和硕士研究生的时候，父母也在广西大学工作。父母节俭度日，努力维持一家人的生计，靠诚实的双手，让我和哥哥、弟弟都有条件接受高等教育。我读大学的学费从来没有拖欠过。后来读硕士研究生和博士研究生，我虽是拿的公费名额，但生活费还是要靠父母。

由于父母都在学校里，我就可以经常回家，也可以经常陪母亲去菜市场买菜。所以写了几首诗给母亲，第一首就是写母亲在菜市场买菜的情景。

南方人买菜，一般会在吃完早餐后，散着步就到了菜市场。早上的菜多而新鲜，可以任你挑。但早上的菜也比较贵。母亲一是忙于家务，二是为了省钱，总是等到十点多十一点才挎着篮子去菜市场，那时候的菜比较便宜，而且不会都是别人挑剩的。

母亲细心地挑菜，和菜贩子砍价。先买好鱼肉，再去挑蔬菜。她不慌不忙，在各个档口前仔细看，仔细翻。赚钱不容易，花钱要慎重。母亲觉得必须买到尽可能好的菜，让家人维持营养，保持健康。

二十多年来我在母亲做的饭菜里，在母亲无微不至关怀里成长。写给母亲的第二首诗也强调了在这二十多年的青春时光里，母亲对我的重要性。诗中，“二十年来的口袋”“二十页空白的纸张”“高出生活/二十米的时光”，都是用比喻的方式，写二十多年来母亲的陪伴和我不知不觉的成长。注意，写诗时候，尽量避开用得烂熟的比喻，而采用贴近自己写诗的时候的心境的新奇的比喻，这样，才能更形象生动地传达自己的意思，并给读者新鲜的艺术感受。

没有她，就没有我。她不仅怀胎十月（“十个指头那样/长短不齐的日子”“十个月的露水”），生了我，还养育了我。让我懂得勤劳、诚实、善良、感恩和爱护。母亲是我第一位老师，也是我最好的老师，她没有长篇大论，没有华丽的词语，但她的身教却让我始终受益。当我自己成为母亲之后，我就知道了如何当一位好妈妈，如何爱护孩子，如何为了孩子去吃得苦耐得劳，如何为了孩子而适当做出退让。

时光飞逝，我长大了，母亲却慢慢变老。所以我在诗里说：“十个指头那样/长短不齐的日子/从熟悉的脸上/迅速滑落”“高出生活/二十米的时光/一下子倒地”。她在时光里温暖了我（“毛茸茸的童年”），哪怕用一只别人扔出去的却还完好的布娃娃，也给我带来了许多欢喜。

和母亲相处的许多细小的时刻，都被我用文字铭记。《母亲（三）》写的是我去上海读博士研究生的时候，她送我出门坐车的情景。由天空的雨自然地联系到母亲因为不舍和牵挂而泛出的泪水，再延伸到母亲对我的栽培，还有她的忍耐力和坚强的心，给我做出了最好的榜样。

与母亲生活的点滴，滋润着我的诗歌，滋润着我的文学之路，让我做个有心人。

文学，是为有心人准备的。

因此学文学、写诗文的人，必须要有一颗善感温和的心，微风细雨都可以引发内心的触动和感动。另外，母亲也教会了我，生活的道理是用行动和时间获取的，不是靠唠叨得来的。所以，我想到，文学理论也不是用来唠叨的，是要通过实践创作验证和获取的。因此我的文学研究，是结合了自己的阅读和创作实践得来的，是在实践中沉淀积累起来的。一天一天的积累，就成了这本小书。

那就让时光析出这本小书的尘埃，让时光亮出这本小书的光华吧！如果这本小书能与时光同行，那就是母亲的力量，文学的精神力量！

草草数语，是以为后记，以纪念时光，纪念人。

图书在版编目（CIP）数据

文学研究与创作实践 / 李杰玲著. -- 湘潭 : 湘潭大学出版社, 2022.10
ISBN 978-7-5687-0888-3

Ⅰ. ①文… Ⅱ. ①李… Ⅲ. ①文学创作一教学研究 Ⅳ. ① I04

中国版本图书馆 CIP 数据核字 (2022) 第 179631 号

文学研究与创作实践

WENXUE YANJIU YU CHUANGZUO SHIJIAN

李杰玲 著

责任编辑：李志红
封面设计：李　平
出版发行：湘潭大学出版社
社　　址：湖南省湘潭大学工程训练大楼
电　　话：0731-58298960 0731-58298966（传真）
邮　　编：411105
网　　址：http://press.xtu.edu.cn/
印　　刷：长沙创峰印务有限公司
经　　销：湖南省新华书店
开　　本：710 mm×1000 mm 1/16
印　　张：16
字　　数：300 千字
版　　次：2022 年 10 月第 1 版
印　　次：2022 年 10 月第 1 次印刷
书　　号：ISBN 978-7-5687-0888-3
定　　价：66.00 元